MEISTER DER SPIELE

GÖTTER VON VEGAS
BUCH ZWEI

SIENNA SNOW

Götter von Vegas - 2
Meister der Spiele

VON SIENNA SNOW
Ins Deutsche übertragen von Michael Krug

Covergestaltung: Steamy Designs

Lektorat: Jennifer Haymore

www.siennasnow.com

ISBN - eBook - 978-1-948756-32-7

ISBN - Print - 978-1-948756-33-4

1

Amelia

»AMELIA, könntest du wenigstens so tun, als wolltest du hier sein, und für die Kamera lächeln?«

Ich unterdrückte ein Stöhnen, als mich Sebastian Blake, international renommierter Fotograf und mein ehemaliger Klassenkamerad an der High School, zum zwanzigsten Mal in den letzten zehn Minuten aufforderte, zu lächeln. Wieso ich es für eine gute Idee gehalten, mich für das Cover einer Zeitschrift ablichten zu lassen, konnte ich mir nicht mehr erklären.

Ich hatte eine olympische Goldmedaille im Taekwondo gewonnen und war mittlerweile Geschäftsfrau, kein abgebrühtes Model für Mode.

Um lockerer zu werden, rollte ich die Schulter.

»Verdammt, Amelia, halt still. Ehrlich, ich hätte gedacht,

Griechinnen wären aus härterem Holz geschnitzt. Mir ist schleierhaft, wie du unzählige Stunden trainieren und eine Goldmedaille nach Hause holen konntest, aber ein simples Fotoshooting nicht schaffst. Für den Mist, den du ablieferst, bin ich nicht den weiten Weg nach Griechenland geflogen.«

»Du kannst mich mal.« Mürrisch funkelte ich Sebastian an. »Ich würde gern wissen, wie du dich fühlen würdest, wenn du stundenlang in denselben unnatürlichen Posen herumstehen müsstest. Außerdem bin ich wie du Amerikanerin, und wir sind empfindlich.«

Sebastian schnaubte und reichte seiner Assistentin die Kamera, bevor er fragte: »Willst du damit sagen, ich wäre schwach?«

»Bist du nicht fast ausgeflippt, weil dir die Beine vom langen Stehen im Sportunterricht wehgetan haben?«

»Da waren wir in der zehnten Klasse, und ich hatte eine Verletzung vom Football. Das wirst du mir wohl ewig vorhalten.«

»Du hast angefangen.« Ich grinste.

»Ist angekommen.« Sebastian sah sich im Raum um und verkündete: »Lasst uns alle eine Pause einlegen.«

Ich konnte beinah das kollektive Seufzen der Erleichterung des Teams hören, als die Leute das Studio nacheinander verließen.

»Und besorgt der Frau einen Energydrink oder so was. Unsere Wonder-Woman hier wird ihrem Namen eindeutig nicht gerecht«, fügte Sebastian mit dem Wissen hinzu, wie sehr es mich ärgern würde.

»Du bist doch bloß neidisch auf meine Fähigkeiten.«

»Mag sein, aber wenigstens weiß ich, wann eine Pause

nötig ist. Wenn ich dich dazu bringen könnte, dich zu entspannen, wärst du meine perfekte Frau.«

»Nicht jeder kann in allem gut sein«, hörte ich jemanden hinter Sebastian sagen. Sofort wurde mir leichter ums Herz.

»Penny. Gott sei Dank. Bist du hier, um mich zu retten?« Ich schob die Füße von der Liege, auf der ich die letzten vierzig Minuten gesessen hatte.

Persephone Kipos war seit der Kindheit meine beste Freundin und rundum die erstaunlichste Frau, die ich je kennengelernt hatte. Sie war die geniale Chemikerin hinter Firewater, dem Whiskey, der die Welt im Sturm eroberte und uns beide stinkreich werden ließ. Sie durch ihre brillante Arbeit, mich durch meine Investition in ihre Labors.

Außerdem stand sie kurz davor, einen der sexy Lykaios-Brüder zu heiraten, die zusammen Dutzende Unterhaltungs- und Hotelbetriebe in aller Welt leiteten.

»Nein. Du hast dich dazu verpflichtet. Jetzt musst du es auch durchziehen.«

Ich seufzte. »Tja, ich hoffe, du hast mir wenigstens einen Ouzo oder sonst irgendwas mit Alkohol mitgebracht.«

Lächelnd zeigte sie auf jemandem hinter ihr. »Nein, ich hab was Besseres für dich. Obwohl schwere Kariesgefahr vor lauter Süßheit besteht.«

»Mama.« Mein Sohn Christopher rannte mir entgegen und warf die Arme um mich. Als er mit strahlenden blauen Augen zu mir aufschaute, zog sich mein Herz zusammen.

Gott, er sah so sehr wie sein Vater aus.

»Du solltest doch erst morgen zurück sein.«

Freudestrahlend blickte ich ins Gesicht meines wunderschönen Jungen. Mit etwas mehr als neun Jahren stand er an der Schwelle vom Kind zum Teenager. Schon bald würde er solche Umarmungen wohl nicht mehr so sehr genießen.

Ich schaute zu Penny und nickte ihr dankbar zu. Ihr Telefon klingelte, und sie wandte sich ab, ließ mich mit Christopher allein.

»*Yia Yia* Marie hat gesagt, du magst keine Fotos von dir schießen lassen und ich bin der Einzige, der dich zum Lächeln bringen kann.«

»Da hatte sie recht. Du bist mein Herzblatt. Komm her.« Ich klopfte neben mir auf das Sofa neben mir. »Hüpf rauf.«

Er sprang so auf die Polsterung, wie es nur Kinder ungestraft konnten. Dann ließ er sich auf meinem Schoß nieder, und ich genoss unwillkürlich den beruhigenden Geruch meines Babys.

»Genau so bleiben.« Das Klicken von Sebastians Auslöser hallte durch den stillen Raum. »Das ist das erste echte Lächeln, das ich den ganzen Tag gesehen habe. Der Junge hat dich um den Finger gewickelt.«

»Ja, hat er.«

Christopher grinste zu mir hoch, und ich konnte nicht anders, als ihn auf die Stirn zu küssen.

Die nächsten zwanzig Minuten lang nahm Sebastian mich und Christopher in Beschlag, und zu meiner Überraschung hatte ich mehr Spaß als bisher den ganzen Tag. Mein Sohn besaß wie einst sein Papa die Gabe, mich mit Albernheiten und Gelächter zum Entspannen zu bringen.

Rasch überspielte ich den Schmerz, der mir ins Herz fuhr, als ich an Stavros dachte. Es war fast zwei Jahre her, dass er bei einem Bootsunfall ums Leben gekommen war, und ich vermisste ihn an jedem einzelnen Tag. Er war mein Fels gewesen, als ich mit achtzehn schwanger wurde und keine Ahnung hatte, was ich tun sollte. Ohne zu zögern, war er eingesprungen, hatte mich geheiratet und das Kind eines anderen als sein eigenes angenommen. Er war so viel mehr gewesen, als ich verdient hatte.

Zumal er nicht der Mann war, von dem ich nachts träumte. Oder der, den ich mir mit dem Herzen der Achtzehnjährigen gewünscht hatte, die dachte, sie hätte ihren Seelenverwandten gefunden.

»Ihr könnt gehen.« Sebastians Stimme riss mich aus meinen Gedanken.

»Gott sei Dank.« Ich stand auf, half Christopher auf den Boden und streckte dann die Arme über den Kopf, um die Verspannungen im Rücken zu lockern.

»Mama, darf ich zu Peter nach Hause? Er hat ein neues Lego-Set und will, dass ich ihm helfe, es zusammenzubauen. *Yia Yia* hat gesagt, wenn du damit einverstanden bist, setzt sie mich bei ihm ab und bringt mich dann am Abend rechtzeitig nach Hause.«

»Dann ist es wohl in Ordnung, weil du ja eigentlich ohnehin erst morgen nach Hause gekommen wärst. Aber denk daran, dass du gleich morgen früh Hausaufgaben für die Schule zu erledigen hast.«

Er runzelte die Stirn. »Ich weiß. Warum geben die Lehrer in den letzten Schulwochen noch Hausaufgaben auf?«

»Weil sie euch gern quälen.« Ich zerzauste ihm das Haar, bevor ich auf meine Mutter zeigte. »Da ist *Yia Yia*. Geh und hab Spaß.«

Meine Mutter nahm Christopher an der Hand und führte

ihn aus dem Studio. Ich machte mich auf die Suche nach Penny, um mit ihr zu meiner Villa zu fahren.

»Ich kann nicht glauben, dass du nach allem, was er dir angetan hat, mit ihm arbeiten willst. Bist du sicher, dass du weißt, was du tust?«, fragte Persephone. Vor etwa fünf Monaten hatte meine Managementfirma Thanos Sports bekanntgegeben, dass einer unserer wertvollsten Kämpfer, Apollo Regalia, in Las Vegas gegen Hugo Davis antreten würde. Der MMA-Schwergewichtskampf würde als Pay-per-View-Angebot im Fernsehen übertragen werden.

Nicht das verärgerte Penny, sondern die Tatsache, dass Collin Lykaios gerade als Apollos Hauptsponsor unterzeichnet hatte.

Collin war nicht ihr Lieblingsmensch. Bis zum vergangenen Jahr hatte auch ich nicht das Geringste von ihm gehalten. Immerhin hatte der Mann dafür gesorgt, dass meine Beziehung mit seinem Sohn in die Brüche gegangen war. Aber wenn er mich nicht praktisch gezwungen hätte, Pierce zu verlassen, hätte ich nie Stavros geheiratet und fast zehn wunderschöne Jahre mit ihm erlebt.

»Ja, ich weiß, was ich tue. Außerdem könnte ich ohne Weiteres dir die Schuld daran geben, dass ich den Deal abgeschlossen habe.«

Sie runzelte die Stirn. »Klär mich auf, warum das meine Schuld sein soll.«

»Hast etwa nicht du vorgeschlagen, ich sollte für meine Athleten auch Veranstaltungsorte außerhalb von Europa ins

Auge fassen?« Ich ergriff ein mit Ouzo gefülltes Glas, trank einen Schluck und blickte hinaus auf die Ägäis vor der Küste von Athen in Griechenland.

»Damit hab ich nicht gemeint, du sollst zurück nach Vegas oder dich mit Collin Lykaios verbünden.«

»Du bist nur deshalb so voreingenommen gegen ihn, weil du demnächst Hagen heiratest.«

Tatsächlich würde Penny in wenigen Monaten mit dem ältesten der von Collins entfremdeten Söhne vor den Altar treten. Hagen verkörperte angeblich den düstersten und gefährlichsten der drei Brüder. Ich wusste, wie falsch diese Vorstellung war. Hagen hatte Entscheidungen getroffen, zu denen in seine Lebensumstände gezwungen hatten, im Grunde jedoch war er der wohl am wenigsten furchterregende der drei Lykaios-Sprösslinge. Hagen betete den Boden an, auf dem Penny lief – oder Starlight, wie er sie gern nannte.

Pierce hingegen war von Natur aus launenhaft.

»Nein, das stimmt nicht. Ich hab dir ja erzählt, dass Hagen und Collin Frieden geschlossen haben. Sie arbeiten langsam an ihrer Beziehung.«

»Was hast du dann für ein Problem?«

»Collin ist Christophers biologischer Großvater. Hast du keine Angst, er könnte herausfinden, dass du Pierce' Baby bekommen hast?«

Davor fürchtete ich mich täglich seit Christophers Geburt, aber das wollte ich Penny nicht beichten. Außerdem wurde es nun, da Stavros nicht mehr lebte, allmählich Zeit, sich der Wahrheit zu stellen.

Pierce hatte ein Recht darauf, von Christoph zu erfahren. »Nein.«

»Klar. Du bist so eine Lügnerin.«

»Ich mein's ernst«, behauptete ich abwehrend. »Alle Welt weiß, dass ich mich damals gleichzeitig mit Pierce und Stavros getroffen habe. Aber niemand außer dir, meinen Eltern und Stavros hat gewusst, dass ich schwanger war, bevor ich ihn geheiratet habe. Und bei dir hatte ich gedacht, du hättest geglaubt, Christopher wäre von Stavros.«

Erst letztes Jahr hatte Penny mir offenbart, was sie schon lange wusste: dass Pierce der Vater von Christopher war.

»Mir widerstrebt so sehr, dass du damals alle glauben lassen hast, du wärst eine Achtzehnjährige, die sich durch verschiedene Betten geschlafen hat.«

»Na ja, war immer noch besser, der Welt vorzugaukeln, ich wäre die Hure der Sportwelt, als meinen Vater feuern und meine Mutter deportieren zu lassen.«

Was trotzdem passiert war. Aber Stavros war eingesprungen und hatte meinen Eltern geholfen, sich wieder in Griechenland einzuleben.

»Und genau das meine ich. Wie zum Teufel kannst du dem Mann verzeihen, der im Grunde dein Leben zerstört hat?«

»Weil er zu mir gekommen ist und mich um Vergebung gebeten hat. Er ist ein gebrochener Mann. Es hat ihn viel Überwindung gekostet, mir gegenüberzutreten und all seine Fehler zuzugeben. Sogar bei meinen Eltern war er. Der Collin von früher wäre nie von seinem hohen Ross gestiegen, um Fehler einzugestehen.«

»Warte.« Penny setzte sich aufrechter hin und starrte mich an. »Sag das alles noch mal.«

Ich stellte mein Glas auf einen nahen Tisch und beschloss, ihr die ganze Geschichte zu erzählen. »Als ich letztes Jahr in Irland war, um Apollos Kampf zu promoten, hat Collin um ein Treffen mit mir gebeten. Er hat mir durch mein Sicherheitspersonal die Nachricht zukommen lassen, dass er Wiedergutmachung für den Schmerz leisten will, den er mir zugefügt hat.«

»Also, das würde passen – etwa um dieselbe Zeit haben er und Hagen wieder begonnen, miteinander zu reden.«

»Am Anfang war ich zögerlich. Immerhin hatte seit der Nacht, in dem er gesagt hat, ich müsste mich zwischen meinen Eltern und Pierce entscheiden, nicht mehr das Geringste mit ihm zu tun gehabt. Aber dann erfuhr ich, dass er meine Eltern besucht hatte. Wenn sie in ihren Herzen genug Vergebung finden konnten, um seine Taten vor zehn Jahren hinter sich zu lassen, dann konnte ich es auch. Deshalb hab ich ihn angerufen und zugestimmt, mich mit ihm zum Tee zu treffen.«

»Bist du sicher, dass es keine vorübergehende Unzurechnungsfähigkeit war?«, warf Penny ein.

»Was auch immer es war«, fuhr ich fort, »ich hab mich mit ihm getroffen und war überrascht, einen völlig anderen Mann vor mir zu haben, als ich ihn zehn Jahre zuvor gekannt hatte. Er war aufrichtig reuig und wusste, dass unverzeihlich ist, was er getan hat. Außerdem hat er mir erklärt, dass er mir nur deshalb solchen Schmerz verursacht hat, um Pierce und mich zu schützen. Und dass er hofft, es eines Tages wiedergutmachen zu können.«

Ich verstand nicht, wie es uns schützen sollte Pierce und mich voneinander zu trennen. Aber damals, als sich das alles abgespielt hatte, gab es viel, was ich nicht begreifen konnte. Statt meine Situation zu hinterfragen, rannte ich weg. Na ja, ich war nicht wirklich weggerannt, eher in Stavros' Welt geflüchtet. Eine Welt, in die ich nie richtig gepasst hatte. Aber sie gab mir die Sicherheit, die ich brauchte.

In Pennys Augen trat ein Ausdruck, der mich fragen ließ: »Was ist? Du weißt doch irgendwas.«

Ihr Blick begegnete meinem. »Ich kann dir keine Einzelheiten erzählen, das steht mir nicht zu. Aber du sollst wissen, dass es stimmt. Er hat die Beziehung zu seiner Familie gekappt, um sie zu schützen.«

»Darüber habe ich ihn nicht ausgefragt. Ich habe seine Entschuldigung angenommen und beschlossen, nach vorn zu schauen. Stavros hat mir vor Jahren beigebracht, mich von meiner Wut zu lösen.«

Ich erinnerte mich gut an die langwierigen Diskussionen, die ich mit Stavros darüber hatte. Er hatte mich dazu gebracht, Perspektiven zu betrachten, die ich davor nie in Erwägung gezogen hätte. Der Mann hatte so viel mehr von mir verdient, als ich ihm gegeben hatte.

»Er war ein wirklich erstaunlicher Mensch.« Penny legte die Hand auf meine. »Red weiter. Erzähl die Geschichte zu Ende.« Ich atmete tief ein und verdrängte die Traurigkeit. »Erst vor zwei Monaten haben wir danach wieder miteinander gesprochen. Anscheinend hat sich Apollo bei einem Pint Guinness in Irland bei Collin eingeschmeichelt, und Collin wollte ihn bei einem internationalen Schwergewichtskampf sponsern. Und so werden zum Ende des Sommers Apollo Regalia und Hugo Davis um das höchste

Preisgeld in der Geschichte der MMA und des Boxsports gegeneinander antreten.«

»Da Hugo bei Pierce' Agentur unter Vertrag ist, wirst du dich der Vergangenheit stellen müssen.«

»Ich weiß.«

»Und das macht dir nichts aus?«

»Es ist das Beste für Apollos Karriere. Da müssen meine persönlichen Befindlichkeiten hintanstehen.«

»Na gut, das kaufe ich dir ab. Aber ich sehe da ein paar Probleme, die du anscheinend bequem ignorierst.«

Ich verschränkte die Arme vor der Brust. »Und die wären?«

»Zum einen bist du immer noch in Pierce verliebt.«

Ich öffnete den Mund, um zu widersprechen, aber Penny schnitt mir das Wort ab. »Ich weiß, dass du Stavros geliebt hast. Ich will weder schmälern, was du für ihn empfunden hast, noch will ich dich kränken. Aber du hast ihn nie so geliebt wie Pierce.«

Innerlich zuckte ich zusammen und verspürte einen Anflug von Schuldgefühlen. Sie hatte recht. Ich mochte damals ein dummer Teenager gewesen sein, aber was ich mit Pierce gehabt hatte, ließ sich mit Stavros nie nachbilden.

Stavros und ich hatten eine Freundschaft, die sich zu Liebe entwickelt hat. Bei Pierce war es eine alles verzehrende Leidenschaft und ein Verlangen, das ich nicht erklären konnte.

»Das war eine Teenagerliebe. Da bin ich rausgewachsen. Ich bin jetzt Mutter und habe keine Zeit für die Vergangenheit.«

»Das bringt mich zum zweiten Problem – Christopher.

Sobald jemand einen genaueren Blick auf ihn wirft, wird offensichtlich, dass Stavros nicht sein Vater sein kann. Hier in Europa merkt es niemand. Aber Christopher sieht Pierce mit zunehmendem Alter immer ähnlicher. Sobald er in den USA ist, vor allem in Vegas, wird sich nicht mehr übersehen lassen, dass Pierce und Christopher verwandt sein müssen.«

»Ich weiß.« Ich kniff mir den Nasenrücken. »Christopher kommt frühestens fünf Wochen nach mir in die USA. Ich hoffe, bis dahin einen Plan ausgearbeitet zu haben, um ihn aus dem Rampenlicht herauszuhalten.«

»Zu spät.«

Ich runzelte die Stirn. »Was soll das heißen?«

»Du hast gerade ein Mutter-Sohn-Fotoshooting hinter dir. Sebastian hat ein paar tolle Bilder von euch beiden geschossen. Für mich besteht kein Zweifel daran, dass er sie verwenden wird. Christophers Gesicht wird das Cover der *Vogue* zieren, sowohl das der europäischen als auch das der amerikanischen Ausgabe.«

Der Magen sackte mir zu den Knien. Eine solche Angst, die sich durch meinen Körper ausbreitete, hatte ich zuletzt verspürt, als ich damals von meiner Schwangerschaft erfahren hatte. So sollte Pierce – oder irgendjemand sonst – nicht davon erfahren.

»Ame, es wird alles gut. Wir lassen uns etwas einfallen.«

Ich schwieg eine Weile, dann holte ich tief Luft und sagte: »Ich hätte wissen müssen, dass kein Geschäft mit einem Lykaios je einfach sein würde.«

»Das hat sich schon lange angebahnt. Jetzt musst du zu Pierce und ihm die Wahrheit sagen, bevor er sie auf andere Weise herausfindet.«

2

Pierce

»HE, Arschloch. Du lässt dich heute besser blicken.« Kaum hatte ich den Anruf angenommen, drang die Stimme meines Bruders Hagen aus dem Telefon.

Ich lenkte auf eine Parklücke vor einem riesigen Lagerhaus am Stadtrand von Las Vegas und schaltete den Motor aus. Das Letzte, was ich heute tun wollte, war zur wöchentlichen Besprechung mit meinen Brüdern Hagen und Zack aufzukreuzen.

Für eine Pause hatte ich zu viel Mist um die Ohren. Ich hatte noch drei Verträge für Amateurboxkämpfe zu prüfen und eine Rennveranstaltung zu verhandeln. Und vor allem musste ich die letzten Details des MMA-Schwergewichtskampfes zwischen dem europäischen Champion und meinem Mann organisieren.

Meine Brüder waren zwar keine Müßiggänger, aber ich hatte engere Termine einzuhalten als sie. Im Wesentlichen herrschten sie und ich über Vegas. Nun ja, zumindest behaupteten die Medien das gern.

Schon in jungen Jahren hatten wir uns zusammengetan und HPZ Holdings gegründet, ein Unterhaltungs- und Vergnügungskonglomerat, mit dem wenige andere Konzerne mithalten konnten. Hagen betrieb alles, was mit dem Nachtleben in Vegas zu tun hatte. Meine Talente lagen im sportlichen Bereich, von Leichtathletik bis hin zu Kampfsport. Und mein kleiner Bruder Zacharias, oder Zack, wie wir ihn nannten, war der Zocker unseres Trios.

Er kümmerte sich um sämtliche Casinos, Hotels und Resorts.

»Ja, ja. Ich werd da sein. Ist ja nicht so, als hätte ich je geschwänzt. Und nur so nebenbei, durch meine geschäftlichen Bemühungen hast du letzte Woche Millionen verdient.« Kaum hatte ich die Tür geöffnet, schlug mir die brütende Wüstenhitze entgegen.

Verdammt, war es heiß draußen.

»Jetzt heul nicht rum. Ohne mich wärst du ein gescheiterter Schwimmlehrer.«

»Von wegen gescheitert«, gab ich zurück und steuerte auf den Eingang der Lagerhalle zu.

Im Hinterkopf tat es immer weh, sich an die Vergangenheit zu erinnern. Ich hatte so hart daran gearbeitet, die Kontrolle über mein Leben wiederzuerlangen. Verdammt, es war immer noch ein täglicher Kampf. Ich konnte mich nur an eine einzige Zeit erinnern, in der die schlichte Berührung einer zarten Hand die Wut lindern konnte, die wegen meiner Lebensumstände in mir brodelte.

»Lass dir deine sechs Goldmedaillen nicht zu Kopf steigen. Ich bin größer und kann dir trotzdem in den Arsch treten. Kreuz auf. Es ist wichtig.«

»Ich hab doch schon gesagt, dass ich da sein werde. Ich sehe noch kurz nach, wie es bei Hugos Training läuft, dann komme ich.«

Damit legte ich auf und gab den Zugangscode auf dem Tastenfeld ein, um die Metalltüren des Gebäudes zu entriegeln.

»Hallo, Boss. Hugo ist eben erst aus der Pause zurückgekommen. Er ist im Ring beim Sparring mit Jeremiah.« Ich nickte einem der Trainer meiner Einrichtung zu und ging in den mittleren Bereich der Sporthalle.

Kaum erblickte ich Hugo, lächelte ich. Der Junge würde mich mit Stolz erfüllen. Hundertfünfzehn Kilo durchtrainierte Muskelmasse. Außerdem nahm er Ratschläge gut an und setzte den Verstand ein.

Ich hoffte nur, er würde nicht zu sehr vor Ehrfurcht vor seinem Idol Apollo Regalia erstarren, um den Ring mit dem Mann aufzuwischen.

Mit fast dreißig Jahren war Apollo fünf Jahre älter als Hugo und hatte ihm noch mehr an Erfahrung voraus, da er seine Karriere bereits im Alter von fünfzehn Jahren begonnen hatte. Und er hatte eine regelrechte Bulldogge als Managerin. Eine Frau, die eigentlich zu zerbrechlich für die Branche wirkte, aber keine Skrupel kannte, einem einen Schlag zu verpassen, wenn man sie unterschätzte.

Unwillkürlich verkrampfte ich die Kieferpartie.

Wenn Hugo gewönne, wäre es nicht nur ein Sieg für ihn, sondern ein Stinkefinger an die Frau, die mit ein paar ausgewählten Worten das Herz und die Karriere eines neunzehnjährigen Schwimmers zerstört hatte.

Ich wusste, dass ich den Kampf nicht persönlich nehmen sollte, aber ich schuldete Amelia Nephus Thanos noch etwas für die Hölle, durch die sie mich geschickt hatte.

Zu allem Überfluss hatte sie sich mit dem Mann zusammengetan, von dem ich mich vor Jahren abgewandt hatte – Collin Lykaios. Biologisch mochte er mein Vater sein, aber die eigentliche Rolle hatte Hagen ausgefüllt, als alles in die Binsen gegangen war.

Mein Handy klingelte erneut und riss mich aus meinen Gedanken.

Ich zog es aus der Tasche und antwortete: »Ja. Was willst du?«

»Dir auch einen guten Tag, du Penner«, sagte Zack. Ich konnte beinah vor mir sehen, wie er den Kopf über mich schüttelte. »Mich nur vergewissern, dass du zu unserem Treffen kommst.«

»Ich hab schon Hagen gesagt, dass ich da sein werde. Was ist denn so wichtig, dass ihr mir beide auf den Sack geht?«

»Das musst du persönlich hören.«

»Klingt bedeutungsschwer.«

»Ist es. Wird dein Leben auf den Kopf stellen.«

EINE STUNDE später betrat ich das *Ida* und war erleichtert, der sengenden Sonne zu entrinnen.

Das *Ida* war das neueste Hotel-Casino im Portfolio von HPZ. Das bislang modernste unserer Häuser, ausgerichtet auf eine jüngere, wohlhabende Zielgruppe.

Die Leitung der Anlage unterstand Hagen. Und deshalb herrschte darin eine etwas verruchte Atmosphäre, die Hagens Persönlichkeit widerspiegelte. Er war der Bruder mit der dunklen Vergangenheit, der jedoch jeden, dem er begegnete, anständig behandelte. Bei ihm verhielt es sich ein bisschen wie mit Yin und Yang.

Für die frühe Uhrzeit herrschte überall im Hotel bemerkenswert viel Betrieb. Andererseits war das *Ida* bereits seit der Eröffnung vor sechs Monaten durchgängig hervorragend ausgelastet.

Auf dem Weg zum privaten Fahrstuhl, der zu Hagens Penthouse führte, grüßte ich verschiedene Manager.

Wenige Minuten vor meiner Ankunft hatte Zack mir eine Nachricht geschickt, in der stand, ich sollte nicht in Hagens Büro kommen, sondern in sein Penthouse. Offenbar sollte sichergestellt werden, dass wir vollkommen ungestört wären und keine Möglichkeit bestünde, von jemandem belauscht zu werden.

Ich fragte mich, wohin Hagen seine Verlobte verscheucht hatte, wenn er wollte, dass wir allein wären. Wahrscheinlich brütete Persephone Kipos im Labor ihrer Brennerei an irgendeiner neuen Spirituose.

Hagen lebte bereits mit ihr zusammen. Penny, wie wir sie nannten, verkörperte das Gegenteil von Hagens düsterer, grüblerischer Art. Sie strotzte vor Energie, Humor und Wagemut, vor allem, was Hagen brauchte. Unabhängig davon, wie hart er nach außen hin wirkte, er war der sensibelste von uns dreien. Ich würde Penny für immer dankbar sein. Sie gab ihm die Liebe, die er sich immer gewünscht und von der er gedacht hatte, er würde sie nicht verdienen. Penny glaubte auch dann an ihn, wenn er es selbst nicht tat.

Wieder vibrierte mein Handy. Das Display zeigte Zacks Nummer.

»Echt jetzt, Alter«, sagte ich und gab mir keine Mühe, die Irritation in meiner Stimme zu verbergen, »ich bin grade dabei, in den verdammten Aufzug zu steigen. Was immer ihr Trottel mir zu sagen habt, ist besser wichtig. Ist euch eigentlich klar, wie viel Scheiß ich vor der Pressekonferenz nächste Woche noch erledigen muss?«

»Du wirst's verstehen, sobald du hier bist.« Damit legte er auf, und ich betrat den Aufzug.

Kaum war ich in Hagens Penthouse eingetroffen, zeigte Zack auf den Couchtisch. Hagen warf Zack einen missbilligenden Blick an. »Kannst du den Mann nicht erst mal reinkommen lassen?«

»Ist besser, es ihm zu sagen, bevor wir hier eine Atomexplosion haben.«

»Sehr witzig, Arschloch«, murmelte ich, ging zum Tisch und erstarrte, als ich das Cover der kommenden Ausgabe der *Vogue* betrachtete.

Die Schlagzeile lautete: »Amelia Nephus Thanos: Olympionikin, erfolgreiche Sportunternehmerin, Mutter.« Darunter befand sich ein Bild von Amelia in einem silbrigen Kleid in griechischem Stil mit nur einem Träger. Das Foto zeigte sie mit ihrem Sohn.

Gott, war sie schön. Ihr Körper war immer noch so definiert, wie man es nur durch tägliches Training erreichen konnte. Das lange, schwarze Haar trug sie leicht gewellt statt zu dem Pferdeschwanz zusammengebunden, um den ich früher oft die Hand gewickelt hatte.

Ich erinnerte mich noch daran, dass ich stundenlang in ihre bernsteinfarbenen Augen geblickt hatte, während wir über unsere Träume und die Zukunft sprachen. Sie war meine beste Freundin gewesen. Ich hatte ihr all mein Leid geklagt, und sie hatte zugehört. Sie hatte mir ein Ventil für das Chaos in meinem Leben geboten, mir Kontrolle auf eine Weise gestattet, wie es keine andere Frau je nachahmen könnte.

Im Gegenzug hatte ich ihr die Freiheit gegeben, sich von dem strengen Leben, das sie führte, und den in sie gesetzten Erwartungen zu lösen.

Als mein Blick zu dem dunkelhaarigen Jungen auf ihrem Schoß wanderte, setzte mein Herz einen Schlag aus. Ich hob die Zeitschrift auf und zeichnete das Gesicht des Jungen nach. Er besaß Lippen derselben Form wie seine Mutter, allerdings in einem Antlitz, das dem zu sehr ähnelte, das ich jeden Morgen im Spiegel sah. Dann bemerkte ich die Holzfigur in seiner Hand – es handelte sich um eine, mit der ich als Kind so gern gespielt hatte. Ein kleiner Poseidon mit einem Sprung am Arm.

Woher hatte er das Lieblingsspielzeug aus meiner Kindheit? Wer würde Amelia so etwas für ihren Sohn geschenkt haben? Collin? Ich hatte nicht die geringste Ahnung.

Ich betrachtete das Foto weiter und konnte die Wahrheit nicht leugnen, die ich darin sah. Amelia hatte mir mein Kind vorenthalten.

Warum war es mir nicht schon früher aufgefallen? Wir

hatten immer ein Kondom benutzt. Deshalb war ich davon ausgegangen, Amelias Baby könnte nicht von mir sein. Und ich war am Boden zerstört, als sie in der einen Minute Hals über Kopf in mich verliebt war und mich in der nächsten für einen viel älteren griechischen Playboy verließ.

Im Lauf der Jahre hatte ich Bilder von Amelias Sohn Christopher gesehen. Aber nichts hatte in mir den Verdacht geweckt, ich könnte sein Vater sein. Andererseits hatte meine Mutter mir erzählt, ich hätte anfangs genau wie sie ausgesehen und mich dann, als ich etwa sieben Jahre alt wurde, in eine Miniaturversion von Collin verwandelt. Und Christopher war nur wenig älter.

»Sie hat einem anderen Mann den Anspruch auf meinen Sohn erlaubt.« Meine Stimme zitterte vor Wut, während sich ein Klumpen in meiner Magengrube bildete.

In dem Moment bemerkte ich einen zwischen den Seiten der Zeitschrift steckenden Umschlag. Ich zog ihn heraus und las, was außen darauf stand.

An Pierce Lykaios

Wichtig. Sofort lesen. Von Collin Lykaios

Mein Vater versuchte seit sechs Monaten, mit Anrufen und Nachrichten meine Aufmerksamkeit zu erlangen. Bisher hatte ich sie alle ignoriert. Immerhin hatte sich der Mann von mir abgewandt – scheiße, er hatte sich von allen seinen Söhnen abgewandt. Statt uns zu beschützen, hatte er jeden von uns rausgeworfen, sobald er es rechtlich konnte.

Ohne Hagen hätte ich nie die nötigen finanziellen Mittel gehabt, um für die Olympischen Spiele zu trainieren. Wegen Collin musste Hagen für Draco Jackson arbeiten, einen japanischen Mafioso, und Gott weiß was für den Mann tun.

Zack musste das College abbrechen, um zu arbeiten. Dadurch war er in illegale Glücksspielkreise geraten und um ein Haar im Gefängnis gelandet. Wegen Collin hatten wir alle die letzten Lebensjahre unserer Mutter verpasst, bevor sie an Krebs gestorben war.

Dasselbe war mein Vater für mich – gestorben. Ich fand es besser, seine Existenz zu ignorieren, als die Wut auf ihn zu entfesseln, die ich so hart zu kontrollieren versuchte. Der Umstand, dass sich Hagen mit Collin versöhnt hatte, änderte nichts an meinen Gefühlen.

»Was hatte Collin mit der Sache zu tun?«, fragte ich mit zusammengebissenen Zähnen. Diesmal scheiterte ich kläglich daran, die sonst so gleichgültige Haltung an den Tag zu legen, die ich perfektioniert hatte, wenn ich sonst mit Zack oder Hagen über Collin sprach.

Hagen kam auf mich zu und reichte mir ein großes Glas voll Firewater Inkognito, der Auslese von Pennys Whiskey. »Trink das und lies dann den Brief.«

Ich stürzte den Whiskey hinunter, dann zog ich das Papier aus dem Umschlag.

PIERCE, ich verstehe deinen Hass und dein Misstrauen. Ich verdiene jedes bisschen davon. Du und deine Brüder haben wegen meiner Unzulänglichkeiten gelitten. Wäre ich ein stärkerer Mann und besserer Mensch gewesen, hätte keiner von euch für meine Schulden bezahlen müssen. Du sollst nur wissen, dass ich alles getan habe, um euch zu schützen.

Nichtsdestotrotz habe ich uns allen etwas angetan, vor allem aber dir.

Ich dachte, ich würde deine Zukunft und deine Karriere schützen. Sie warst so von Amelia Nephus besessen, dass du außer ihr nichts mehr wahrgenommen hast. Ihr wart damals noch Kinder in einer Beziehung, die für euch beide zu erwachsen war.

Verlassen hat sie dich, weil ich sie dazu gezwungen habe. Ich habe sie vor die Wahl zwischen dir und ihrer Familie gestellt.

Zu dem Zeitpunkt wusste ich nicht, dass sie schwanger war. Erst, als ich mich vor sechs Monaten in Irland mit ihr getroffen habe, wurde mir klar, dass ihr Sohn Christopher nicht von Stavros Thanos ist, sondern von dir. Sie hat keine Ahnung, dass ich es weiß. Das müsst ihr beide untereinander ausmachen.

Es tut mir so leid, dass ich deine Chance zunichtegemacht habe, Vater zu sein.

Mach Amelia keinen Vorwurf aus ihren Entscheidungen. Sie war an all dem unschuldig. Sie ist eine anständige Frau. Und aus irgendeinem Grund konnte sie mir verzeihen.

Ich kann nur hoffen, dass dir eines Tages dasselbe gelingt. Nicht nur dafür, sondern für alles.

Collin

ICH STARRTE den Brief mehrere Minuten lang an, während sich meine Gedanken durch Collins Zeilen überschlugen. Wortlos stapfte ich durch die Balkontüre im Wohnzimmer hinaus zu dem Mauersims mit Blick auf den Strip von Las Vegas. Ob Tag oder Nacht, in der Gegend herrschte immer reges Treiben, und innerhalb eines Wimpernschlags oder mit einem Würfelwurf konnten Leben auf den Kopf gestellt werden. Anscheinend verkörperte ich keine Ausnahme.

Ich bin Vater.

Grob fuhr ich mir mit der Hand durchs Haar. Herrgott. Was zur Hölle sollte sie tun?

Alle Welt glaubte, mein Sohn wäre von einem anderen Mann. Einem Toten, der allem Anschein nach von allen, die ihn gekannt hatten, geliebt und respektiert wurde.

Allmählich kochte meine Wut über. Es spielte keine Rolle, dass Collin sie dazu gebracht hatte, mich zu verlassen. Sie hätte mir sagen müssen, dass sie schwanger war. Stattdessen hatte sie nur Wochen nach unserer Trennung einen anderen geheiratet. Und als Draufgabe hatte sie ihm erlaubt, meinen Sohn großzuziehen, ihm seinen Namen zu geben und ihm Dinge beizubringen, die mir zugestanden hätten.

Verdammt.

Ich krallte die Hände in mein Haar, bevor ich es losließ.

An die Möglichkeit hätte ich denken sollen.

Was zur Hölle sollte sie jetzt tun? Sie lebte mit Christopher in Griechenland. Aber Moment mal. Penny war erst letzte Woche dort gewesen. Sie musste es gewusst haben. Immerhin war sie Christophers Patentante.

Also hatte sie dabei geholfen, meinen Sohn von mir fernzuhalten. Obwohl wir nicht blutsverwandt waren, hatte ich sie immer wie eine Schwester gesehen, und sie hatte mich verraten. Verdammt, ich wollte nicht, dass Hagen so jemanden heiratete.

Ich drehte mich um und kehrte ins Penthouse zurück.

Drinnen drängte ich mich an Hagen vorbei und stürmte die Treppe zu ihrem Arbeitszimmer hinauf. »Wo ist Penny? Wo ist deine Starlight?«

»Nicht hier.«

»Dann hol sie her«, verlangte ich und eilte zurück nach

unten. »Sie muss es gewusst haben. All die Jahre hat sie mitgeholfen, meinen Sohn von mir fernzuhalten. Was für ein Mensch tut das Leuten an, die er als Familie bezeichnet? Weiß Penny überhaupt, was Loyalität bedeutet? Bist du sicher, dass sie es wert ist, geheiratet zu werden?«

Fast sofort erkannte ich meinen Fehler mit der letzten Frage und wappnete mich für den Schlag, den ich voraussah.

Hagen packte mich am Kragen, noch bevor mein Fuß die letzte Stufe erreichte. Seine Faust landete wuchtig auf meinem Kinn.

Zack schob sich zwischen Hagen und mich. Damit verhinderte er einen zweiten Schlag, der mir mit Sicherheit ein Veilchen beschert hätte.

Benommen sackte ich zu Boden. Fuck.

Ich hatte vergessen, wie hart Hagen zuschlagen konnte. Ich war alles andere als ein halbes Hemd und konnte es mit den meisten Männern aufnehmen. Aber Hagen war der größte und muskulöseste von uns. Außerdem wusste er durch die Jahre als Dracos Vollstrecker genau, wie man mit jedem Treffer die größtmögliche Wirkung erzielte.

»Jetzt hör zu, Arschloch. Ich kann verstehen, dass du wütend bist. Dazu hast du jedes Recht. Trotzdem redest du nie, nie wieder respektlos über Penny. Sie ist zehnmal besser, als du es je werden kannst.«

Während ich mir das Kinn rieb, spähte ich zu Zack, der genauso wenig erfreut über mich wirkte. »Das hattest du verdient. Pennys Loyalität gilt seit ihrer Kindheit ihrer besten Freundin.«

»Wir kennen sie schon, seit sie Zöpfchen hatte.« Ich

bewegte den Unterkiefer hin und her und versuchte, die Schmerzen zu lindern.

»Das kann man nicht vergleichen.« Hagen ragte wieder über mir auf. »Dir muss sie es gesagt haben«, warf ich ihm vor.

»Wir haben erst heute Morgen davon erfahren, als der Umschlag angekommen ist. Die Zeitschrift ist noch nicht mal im Handel.«

»Also hat sie es auch vor dir geheim gehalten?«

»Sieht so aus. Sie hat keine Ahnung, dass wir es wissen. Und dabei belassen wir es auch, bis ich Gelegenheit habe, mit ihr zu reden. Außerhalb dieses Raums erwähnst du kein Wort davon, was du erfahren hast. Verstanden?«

»Warum? Ist ja nicht so, als wäre sie dir gegenüber so loyal, wie du glaubst.«

Hagen ballte die Hände zu Fäusten und spannte die Kieferpartie an. »Weil das eine Sache zwischen dir und Amelia ist. Es wäre Amelias Aufgabe gewesen, es dir zu sagen. Wie ich Starlight kenne, hat sie ihr nicht mal verraten, dass sie es herausgefunden hat.«

Ich ergriff die Hand, die Hagen mir entgegenstreckte, um mir auf die Beine zu helfen.

Ich rieb mir mit der Hand das Gesicht und zuckte zusammen, als meine Finger mein Kinn streiften. »Du erwartest von mir also, dass ich so tue, als wüsste ich nichts davon?«

»Ja.« Zack kam auf uns zu, reichte uns frische Gläser mit Whiskey und sagte: »Als sie das Fotoshooting gemacht hat, muss sie gewusst haben, dass es zu dir durchdringen würde. Gib ihr die Chance, es zu erklären. Christopher mag blutsverwandt mit uns sein, aber offiziell ist er von Thanos und somit Grieche. Das macht ihn sowohl zum Erben eines Reedereivermögens als auch von Amelias Firma. Wenn du nicht willst, dass Amelia ihren Sohn nimmt und nach Griechenland zurückkehrt, solltest du lieber nett sein.«

»Blödsinn. Der Junge ist durch und durch Amerikaner. Seine Eltern sind beide Amerikaner.«

»Du bist so ein verdammter Sturkopf. Lass es mich dir klar und verständlich sagen: Wenn du auch nur den Funken einer Chance auf eine Beziehung mit Christopher willst, musst du dich mit seiner Mutter gutstellen.«

»Na schön, ich werd auf nett machen. Ich bringe sie dazu, sich wieder in mich zu verlieben, und wenn sie es am wenigsten damit rechnet, hole ich mir meinen Sohn zurück. Ich habe vor, Amelia Nephus Thanos mit so viel Bürokratie zu bombardieren, dass kein Gericht in diesem Land Christopher ausreisen lassen wird.«

3

Amelia

ICH GÄHNTE, als ich die Trainingsanlage betrat, die Collin für
meine Athleten hinter seinem neuesten Casino-Hotel
aufgebaut hatte, dem *Cypress*.

Sie erwies sich als topmodern und verfügte über sechs
Trainingsringe, einen riesigen Kraftraum und
Umkleideräume, die sich nicht hinter Fünf-Sterne-Wellness-
Einrichtungen zu verstecken brauchten.

Als Collin mir den Plan für das Gebäude gezeigt hatte,
dachte ich, er hätte den Verstand verloren. Es erschien mir
viel zu aufwendig für etwas, das nur ein paar Monate lang
benutzt werden würde. Aber Collin lächelte nur und meinte,
es könnte ein Anreiz für mich sein, meinen Betrieb in die
Vereinigten Staaten zu verlegen.

Der Mann, den ich nun kannte, hatte nichts mehr mit dem

gemeinsam, der mich gezwungen hatte, seinen Sohn zu verlassen. Der Collin von heute schien ein wenig gebrochen und sehr einsam zu sein. Er war immer noch derselbe gerissene Geschäftsmann wie früher, aber um die Ränder deutlich milder.

Ich entfesselte ein weiteres Gähnen und schüttelte den Kopf, um die Müdigkeit zu vertreiben. Als ich zur Seite spähte, hätte ich am liebsten geknurrt, denn die drei Leute meiner Sicherheitsmannschaft präsentierten sich frisch und hellwach. Ich brauchte etwas davon, was sie hatten. Keine Spur von Müdigkeit, dabei hatten wir den gleichen Flug genommen. Gehörte wohl mit zu ihrem Job, konzentriert und aufmerksam zu sein.

Ich hatte Jahre gebraucht, um mich an Personenschutz zu gewöhnen, und danach weitere Jahre, um die Bodyguards im Alltag gar nicht mehr zu bemerken. Aber ich hatte gelernt, dass man als Mitglied einer prominenten, superreichen griechischen Dynastie darum nicht herumkam.

»Immer noch Jetlag?«, fragte Henna Anthony, als sie mir mit einer großen Tasse Kaffee entgegenkam. Henna war Collins rechte Hand. Im Wesentlichen leitete sie sein Imperium. Außerdem war sie zufällig Pennys Cousine ersten Grades und eine meiner engsten Freundinnen.

»Du bist meine Lebensretterin.« Ich griff nach der heißen Tasse und stürzte das flüssige Paradies hinunter. Als ich fertig war, musterte Henna mich mit belustigt hochgezogener Augenbraue.

»Bist du je nicht tipptopp herausgeputzt?« Ich begutachtete Hennas perfektes Designer-Outfit. »Es ist sechs

Uhr morgens, und du siehst aus, als wärst du vom Cover einer Zeitschrift gestiegen.«

Sie hob das Handgelenk und warf einen Blick auf ihre Armbanduhr. »Es ist eher bald sieben. Und damit du's weißt: Ich bin nur deshalb so angezogen, weil ich eine Videokonferenz mit einem Investor in Indonesien hatte. Unterschiedliche Zeitzonen sind ätzend.«

»Glaub mir, das weiß ich. Steht die Sache heute Abend noch?«, fragte ich sie. »Ich muss dringend mal einen Abend raus. Die letzte Auszeit von der Arbeit oder von der Mutterrolle hatte ich, als Penny und Hagen ihren kleinen Streit hatten und ich sie zur Ablenkung nach Ibiza mitgenommen habe.«

»Irgendwie bezweifle ich, dass Ablenkung der wahre Grund war. Penny hat mir erzählt, du hast das Abenteuer inszeniert, um sie in den Club zu locken, den Hagen nach ihr benannt hat, damit sie sich versöhnen können.«

Ich seufzte. »Das war das Mindeste, was ich dafür tun konnte, dass sie immer für mich da gewesen ist. Penny hat ihr Happy End verdient.«

Im Gegensatz zu mir. Ich hatte jede Hoffnung darauf vermasselt, als ich mit Pierce Schluss gemacht hatte. Damals hatte ich gedacht, ich hätte eine zweite Chance mit Stavros bekommen, aber das war nicht von Dauer gewesen.

Henna legte mir eine Hand auf den Rücken. »Auch du wirst wieder Liebe finden, Ame. Stavros würde nicht wollen, dass du ewig allein bleibst.«

Ich schenkte ihr ein müdes Lächeln und schüttelte den Kopf. »Nein. Liebe steht für mich nicht zur Debatte. Das

Beste, worauf ich hoffen kann, ist, irgendwann jemanden zu finden, mit dem ich gern zusammen bin.«

Mit dem Gedanken an eine neue Beziehung wollte ich mich nicht mal auseinandersetzen. Ich wusste, dass ich mit achtundzwanzig zu jung war, um zu behaupten, ich würde nie wieder mit jemandem ausgehen. Aber kaum hatte ich die USA betreten, spürte ich, wie mich die Vergangenheit mit Pierce verfolgte. Ich musste die Zukunft mit ihm und unserem Sohn klären, bevor ich auch nur an einen anderen Mann denken konnte.

»Vielleicht ist es an der Zeit, dass du dein Blatt neu mischst. Manchmal muss man sich neue Karten austeilen lassen, wenn man mit den alten nicht mehr weiterkommt.«

»Da spricht das Poker-Ass.«

»Ich mein's ernst. Du bist zu jung, um in der Vergangenheit zu leben. Ich mache es mir zur Aufgabe, den Richtigen für dich zu finden – oder zumindest den Richtigen für eine Weile.«

Bevor ich etwas darauf erwidern konnte, kam der Leiter meines Trainingsteams auf mich zu, Emery Gustav.

»Boss, Selena ist erkältet und kommt nicht zum Sparring mit Neya.«

Ich konnte mir nicht recht erklären, warum er mir das mitteilte. Wir hatten mehrere Alternativen für die Arbeit mit Neya, unter anderem vier Kämpferinnen, die am Tag vor dem Hauptereignis ihr Kampfdebüt geben würden.

Dann ereilte mich eine Erkenntnis.

»Willst du damit andeuten, was ich denke?«

Ein verlegenes Grinsen umspielte seine Lippen. »Du hast doch geklagt, dass du den Jetlag irgendwie loswerden musst.

Kaffee kann nicht annähernd dasselbe bewirken wie ein paar Runden im Ring.«

»Das kann nicht dein Ernst sein. Ich bin Promoterin, keine professionelle MMA-Kämpferin. Neya würde mich fertigmachen.«

Gegen einen Champion war ich zuletzt angetreten, als ich meine Goldmedaille gewonnen hatte, und das war im Taekwondo.

»Sag, dass es dich nicht reizt, in den Ring zu steigen, und ich nenne dich eine Lügnerin. Bevor du aus dem aktiven Sport ausgestiegen bist, hast du darauf hintrainiert, in die MMA-Arena zu wechseln.« Emery schaute hilfesuchend zu Henna.

Na toll, sie würden sich gegen mich verbünden. Schon im Alter von achtzehn Jahren wusste ich, dass meine Zukunft in irgendeiner Form bei MMA und dem damit verbundenen Potenzial liegt. Insbesondere wollte ich die Präsenz von Frauen in einem von Männern dominierten Sport stärken. Meine Freizeit verbrachte ich abseits von Pierce damit, andere Kampfsportarten zu erlernen. Dann war meine Welt auf den Kopf gestellt worden, und statt jenem Traum hatte sich ein neuer ergeben.

»Weißt du, er hat recht. Was bringt es, jeden Tag zu trainieren, wenn man nicht wieder in den Ring steigt?«

Am liebsten hätte ich Emery in den Hintern getreten. Er war mein MMA-Coach gewesen, bevor ich Christopher bekommen hatte. Meine Sponsoren hatten ihn engagiert, um mir beim Übergang vom Taekwondo zu Mixed Martial Arts zu helfen. Nachdem ich mich von meiner risikoreichen Entbindung erholt hatte, war er nach Griechenland gezogen, um mein Training fortzusetzen und mir zu helfen, ein Portfolio an Athleten und Athletinnen aufzubauen. Ganz gleich, für wie gut er mich hielt, Zeit im Ring verbrachte ich nur, um fit zu bleiben. Nicht mit Sparring gegen Profis, die sich ihren Lebensunterhalt mit dem Sport verdienten.

»Lass es mich wiederholen: Neya wird mich fertigmachen. Zwischen Training, um in Form zu bleiben, und der Vorbereitung auf einen Wettkampf besteht ein haushoher Unterschied.«

Henna legte mir den Arm um die Schultern. »Tust du's für mich? Es wäre ein Heidenspaß, und wir reden schließlich nur von einem Übungskampf, keinem echten.«

»Außerdem«, fügte Emery hinzu, »kannst du so aus nächster Nähe Neyas Schwächen und ausbaufähigen Bereiche erkennen.«

Damit hatte Emery ein gutes Argument, das musste ich zugeben. Über die Jahre hatte ich mich regelmäßig gefragt, wie es wohl wäre, wieder in den Ring zu steigen. Aber nach Christophers Geburt hatten sich meine Prioritäten völlig verschoben. Der Gedanke, fast jeden Tag des Jahres für Kämpfe überall auf der Welt zu trainieren, hatte nicht mehr denselben Reiz wie davor. Also tröstete ich mich mit der Arbeit als Promoterin. So blieb ich in der Welt des Sports, allerdings ohne die Verpflichtung, täglich Stunden im Ring abzuspulen. Außerdem sah ich darin die einzige Möglichkeit, gegen die Rolle zu rebellieren, die man von mir als Thanos' Frau erwartete.

Zum Entsetzen der griechischen Elite trainierte ich Sportler und machte mir die Hände schmutzig, statt Partys auf Jachten zu feiern und durch die Welt zu jetten.

»Du weißt, dass du es willst.« Henna klimperte mit den Wimpern. »Komm schon. Bitte.« Ich lachte. »Du bist unfassbar.«

Aber ihre Begeisterung wirkte ansteckend und ließ mich dieselbe Erregung wie früher vor Kämpfen spüren.

»Heißt das Grinsen, dass du es machst?« Emery hopste von einem Bein aufs andere, seine Version eines Freudentanzes.

»Na schön. Ich ziehe mich um.«

Henna drückte mich und küsste mich auf die Wange. »Das freut mich unheimlich. Ich hab jahrelang gehofft, dich mal im Ring zu sehen, und heute ist es so weit.«

»Du bist morgen besser hier, um die ganze Arbeit zu erledigen, wenn ich mich nicht rühren kann.«

»Das ist es mir wert, dich im Kampf gegen Neya zu sehen.«

Pierce

GEGEN NEUN UHR morgens fuhr ich auf den Parkplatz hinter den *Cypress* Casinos. Dass ich drei Sicherheitskontrollen passieren musste, um auch nur in die Nähe der Thanos Trainingsanlage zu gelangen, ließ mich den Kopf schütteln.

Das erschien mir übertrieben, sogar für Collins Verhältnisse.

Nach meinem Ausraster vom Vortag in Hagens Penthouse

hatte ich mir Zeit genommen, alles über Amelia, Stavros und Christopher zu recherchieren.

Dabei hatte ich auf Adrian Kipos zurückgegriffen, unseren hauseigenen Superhacker, der zugleich Pennys jüngerer Bruder war. Adrian arbeitete für meine Brüder und mich als IT-Sicherheitsbeauftragter. Gelegentlich recherchierte er auch für uns, wenn wir Informationen über jemanden brauchten, der nicht mitbekommen sollte, dass wir uns mit ihm befassten.

Dass ich stinksauer auf Adrians Schwester war, hatte keinerlei Einfluss auf meine Beziehung zu dem Jungen. Solange er für mich arbeitete und erledigte, was ich von ihm wollte, gab es zwischen uns kein Problem.

Laut Adrians Bericht war Christopher ein typischer, schelmischer Neunjähriger, der Sport mehr abgewinnen konnte als der Schule. Er spielte gern mit Lego und hatte eine Vorliebe für Schwimmen und Fußball. Der Junge trainierte bereitwillig stundenlang im Pool und hatte fast jeden Schwimmwettbewerb gewonnen, an dem er bisher teilgenommen hatte.

Ich konnte mir ein Lächeln nicht verkneifen. Mein Sohn geriet nach mir.

Stavros und Amelia waren alles andere als typisch. Im Wesentlichen gehörten sie dem griechischen Medienadel an. Sie galten als notorisch zurückgezogen und lechzten nicht nach Aufmerksamkeit. Ihre angebliche Liebesgeschichte jedoch hatte für Schlagzeilen gesorgt.

Die junge griechisch-amerikanische Sportlerin, die sich in den charismatischen, einsamen griechischen Witwer verliebt und erst nach der Hochzeit erfahren hatte, dass er Milliardär war. Mittlerweile verkörperte sie die Witwe, die immer noch um die Liebe ihres Lebens trauerte.

Ich biss die Zähne zusammen, als sich Verbitterung in mir ausbreitete. Wenn er die Liebe ihres Lebens gewesen war, was zum Teufel war ich dann?

Reiß dich zusammen, Pierce. Halt dich an den Plan. Verführ sie und sorg dafür, dass dein Sohn ein dauerhafter Bestandteil deines Lebens wird.

Ich stieß die Tür meines Porsche auf und marschierte zum Eingang des Gebäudes.

Unterwegs passierte ich auf dem Parkplatz zwei Autos, die an der Windschutzscheibe einen kleinen Aufkleber hatten, den ich erkannte. Es handelte sich um japanische Symbole für die Yakuza, das Verbrechersyndikat, das Japans Unterwelt beherrschte.

Na toll. Draco Jacksons Leute waren hier.

Draco war ein bekannter Mafiaboss von Las Vegas. Seine Wurzeln reichten in die Yakuza zurück. Außerdem war er Hagens früherer Boss und versuchte derzeit geradezu verzweifelt, sich mit Hagen zu versöhnen. Vor etwa sechs Monaten hatten sie sich zerstritten, was Draco auf eine Weise erschüttert hatte, die nicht nur seine Erben, sondern uns alle überraschte. Draco war alles andere als ein gefühlsbetonter Typ. Mit Hagen jedoch hatte er jemanden verloren, den er als Sohn betrachtete, und damit kam er nicht klar.

Dass seine Männer hier waren, war eine nicht besonders subtile Erinnerung an eine Schuld, die er eintreiben wollte. Vor etwa neun Monaten hatte Penny Hilfe dabei gebraucht, herauszufinden, wer ihren Vater umgebracht hatte. Hagen hatte seine Verbindung zu Draco genutzt, um die Antworten zu beschaffen. Aber als Gegenleistung für seine Hilfe wollte Draco von jedem von uns drei Brüdern etwas. Zack und ich hatten seinen Forderungen zugestimmt, weil wir Penny wie eine Schwester liebten. Hagen war bis über beide Ohren in sie verliebt, also war es bei ihm ohnehin selbstverständlich.

Mein Beitrag waren Plätze direkt am Ring beim bevorstehenden Kampf zwischen Hugo und Apollo. Dass Draco seine Männer hergeschickt hatte, sollte mich daran erinnern, dass er sie haben wollte.

Als würde ich eine Verpflichtung gegenüber dem Monster vergessen, dem das organisierte Verbrechen in Las Vegas praktisch unterstand. Ich zeigte einem Wachmann an der Tür meinen Ausweis. Er trat beiseite, und ich ging rein. Sofort hörte ich den Lärm einer jubelnden Menge und folgte dem Geräusch.

Ich erkannte Henna Anthony. Mit ihrem Designer-Outfit stach sie aus der Masse hervor, während sie rief und lachte. »Komm schon, Ame. Zeig der jungen Lady, wie es geht.«

Ame?

Als mein Blick nach rechts wanderte, ging ein Zucken durch meine Lenden, das mich schlagartig zwölf Jahre in die Vergangenheit versetzte. Damals war ich siebzehn und am Trainieren für meinen ersten internationalen Wettkampf. Meine Trainer waren entschlossen, mich zu einem Champion zu schmieden. Für mich bedeutete das keine Sommerferien, keinen Spaß.

Nach einem besonders harten Trainingstag im Buchanan Natatorium auf dem Campus der University of Nevada wollte ich mir den aktuellen Taekwondo-Schwergewichtschampion Kosmo Yadira beim Training ansehen, statt nach Hause zu fahren, wie Collin es mir befohlen hatte. Kosmo galt als Legende, und mich begeisterte, wie er im Ring den Boden mit seinen Gegnern aufwischte.

Stattdessen jedoch trainierte Kosmo an dem Tag das sechzehnjährige Taekwondo-Wunderkind Amelia Nephus. Sie war die Tochter eines Casino-Managers von Collin. Ich hatte schon von ihr gehört, aber obwohl wir zufällig dieselbe Highschool besuchten, waren wir uns nie über den Weg gelaufen.

Sie faszinierte mich auf Anhieb. Amelia strahle ständig diese Entschlossenheit aus, jeden Kampf zu gewinnen, für den sie in den Ring stieg. Diese tief in ihr verwurzelte Kontrolle weckte in mir die Lust zu sehen, wie sie wohl wäre, wenn sie die Zügel aus der Hand gab. Ich brauchte über einen Monat, um sie zu überreden, mit mir auszugehen. Aber als es mir gelungen war, stellte sie meine Welt auf den Kopf.

Sie wurde mein Anker, meine gesamte Welt abseits des Schwimmsports. Meine Zuflucht. Und dann hatte sie alles in Fetzen zerrissen.

Fuck. Ich sollte längst darüber hinweg sein. Aber das Wissen, dass sie mir meinen Sohn vorenthalten hatte, und ihr unverhoffter Anblick hier rissen die Wunde weit auf, die das letzte Jahrzehnt lang geschwärt hatte.

Der anschwellende Jubel der Menge riss mich aus meinen Gedanken. Ich konzentrierte mich wieder auf das Geschehen.

Amelia trug enganliegende Shorts und einen Sport-BH, der ihre üppigen Brüste perfekt betonte.

Gott, war sie gut in Form. Ihre Arme, Beine und der Bauch strotzten vor definierten Muskeln. Sie spannten sich bei jeder Bewegung und zeigten deutlich ihre Beweglichkeit und Kraft.

Die Frau war nicht die verwöhnte Gesellschaftsdame, die ich nach ihrer Ehe mit einem Milliardär erwartet hatte, sondern eine Sportlerin, die ihre Leidenschaft in ein florierendes Geschäft umgemünzt hatte.

Wäre ich nicht so stinksauer auf sie gewesen, ich hätte sie bewundert.

Aber wem wollte ich etwas vormachen? Es spielte weder eine Rolle, wie verletzt oder wütend ich war, noch dass sie einen anderen Mann geheiratet hatte – ich würde nie aufhören, sie zu wollen.

Mein bestes Stück wurde härter, als mir Visionen davon durch den Kopf gingen, wie ich es ihr an der Wand unserer Unterkunft im olympischen Dorf besorgte. Sex mit ihr war immer intensiv und explosiv gewesen. Sie hatte sich nie gescheut, etwas von mir Vorgeschlagenes auszuprobieren.

Ein Schauder durchlief mich, als ich an einige der Dinge zurückdachte, die wir getan hatten – Bondage, Spanking, Atemkontrolle. Wir hatten keine Ahnung gehabt, mit welchen Gefahren wir gespielt hatten.

Nach jahrelangem Üben war ich mittlerweile ein Fachmann für die Welt der Perversionen. Und ich hatte vor, all meine Fertigkeiten zu nutzen, um das Verlangen auszutreiben, das mich bis zu diesem Tag verfolgte.

Na toll, nun musste ich auch noch mit einem Ständer herumlaufen. Ich rückte das Hemd so zurecht, dass es meinen Schritt verdeckte.

In dem Moment drehte sich Amelias Gegnerin um. Der Anblick ließ mich erstarren. Was um alles in der Welt ging hier ab? Sie kämpfte gegen Neya Adams.

Neya war die erfolgreichste Frau in der Geschichte von

MMA. Davor hatte sie Judo, Taekwondo und Ju-Jutsu betrieben. Außerdem musste sie gut und gern zehn bis zwölf Kilo mehr auf die Waage bringen als Amelia.

Wer immer diesen Kampf zugelassen hatte, konnte nicht recht bei Trost sein.

Ich drängte mich zwischen die Umstehenden und blieb stehen, als ich Henna erreichte. Die Überraschung in ihrem Gesicht hätte mich wohl zum Lachen gebracht, wenn ich nicht in dem Moment gesehen hätte, wie Amelia gegen Neya einen Roundhouse-Kick gegen die Brust anbrachte.

Dann läutete Emery Gustav den Gong und beendete den Kampf. Er war als Trainer durch seine Fähigkeit, aus den unwahrscheinlichsten Kämpfern echte Champions zu formen, zur Legende geworden.

Ringsum wurde gestöhnt.

»Komm schon, Mann. Es wurde gerade gut«, rief ein stämmiger Mann auf der gegenüberliegenden Seite des Rings.

»Ja«, meinte jemand anders. »Wie oft steigt die Chefin schon persönlich in den Ring? Noch eine Runde.« Emery läutete den Gong erneut, diesmal länger und nerviger. »Die Show ist vorbei. Zeit, dass ihr wieder an die Arbeit geht und euch euren Lohn verdient. Wenn's euch nicht passt, könnt ihr ja Beschwerde beim Management einreichen.«

Mit einer weiteren Runde nörgelnder Laute zerstreute sich der Menschenauflauf.

Henna drehte sich mir zu. »Überrascht mich, dich hier zu sehen. Unser Treffen ist erst in einer Stunde.«

»Ich wollte die Anlage ohne Glanz und Gloria sehen.« Damit log ich nicht.

Meine Absicht bestand in einem Blick hinter die Kulissen

auf die Leute und die Kämpfer, wenn sie sich nicht öffentlich von ihrer besten Seite zeigten. Allerdings hatte ich nicht damit gerechnet, die Frau, die mich in meinen Träumen heimsuchte, mitten in einer Runde MMA vorzufinden.

»Ich wette, deine Erwartungen sind übertroffen worden.« In ihrer Stimme schwang Belustigung mit.

Ich musterte Henna. Sie war eine atemberaubend schöne Frau. Dunkle, schokoladenbraune Augen, die ihre Emotionen nicht verbergen konnten, außer wenn sie am Pokertisch saß. Und eine geradezu beängstigende Intelligenz. Das teilte sie mit ihrer Cousine Penny und ihrer Schwester Anaya.

An schlechten Eigenschaften konnte ich über Henna tatsächlich nur ihre unerschütterliche Loyalität gegenüber Collin Lykaios anführen. Andererseits war er für sie der Vater gewesen, der er seinen drei Söhnen hätte sein sollen.

»Steigt sie oft in den Ring?«

»Nein.«

Ich zog eine Augenbraue hoch und wartete auf eine ausführlichere Antwort.

»Das war eine einmalige Sache. Amelia hat gerade zum ersten Mal öffentlich gesparrt, seit ...« Abrupt verstummte Henna.

Ich beendete den Satz für sie. »Seit sie achtzehn war.«

Natürlich hatte sie ausgerechnet heute entschieden, einen Sparringkampf zu bestreiten. Um mich an die Frau zu erinnern, die ich mit jeder Faser geliebt und vergöttert hatte.

»Was sagst du dazu?« Henna schaute zu Amelia und Neya.

Die beiden waren ins Gespräch vertieft. Wahrscheinlich diskutierten sie Stärken über Verbesserungsbereiche.

»Sie hat nichts von ihrer Kraft und ihrem Können

verloren. Kommt einem fast vor, als würde sie immer noch täglich wie eine Wettkämpferin trainieren.«

In dem Moment schaute Amelia zu mir und begegnete meinem Blick. Flüchtig erkannte ich Überraschung und etwas Vertrautes in ihren Augen. Es fühlte sich wie ein Schlag in die Magengrube an, als all die Emotionen und all das Verlangen, die ich so angestrengt in mir zu vergraben versucht hatte, sämtliche Dämme brachen und sowohl die Wut als auch den Schmerz wegfegten.

Amelia setzte sich in unsere Richtung in Bewegung. Sie wirkte kaum älter als bei unserer letzten Begegnung. Allerdings wies ihr Körper subtile Veränderungen auf, die ich zuvor nicht bemerkt hatte – sie war schlank, allerdings mit Kurven an den richtigen Stellen, vor allem am Hintern.

Ich konnte mir beinah vorstellen, wie ich sie an den Hüften festhielt, während ich sie hart von hinten nahm und sie mich anflehte, sie zum Kommen zu bringen.

Mist. Schon wieder bekam ich eine Erektion.

Als sie sich nur noch wenige Schritte von mir entfernt befand, erkannte ich leichte Dehnungsstreifen an ihrem Bauch. Und meine Lust ließ nach. Mein Kind war in ihr herangewachsen, und sie hatte es mir vorenthalten.

»Hallo, Pierce.«

4

Amelia

MIR DREHTE sich der Magen um, während ich auf eine Erwiderung von Pierce wartete.

Er strahlte immer noch etwas Geheimnisvolles aus, wodurch ich mich schon damals in unserer Jugend zu ihm hingezogen gefühlt hatte. Mittlerweile jedoch war es noch offensichtlicher, und er hatte eine gewisse Härte erlangt.

Körperlich hatte er sich von einem eins achtundachtzig großen, schlanken, aber schmächtigen neunzehnjährigen Athleten zu einem durchtrainierten, muskulösen Mann entwickelt, dem sein Anzug wie angegossen passte. Die Zeit hatte es überaus gut mit ihm gemeint.

Mitten im Kampf gegen Neya hatte ich eine Veränderung in der Halle gespürt. Ich hatte alles und jeden um mich herum überdeutlich wahrgenommen. Zum Glück hatte ich ihn nicht gesehen, bevor ich den Roundhouse-Kick gelandet hatte, nur Sekunden, bevor Emery den Gong geläutet hatte. Sonst wäre ich ins Straucheln geraten. Kaum hatte mein Fuß wieder auf der Matte aufgesetzt, hatte ich mich umgedreht, und mein Blick war auf ihm gelandet.

Er beobachtete mich wie früher – mit Lust und dem Versprechen dunkler Begierden in den Augen. Mein Körper hatte sofort darauf reagiert.

Er war der einzige Mann, der so etwas je bei mir bewirkt hatte. Nicht mal Stavros konnte mich mit einem Blick derart in Wallung versetzen.

Als mich ein Anflug von Schuldgefühlen ereilte, konzentrierte ich mich wieder auf Pierce. »Hallo, Ame.«

Gott, diese Stimme.

»Unser Treffen ist erst um zehn. Wir haben nicht mit dir gerechnet.« Ich nahm ein Handtuch entgegen, das Henna mir reichte, und wischte mir erst das Gesicht, dann den Bauch ab. Dabei entging mir nicht, dass Pierce' Blick der Bewegung meiner Hand folgte.

Sein Blick verweilte auf meinen verhärteten Nippeln.

»Das war Absicht. Ich wollte sehen, wie dein Team abseits der Kameras arbeitet.« Er leckte sich über die Lippen und runzelte die Stirn, als ihm bewusst wurde, dass er es tat.

Tja, Mist. Wir fühlten uns immer noch zueinander hingezogen. Das würde die Dinge noch komplizierter gestalten, als sie ohnehin schon waren.

»Mit anderen Worten, du wolltest bei uns spionieren.«

Er schaute zu meinem Gesicht auf, und ein leichtes Grinsen umspielte seinen Mund. »Könnte man so sagen.« Gott, dieses Lächeln.

Ich musste klaren Kopf bewahren, mir vor Augen halten, dass er Christophers Vater war. Und wenn auch nur irgendeine Hoffnung bestehen sollte, Pierce die Wahrheit mit möglichst harmlosen Folgen beizubringen, durfte ich mich nicht von meinen Hormonen steuern lassen. »Obwohl ich zugeben muss, dass ich nicht damit gerechnet hätte, Amelia Nephus im Ring zu sehen.«

»Amelia Thanos«, korrigierte ich ihn und bemerkte eine sofortige Veränderung seiner Haltung.

»Mein Beileid zu deinem Verlust. Ich hab gehört, Thanos war ein großartiger Mann.« Ich holte tief Luft. Über Stavros redete ich ausgesprochen ungern.

Und was konnte ich schon erwidern, wenn Pierce mir sein Beileid für den Mann aussprach, für den ich ihn seiner Vermutung nach verlassen hatte?

»Danke.« Ich sah Henna an. Sie nickte, als sie mitbekam, dass meine Emotionen verrücktspielten. Dann richtete ich die Aufmerksamkeit wieder auf Pierce. »Wenn du mich jetzt bitte entschuldigst. Henna kümmert sich um dich. Ich muss mich herzeigbar machen, bevor die Presse kommt.«

»Komm mit, Pierce. Ich bringe dich in die Cafeteria.« Henna deutete in Richtung eines Flurs. »Collin hat hier eine Cafeteria eingerichtet? Das muss ich sehen.«

Pierce musterte mich noch einmal, bevor er Henna folgte.

Ich brauchte zwanzig Minuten, um es durch die wartende Menge der Mitarbeiter und Athleten zu schaffen. Sie wollten über den Kampf reden und mich wissen lassen, wie aufregend sie es gefunden hatten, mich im Ring zu sehen. Ich war ihnen allen dankbar, aber mein Herz verlangte brüllend nach ein paar Minuten, um zu verdauen, was mit mir geschah.

Ich betrat das an mein persönliches Büro angrenzende Badezimmer und drehte die Dusche auf. Sobald das Wasser die gewünschte Temperatur erreicht hatte, stieg ich hinein.

Die Wärme und der kräftige Strahl entspannten mich. Ich stützte die Hände an der Wand ab und hob das Gesicht dem Wasser entgegen.

Gott. Ich hatte nicht erwartet, dass sich die Begegnung mit Pierce so auf mich auswirken würde. Seine Gegenwart erweckte Wünsche und Begierden, die ich vor langer Zeit verdrängt hatte. Dinge, die ich von Stavros nie hätte verlangen können.

Er war ein toller Liebhaber, der meine Bedürfnisse immer über die eigenen gestellt hatte. Stavros hatte mich wie einen Schatz behandelt. Erst knapp eineinhalb Jahre nach unserer Hochzeit schliefen wir zum ersten Mal miteinander. Er ging geduldig und so behutsam mit mir um. Damals dachte ich, genau das zu wollen – einen Kontrast zu der alles verzehrenden Leidenschaft, die zwischen Pierce und mir geherrscht hatte.

Im Verlauf der Jahre wurde aus der sanften, süßen Freundschaft zwischen Stavros und mir allmählich Liebe. Nicht die Liebe, die ich für Pierce empfunden hatte, sondern eine, die mir für den Rest meines Lebens erhalten bleiben würde. Stavros verkörperte tatsächlich mein Ritter in glänzender Rüstung.

Aber es sollte nicht von Dauer sein. Ich erinnerte mich noch lebhaft daran, wie am Boden zerstört ich war, als die Behörden zu unserer Villa kamen und mir mitteilten, Stavros' Boot wäre von einem Schiff gerammt worden, gesteuert von einem betrunkenen Kapitän.

Ich war damals wie betäubt, wollte einfach nicht glauben, dass er weg war. Ohne meine Eltern, Penny, Henna und Anaya hätte ich den Schicksalsschlag nicht überstanden. Mein kleiner Stamm half mir, den Verlust zu verkraften und mich darauf zu konzentrieren, mich um Christopher und um sämtliche Betriebe von Stavros zu kümmern.

Die Familie Thanos erwartete von mir, die Unternehmen an einen der männlichen Erben der Sippe zu übergeben. Nein, das stimmte nicht ganz. Nicht alle teilten die Meinung, dass keine Frau die Kontrolle über das Milliarden-Dollar-Imperium haben sollte. Meine Schwiegermutter Sylvia war meine vehementeste Fürsprecherin. Als Matriarchin der Familie Thanos war ihr Wort Gesetz, und sie wollte, dass ich Stavros' Rolle übernahm.

Ihre Unterstützung bedeutete mir unheimlich viel und ermutigte mich, die richtigen Leute an den richtigen Stellen zu platzieren. So konnte ich mich auf das Geschäft konzentrieren, das ich von Grund auf geschaffen hatte. Ein Unternehmen, das die halbe Familie immer noch als unwürdig des Namens Thanos betrachtete.

Aber ich hatte vor langer Zeit gelernt, dass ich es dem Großteil meiner Schwiegerfamilie schlichtweg nicht recht machen konnte. Obwohl ich die Regeln befolgt und mich so verhalten hatte, wie es von mir erwartet wurde, änderte sich daran nichts. Erst, als ich den krampfhaften Versuch aufgab, fand ich meinen wahren Platz.

Sport war mein Leben. Damit kannte ich mich aus. Und ein Unternehmen, durch das ich mitten im Geschehen sein konnte, ohne meine Zeit mit Christopher opfern zu müssen, war der perfekte Kompromiss.

Und nun schloss sich der Kreis zu dem Mann, der Stadt und dem Unternehmen, mit dem alles begonnen hatte.

Pierce zu sehen, kehrte eine Sehnsucht aus mir hervor, die ich jeden Tag zu unterdrücken versuchte. Ich hatte ihn verletzt, hatte uns verletzt, hatte sein zerbrechliches Vertrauen beschädigt, dass ich immer für ihn da sein würde.

Eine Träne kullerte mir über das Gesicht. War es treulos gegenüber Stavros, indem ich mir eingestand, dass ich nie aufgehört hatte, Pierce zu wollen? Dass ich ihn immer noch liebe ...

Abrupt schob ich den Gedanken weg. Das durfte ich mir nicht antun.

Ich musste auf Abstand zu Pierce bleiben und den Umgang zwischen uns professionell halten. Nicht nur mein Geschäft, sondern auch Christopher stand auf dem Spiel.

Ich musste einen Termin vereinbaren und mich mit Pierce zusammensetzen, um rational und erwachsen über die Vergangenheit und Christopher zu sprechen. Immerhin waren wir mittlerweile beide fast dreißig und wussten, wie wichtig es war, Dinge zu durchdenken.

Aber wem wollte ich etwas vormachen?

Für mich bestand kein Zweifel daran, dass Pierce überschnappen würde. Durch seine Emotionen war er schon immer sprunghaft gewesen. Auch wenn er gelernt hatte, sie zu kontrollieren, hieß das noch lange nicht, dass er sie in unserer speziellen Lage zügeln würde. Ich konnte nur hoffen, er würde ruhig genug bleiben, um zuzustimmen, sich langsam an Christopher heranführen zu lassen.

Ich war geliefert. Unbeschadet würde ich auf keinen Fall aus der Sache rauskommen.

Mein klingelndes Telefon sagte mir, dass ich mich beeilen musste. Rasch wusch ich mir erst die Haare, dann den Körper. Ein paar Mal zuckte ich dabei zusammen, als ich über die Stellen strich, an denen Neya Treffer gelandet hatte. Dann stieg ich aus der Dusche, entschied mich für einen der maßgeschneiderten Anzüge, die Henna für mich besorgt hatte, und setzte mein Pokerface auf.

Als ich den Trainingsraum betrat, war ich wieder die Sportpromoterin, die sich von niemandem etwas gefallen ließ.

»Da ist sie ja.« Collin Lykaios kam auf mich zu und küsste mich auf die Wange. »Ich bin mir nicht sicher, ob ich dich tadeln oder umarmen soll.«

»Was hab ich denn gemacht?«, fragte ich und gab mich unschuldig.

Collin hatte einen ausgeprägten Beschützerinstinkt für die Frauen in seinem Leben, zu denen Henna, Anaya und mittlerweile auch ich gehörten.

»Ich hab gehört, dass du dem Team heute ein aufregendes Erlebnis beschert hast.«

Seine tiefblauen Augen, die so sehr jenen seines Sohns und Enkels ähnelten, funkelten schelmisch. Für einen fünfundsechzigjährigen Mann sah er immer noch unverschämt gut aus. Er hatte sich im Wesentlichen den Körper seiner Jugend erhalten, allerdings veredelt mit einem Flair, für das nur die Zeit sorgen konnte. Mit Collins Genen stand fest, dass sich auch Hagen, Pierce und Zack im Alter gut halten würden.

»Könnte man so sagen.« Ich lächelte. »So hatte ich die Möglichkeit, aus nächster Nähe Bereiche zu erkennen, die Neya noch verbessern könnte.«

»In Wirklichkeit wollte unsere Einsiedlerin hier die Möglichkeit, damit zu prahlen, wie gut sie noch im Saft steht.« Emery gesellte sich zu Collin und mir.

»Was auch immer der Grund war, ich bin dankbar.« Collin musterte mich und zwinkerte Henna zu, die sich uns näherte. »Die Moral der Mannschaft ist gut. Außerdem ist da jetzt eine Begeisterung, die gestern noch nicht spürbar war. Ist gut zu zeigen, dass die Leute, für die sie arbeiten, kein Problem damit haben, sich die Hände schmutzig zu machen. Aber tu mir einen Gefallen. Lass nächstes Mal jemand anders als Sandsack herhalten. Mir wäre fast das Herz stehen geblieben, als ich gehört habe, dass du im Ring bist.«

»Ich werd mich bemühen, dir keine Angst mehr einzujagen.« Ich zwinkerte ihm zu.

»Hier, trink das.« Henna reichte mir ein grünes Getränk, das wie püriertes Gras aussah. Ich rümpfte die Nase. »Äh, nein danke.«

Henna runzelte die Stirn und wiederholte im Befehlston: »Trink es.«

Bevor ich erneut ablehnen, kam ein muskulöser, überlebensgroß wirkender Mann mit pechschwarzem Haar und dunklen Augen zu uns herüber.

Apollo Regalia verkörperte ein prächtiges Beispiel männlicher Perfektion. Er war amtierender Schwergewichtschampion in Europa und Asien mit einer Fangemeinde, die es mit einigen der größten Filmstars aufnehmen konnte. Er trainierte hart und kämpfte noch härter.

Mich betrachtete er als seine Adoptivschwester. Kennengelernt hatten wir uns bei meinen ersten und einzigen

Olympischen Spielen. Er war für Spanien bei den Schwergewichtskämpfen der Männer im Taekwondo angetreten, ich für die USA in der Federgewichtsklasse der Frauen. Über Jahre blieben wir befreundet. Und bei der Gründung meiner Promotion- und Managementfirma mit Stavros hatte ich ihn als einen meiner Athleten an Bord geholt.

»Ich sage, das ist nur fair. Neya, mich und alle anderen lasst ihr das Zeug auch nach jedem Kampf trinken. Erinnerst du dich an die E-Mail mit der Beschreibung der Vorteile von Weizengras-Eiweißshakes gegen Muskelverspannungen und Müdigkeit?«

»Apollo hat recht.« Collin konnte seine Belustigung nicht verbergen. »Du solltest mit gutem Beispiel vorangehen.«

Mürrisch griff ich nach dem Becher und brummelte: »Woher sollte ich denn wissen, dass mir irgendjemand den Mist abkauft, den ich geschrieben habe?«

Ich hielt die Luft an, betete, dass ich mich nicht übergeben würde, und trank einen Schluck. Oh Mann. Das Zeug schmeckte unglaublich. »Verdammt, ist das gut.«

Apollo legte mir einen Arm um die Schultern. »Hast du gedacht, wir würden was trinken, das wirklich wie Gras schmeckt? Wir lieben dich und wissen, dass du nur das Beste für uns willst.«

»Aber?«, setzte ich seinen Satz fort.

»Aber niemand von uns würde ekelhaftes Zeug trinken, und wenn es noch so gesund wäre.«

»Das erklärt dann wohl die riesigen Bestellmengen für den Shake auf den Spesenabrechnungen.« Henna nahm mir das Getränk aus der Hand und probierte einen Schluck.

Ihre Augen wurden groß, dann nickte sie. »Das muss ich unbedingt in meinen Diätplan aufnehmen.«

Ich eroberte den Becher zurück und stürzte den Rest des Getränks hinunter, bevor ich den Becher in einen nahen Mülleimer warf.

»Zeit, hübsch zu lächeln.« Apollo ließ mich los und rückte den Gürtel des Boxermantels zurecht, den er trug. »Hab ich dir schon mal gesagt, dass ich diesen ganzen schwachsinnigen Pomp hasse?«

»Bei jeder einzelnen Presseveranstaltung«, antwortete ich.

Wir steuerten auf den Hintereingang der Anlage zu, der zum Pressezelt führte, das Collin hatte aufbauen lassen.

Kaum hatten wir es betreten, heftete sich mein Blick auf Pierce, der bei Hugo Davis saß. Aus seinen Augen sprach eine unterschwellige Lust, bei der sich mir innerlich alles zusammenzog. Ein Kribbeln ging mir über den Rücken. Unwillkürlich schauderte ich.

Ausgerechnet hier wollte er seine Dom-Tricks an mir ausprobieren. »Ist alles in Ordnung?«, fragte Henna hinter mir.

»Ja.« Ich stieg die Stufen zur Bühne hinauf und begrüßte von einem Ende des langen Tischs aus alle, schüttelte eine Hand nach der anderen, bis ich Pierce erreichte.

»Hallo noch mal.« Ich streckte Pierce die Hand entgegen.

Als er sie ergriff, hätte ich beinah gestöhnt. Wir hatten uns nicht mehr berührt, seit wir uns vor über zehn Jahren das letzte Mal geliebt hatten.

»Hallo, Ame.«

Mir stockte der Atem.

Verdammt, Amelia, du sollst dich doch zusammenreißen. Denk dran, dass du eine knallharte Promoterin bist, nicht Pierce' ... Nein, in die Richtung driften wir jetzt nicht.

Seine Lippen zuckten und verrieten mir, dass er meine Reaktion bemerkt hatte.

Ich zog die Hand aus seiner zurück und stellte meine Begleiter vor, bevor die Pressekonferenz begann.

Die nächste Stunde verging schneller als erwartet. Die Medien liebten Apollo und Hugo. Die beiden ähnelten sich so sehr, dass es geradezu surreal anmutete. Sie waren bescheiden und wortgewandt. Die Reporter fraßen ihnen aus der Hand. Außerdem zeigten die Männer gegenseitigen Respekt, der ihnen etwas Liebenswertes verlieh.

Als sie aufstanden und sich für die Kameras in ihre üblichen kämpferischen Posen warfen, fiel nicht nur mir auf, wie attraktiv die beiden Kämpfer aussahen. Man musste schon tot sein, um es nicht zu bemerken.

»Vielen Dank, dass Sie alle gekommen sind. Wir sehen Sie beim Wiegen«, sagte der Moderator der Pressekonferenz.

Ich stand auf, sah auf die Armbanduhr und kämpfte gegen den Drang an, zu Pierce' Ende des Tischs zu spähen. Henna hängte sich bei mir ein, um mich auf der Bühne zu halten und Abstand zwischen uns und den Rest des Teams zu bringen.

»Ist es falsch, dass ich beide rattenscharf finde?«, flüsterte Henna so leise, dass es keiner der Männer um uns herum hören konnte. »Kannst du dir vorstellen, wie ein flotter Dreier mit Apollo und Hugo sein müsste?«

»Hol deine versauten Gedanken aus der Gosse. Bist du nicht die Frau, bei der sich immer alles ums Geschäft dreht und bei der es keinen Spielraum für Abweichungen gibt? Das hier ist etwas Geschäftliches.« Ich versuchte, einen strengen

Blick aufrechtzuerhalten, musste mich aber einem Grinsen geschlagen geben.

»Ich bin trotzdem eine Frau und darf mich am Anblick heißer Männerkörper erfreuen.«

Ich schüttelte den Kopf. Mich begeisterte aufrichtig, dass sich Henna mir gegenüber so öffnete. Sonst gab sie sich stets so beherrscht, dass viele Menschen sie für kalt, berechnend und unnahbar hielten. In Wirklichkeit konnte sie einer der entspanntesten und lustigsten Menschen sein, die ich kannte. »Dem kann ich nicht widersprechen.«

»Apropos heiße Männer. Penny hat für uns alle einen Tisch in Hagens neuem Club organisiert. Ich bin mir sicher, dort sind heute Abend reichlich Promis zum Tanzen.«

»Seit wann kommen du und die Lykaios-Brüder denn miteinander aus?«

»Wenn die eigene Cousine im Begriff ist, die Liebe ihres Lebens zu heiraten und es sich dabei um einen von ihnen handelt, lässt man Feindseligkeiten schon mal beiseite. Das heißt jetzt nicht, dass ich alle mag, aber Hagen und Pierce sind nicht so übel.«

»Das heißt, du hast Probleme mit Zack.«

»Er ist der einzige Lykaios, mit dem ich am liebsten nichts zu tun hätte. Niemals. Er will Collin um jeden Preis vernichten und hält damit auch nicht hinterm Berg.« Henna spannte die Kiefermuskulatur an.

Henna und ihre Schwester Anaya waren die Töchter von Victor Anthony, der bei einem der berüchtigtsten Finanzskandale Amerikas fast eine Milliarde Dollar von seinen Investoren ergaunert hatte. Statt sich seiner Verantwortung zu stellen, hatte Anthony Selbstmord begangen. Den Kopf musste seine Familie hinhalten, der nicht nur jegliche Vermögenswerte beschlagnahmt wurden, sondern die auch Morddrohungen erhielt. Collin war ebenfalls Opfer des Betrugs geworden. Trotzdem hatte er die Mädchen und ihre Mutter beschützt, indem er sie aus dem Staat gebracht und ihnen neue Identitäten gegeben hatte.

Deshalb war Henna aus tiefster Seele loyal zu Collin. »Ihr zwei seid euch so ähnlich, dass es fast schon den Verstand übersteigt.«

»Der einzige Ort, an dem wir es nebeneinander aushalten, sind private Pokerrunden mit unseren High Rollern. Dort kennen wir die Regeln und kommen miteinander klar.«

»Würde dir recht geschehen, wenn du mal nach einem dieser Spiele mit ihm im Bett landest.«

Sie schnaubte zwar abfällig, aber wie sie demonstrativ wegschaute, verriet mir, dass ihr die Möglichkeit durchaus schon durch den Kopf gegangen war. »Das wird nie passieren.«

»Die Dame, wie mich dünkt, gelobt zu viel. Außerdem ist Zack heiß.«

»Warum konzentrierst du dich nicht auf den Lykaios, der dich heute beinah mit den Augen gevögelt hat, und lässt mich in Ruhe?«

5

____

Pierce

GEGEN MITTERNACHT BETRAT ich das *Ida* und trat den Weg
zum *Nyx* an, zu dem Nachtclub, den Hagen um Firewater
herum entworfen hatte. Erst hatte ich gedacht, er hätte den
Verstand verloren, als er Millionen in ein Projekt auf der
Grundlage eines Produkts stecken wollte, das lediglich eine
vorübergehende Modeerscheinung sein könnte. Aber sein
Gespür hatte sich als goldrichtig erwiesen. Mittlerweile
eiferte jeder andere Club dem *Nyx* nach.

Am verrücktesten daran war: Bis Hagen und Penny ein
Paar geworden waren, hatten weder Zack noch ich gewusst,
dass Penny die Schöpferin des international begehrten
Whiskeys war, der wie jahrelang gereift schmeckte, in
Wirklichkeit jedoch nur einige Monate alt war.

Hagen war schon seit frühester Jugend in Penny verliebt

gewesen. Wegen seiner düsteren Vergangenheit in den Diensten von Draco Jackson hatte er gedacht, sie könnten nie mehr als Bekannte werden. Erst als Pennys Bruder Adrian, der für HPZ arbeitete, ein Geschäftsessen für Hagen und Penny arrangierte, hatten die beiden der gegenseitigen Anziehungskraft endlich nachgegeben.

Als ich mich dem Club näherte, fiel mir auf, dass die am Eingang wartende Menschentraube, doppelt so groß wie sonst war. Einer der Türsteher bemerkte meine Verwirrung. Er schüttelte nur den Kopf, bevor er etwas in sein Headset sagte.

»Was zum Teufel ist da drin los?«, fragte ich Damian Riker, den Geschäftsführer des *Ida*, als ich ihn sah.

»Mr. Lykaios, wir haben einen Prominentenauflauf im Club. Es hat sich herumgesprochen, dass Apollo und Hugo hier sind.«

Na, einfach großartig. Zwei Kerle, die eigentlich gegnerischen Lagern angehörten, feierten zusammen ab. Meinetwegen konnten sie ruhig befreundet sein, aber für bessere Ticketverkäufe sorgte unbestreitbar Rivalität.

»Ist genug Sicherheitspersonal da?«

Damian nickte. »Dafür haben wir gesorgt, als Ms. Kipos den VIP-Bereich reserviert hat. Niemand ohne silbernes Armband darf den Bereich betreten. Außerdem haben wir eine zweite Sicherheitskontrolle eingerichtet, um Namen mit der Gästeliste von Ms. Kipos abzugleichen.«

»Sind noch andere Gäste oben?«

»Ja. Vivian James und Xander Caro mit ihren jeweiligen Gruppen. Beide kennen Mrs. Thanos und wissen, dass Diskretion erforderlich ist.«

Hilfreich dabei war, dass die beiden Filmstars eine Affäre hatten und nicht wollten, dass jemand davon erfuhr. Zumal die Öffentlichkeit dachte, sie wären mit anderen zusammen.

»Wo ist Hagen?«

Belustigung huschte über seine Züge. »Er bewacht seine Verlobte.« Ich konnte mir ein Lachen nicht verkneifen.

Wenn man etwas über Hagen behaupten konnte, dann dass er wie eine überfürsorgliche Glucke über Penny wachte. Der Mann hatte sie so viele Jahre lang gewollt und geglaubt, er könnte sie nie bekommen und verdiente sie nicht. Da er sie nun doch endlich hatte, wollte er sie nie wieder loslassen.

Früher einmal hatte ich ähnlich über Amelia gedacht, aber sie hatte es vorgezogen, wegzulaufen, statt bei mir zu bleiben. Natürlich war mir bewusst, dass sie damals noch kaum achtzehn Jahre alt war, doch sie war zu dem Zeitpunkt von mir schwanger und hatte mir mein Kind vorenthalten.

»Ist Zack hier?«

»Noch nicht. Er ist unterwegs, um sich mit einigen großen Kalibern aus dem Nahen Osten zu treffen. Sie wissen ja, wie Mr. Lykaios ist. Die Arbeit hat immer Vorrang.«

Oder er wollte sich nicht im selben Raum wie Henna Anthony aufhalten. Aus irgendeinem Grund hatten die beiden Schwierigkeiten, miteinander auszukommen. Vielleicht, weil sie sich so ähnlich waren. Trotz des schlechten Geschmacks, den sie damit bewies, dass sie Collin anhimmelte, war Henna ein großartiger Mensch. Manchmal ein Workaholic und zu sehr getrieben, aber für Menschen, die ihr wichtig waren, würde sie durch die Feuer der Hölle waten.

»Ich gehe nach oben.« Damit setzte ich mich in Richtung des versteckten Eingangs zum Club in Bewegung.

Nach zwei Fluren und einer Treppe erreichte ich die VIP-Lounge. Die Musik von den verschiedenen Tanzflächen unten dröhnte herauf und sorgte für anhaltende Nachtclub-Atmosphäre.

Kaum war ich eingetreten, hielt ich abrupt inne. Amelia, Henna und Neya tanzten zusammen. Es ließ sich nicht übersehen, dass bereits ein paar Drinks ihre Hemmschwellen gesenkt hatten. Ihre Bewegungen muteten sinnlich, sogar ein bisschen erotisch an. Sie faszinierten nicht nur mich. Auch viele der Gäste des Clubs auf der unteren Ebene beobachteten sie, genau wie Apollo und Hugo, die auf den Sofas saßen und tranken. Apollos Blick ruhte dabei auf Neya, der von Hugo auf Amelia und Henna.

Ich spannte die Kiefermuskulatur an, als er sich über die Lippen leckte, und zählte bis zehn, um den Drang zu unterdrücken, ihn zu schlagen. Immerhin war er nur ein gewöhnlicher, heißblütiger Mann, der wunderschönen Frauen beim Tanzen zusah.

»Tja, Scheiße auch«, brummte Zack, als er hinter mir auftauchte.

Sein Augenmerk galt Henna. Eine Falte bildete sich zwischen seinen Brauen. »Ich schwör dir, wenn der Junge nicht aufhört, sie mit den Augen zu ficken, haben wir in ein paar Monaten keinen Mann mehr im Ring.«

Na, wenn das nicht interessant war. Mein kleiner Bruder hatte eine Schwäche für den Feind. Sollte er je etwas mit ihr anfangen, stand dem armen Kerl ein böses Erwachen bevor.

Sie entsprach nicht seinem üblichen Beuteschema. Er hatte die Angewohnheit, sich Frauen auszusuchen, die er im Griff hatte und mühelos in die Schranken weisen konnte.

Henna war intelligent, witzig und ließ sich von niemandem etwas gefallen.

»Meinst du die Frauen als Gruppe oder insbesondere Henna? Ich bin mir nicht sicher, ob sie begeistert davon wäre, wie besitzergreifend du dich aufführst. Eigentlich glaube ich, sie würde dich dafür in den Boden stampfen.«

»Leck mich doch. Kümmere du dich lieber um die Mama deines Babys.«

Zacks Worte brachten mich zum Zähneknirschen. Wenigstens erinnerten sie mich daran, dass ich eine Mission hatte. »Da mach dir mal keine Sorgen. Sie wird direkt in die Falle laufen, die ich ihr stelle.«

Amelia tanzte um Neya und Henna herum, lachte und sang zu der Nummer im Mix des prominenten DJs.

»Ich halte es für eine miese Idee, sie zu verführen. Sie hat über die Jahre genug durchgemacht. Herrgott noch mal, sie hat erst unlängst ihren Mann verloren.«

»Sie hat mir meinen Sohn vorenthalten und ihn von einem anderen Mann großziehen lassen.«

»Dafür hatte sie ihre Gründe. Gib ihr eine Chance, reinen Tisch zu machen.«

»Dafür hatte sie über zehn Jahre Zeit.«

»Also soll es Rache sein, sie zu verführen? Und was dann? Du brichst ihr so das Herz, wie sie es dir gebrochen hat? Wenn du irgendeine Beziehung zu deinem Sohn haben willst, solltest du mal einen Schritt zurücktreten und das große Ganze betrachten.«

In dem Moment drehte sich Amelia in meine Richtung. Unsere Blicke begegneten sich. Ihre Augen wirkten nicht trüb von Alkohol, nur lodernd vor Lust. Sie konnte schon früher nie ihre Reaktion auf meine Gegenwart verbergen.

Auch mein Körper reagierte auf Anhieb und sehnte sich nach ihren Berührungen, ihrem Mund, ihrem Körper.

»Es gibt kein Zurück. Heute Morgen wusste ich nach weniger als zehn Sekunden, dass wir uns immer noch gegenseitig wollen. Sie weiß so gut wie ich, dass wir unausweichlich im Bett landen werden.«

»Irgendwie bezweifle ich, dass sie auf deine Neigungen steht.«

»Du kennst sie doch gar nicht.« Ich grinste. »Sie war nicht nur meine erste Nummer. Sie war auch meine erste Sub. Ich hab von Anfang an gewusst, dass ich ungewöhnliche Vorlieben habe. Amelia hat mir geholfen, sie zu erkunden.«

»Die Welt, in der sie die letzten zehn Jahre gelebt hat, ist ziemlich konservativ. Sie könnte sich verändert haben.«

»Nein, hat sie nicht. Sie hat das Verlangen in den letzten zehn Jahren vielleicht unterdrückt, aber es ist nicht abgestorben. Ich habe vor, ihr zu geben, wonach sie sich insgeheim sehnt, und am Ende das zu bekommen, was ich will.«

»Du schaufelst dir dein eigenes Grab. Ich hoffe nur, du reißt uns dabei nicht mit.«

»Ich weiß schon, was ich tue.« Und damit bewegte ich mich auf Amelia zu.

Jedenfalls hoffte ich zu wissen, was ich tat.

Sie beobachtete mich, bis ich mich nur noch einen halben Meter von ihr entfernt befand. Ich streckte die Hand aus. »Tanz mit mir, Amelia.«

Amelia

MEIN HERZSCHLAG BESCHLEUNIGTE SICH, während ich auf Pierce' ausgestreckte Hand starrte. Ich hatte einen Schluck Firewater gehabt, der meine Hemmungen weit genug zum Tanzen gesenkt hatte, aber er beeinträchtigte nicht meinen Verstand. Und ich wusste, dass seine Aufforderung keine Bitte war, sondern ein höflicher Befehl.

Seine Gegenwart hatte ich in der Sekunde gespürt, als er in die Lounge betreten hatte. So war es schon immer gewesen. Dann hatte ich mich umgedreht und beinah die eigene Zunge verschluckt.

Er trug ein enganliegendes schwarzes T-Shirt, das die Breite seiner muskulösen Schultern betonte, dazu eine dunkle Jeans. Selbst nach all den Jahren hatte er noch den Körperbau eines Schwimmers. Als Schmuck trug er nur eine Patek Philippe am linken Handgelenk. Der Hand, die darauf wartete, dass ich sein Angebot annahm.

»Das ist keine gute Idee.« Ich leckte mir über die Lippen und beobachtete, wie sich der Blick seiner blauen Augen auf sie heftete. Ein Kribbeln kroch mir über die Wirbelsäule, und mein Innerstes zog sich zusammen.

Mist. Ich steckte tief in der Tinte.

»Doch, ist es. Ich verlange ja nicht von dir, mit mir zu schlafen. Außerdem ...« Er verstummte, griff sich meine Hand und führte mich auf die Tanzfläche.

Dann zog er mich an sich, legte eine Hand bestimmt, aber sanft auf meinen Rücken und erinnerte mich damit an die Vergangenheit. Daran, wie er mich beruhigt hatte, wenn ich unsicher war oder Trost brauchte. Oder nach wildem Sex.

»Außerdem was?« Ich klang atemlos. Gott, roch er gut.

Er beugte sich zu mir und flüsterte: »Außerdem würde es zu Sex nicht kommen, weil ich dich darum bitte, sondern weil du mich darum anbettelst.«

Alles in mir erzitterte, und ich war überzeugt davon, dass er es spürte. Er hatte schon immer diese unheimliche Gabe besessen, mich zu erschüttern.

Als eine neue Nummer begann, glitten seine Handflächen zu meinen Hüften und packten sie auf eine Weise, die alles in mir erwachen ließ. Meine Nippel verhärteten sich, mein Schritt wurde feucht.

Seine wachsende Erektion drückte lang und dick gegen meinen Unterleib und schürte zusätzlich das Verlangen, das in meinem Körper loderte. Wie forsch er sich an mich presste, verriet mir, dass er mir eine Reaktion entlocken wollte.

Wir tanzten wie so viele Male, als wir jünger gewesen waren, mit perfekt synchronen Bewegungen.

Er löste eine Hand von meiner Hüfte. Sie wanderte nach oben zu meinen Rippen und übte leichten Druck auf sie aus.

Mir stockte der Atem, als mir eine Flut von Bildern durch den Kopf ging – von mir mit auf den Rücken gefesselten Armen, während er mich in derselben Position nahm, in der er mich gerade hielt.

»Alles in Ordnung?« Er rieb die bartstoppelige Wange an meiner. Und wusste genau, was er damit bei meinem Körper bewirkte.

In unserer Jugend war mir nicht bewusst gewesen, was für eine Beziehung wir hatten. Damals wusste ich nur, dass ich Pierce uneingeschränkt vertraute. Er wusste, was ich brauchte, und er gab es mir. Er stand auf Kontrolle, und aus irgendeinem Grund überließ ich sie ihm mit Freuden.

Ich hatte Jahre gebraucht, um die Freiheit und die Freuden zu vergessen, die ich in seinen Armen genossen hatte. Nachdem ich Stavros geheiratet hatte, dauerte es lange, bis ich das Gefühl loswurde, in einem Käfig aus Etikette und altmodischen Regeln gefangen zu sein.

Ein Anflug von Schuldgefühlen überkam mich, weil ich so über mein Zusammenleben mit Stavros dachte.

Er hatte mich gerettet, als ich keine Ahnung hatte, wohin ich mich wenden sollte. Und nun verglich ich mein Leben mit ihm mit einem anderen Mann.

Ich wollte mich aus Pierce' Griff befreien, aber er hielt mich fest. »Pierce, bitte. Das darf nicht passieren.«

»Ich weiß, dass du es fühlst. Diesen Drang, auf die Knie zu sinken. Den Drang, den Kopf zu senken und auf meine Befehle zu warten.«

Ich schüttelte den Kopf, um seine Aussage zu verleugnen, aber er packte mich am Kinn und zwang mich, ihm in die vor Lust glasigen Augen zu blicken.

»Dich selbst kannst du vielleicht belügen.« Er strich mit dem Daumen über meine Unterlippe. »Aber mich nicht. Du hast deine Begierden in deinem superkonservativen Leben mit deinem reichen, älteren Ehemann vielleicht unterdrückt, aber sie sind noch da. Das Verlangen, beherrscht zu werden. Das Verlangen, dich zu unterwerfen. Das Bedürfnis, hart gefickt zu werden.«

Ein Wimmern drang mir aus dem Mund. Er hatte recht. Ich wollte es, brauchte es. Aber wenn ich diese Tür wieder öffnete, könnte ich in Scherben zurückbleiben, wenn Pierce die Wahrheit erfuhr.

In dem Moment ließ mich der Blitz einer Kamera jäh zurückweichen und mich aus Pierce' Bann befreien.

Ich schaute in die Richtung des Lichts und sah, dass Vivian James und Xander Caro Selfies knipsten. Ohne nachzudenken, marschierte ich los und holte meine Handtasche von dem nahen Sofa. Ich musste weg. Wie konnte ich nur so dumm sein? Darauf durfte ich mich nicht noch einmal einlassen. Panik breitete sich in meiner Brust aus.

Ich wandte mich zum Gehen, prallte jedoch gegen Pierce' Brust und stützte mich an seiner Schulter ab, um das Gleichgewicht zu halten. »Wo willst du hin?«

»Zurück in mein Hotel.«

»Warum?«

Ich brauchte eine Sekunde, um mir eine Ausrede einfallen zu lassen. »Ich will Christopher anrufen, bevor er zur Schule geht. Wenn ich jetzt gehe, erwische ich ihn noch.« Mein Blick wanderte zu Penny, die den Tanz mit Hagen beendete und zu mir herüberkam.

»Kannst du unseren Fahrer anrufen, damit er mich zurückbringt?«

Besorgnis sprach aus ihren Zügen, als ihr Blick zwischen Pierce und mir hin und her wanderte. Bevor sie etwas erwidern konnte, sagte Pierce: »Ich bringe sie zurück.«

»Wir sollten alle gehen.« Neya gesellte sich zu uns und legte mir den Arm um die Schultern. »Es ist spät, und meine

Managerin achtet penibel darauf, dass ich pünktlich zum Training erscheine.«

Pierce spannte die Kiefermuskulatur an, und ich verspürte ein Gefühl der Erleichterung.

»Ja, ich kenne sie persönlich, und sie ist eine echte Zuchtmeisterin.« Ich wollte mich ungezwungen geben, doch die Anspannung in meiner Haltung verriet meine wahren Gefühle. »Neya, bleib noch. Morgen ist dein freier Tag.«

»Bist du sicher?« Henna trat auf den Plan. »Macht uns nichts aus, es für die Nacht gut sein zu lassen.«

Ich spürte, wie Pierce zunehmend unruhiger wurde, und wusste, es wäre besser, sich mit ihm auseinanderzusetzen, als eine Szene zu verursachen. Früher hatte Pierce den Ruf als Bad Boy des Schwimmsports, der ständig die Klappe aufgerissen hatte und auf Konfrontationskurs gegangen war. Nur, weil er beinah aus der US-Mannschaft ausgeschlossen worden wäre, riss er sich letztlich am Riemen. Er vollzog eine Kehrtwende und wandelte sich vom unbändigen Star-Athleten aus reichem Haus in einen ultra-konzentrierten, zielorientierten, selbstdisziplinierten Champion.

Ungefähr um die Zeit lernten wir uns kennen. In seine alten Gewohnheiten verfiel er nur bei Konfrontationen mit Collin zurück. Und als seine Trainer uns auf Abstand gehalten hatten, damit wir uns auf die Qualifikationswettbewerbe für die Olympischen Spiele vorbereiten konnten.

»Ich sagte, ich bringe ...« Pierce verstummte, als ich ihm die Hand auf die Brust legte. Schlagartig beruhigte er sich. Seine Aufmerksamkeit verlagerte sich auf meine auf seinem Hemd ruhenden Finger.

Großer Gott, es funktionierte noch.

Als er mir in die Augen sah, stellte ich fest, dass er genauso verblüfft war wie ich.

Rasch wandte ich mich an die Gruppe. »Ist schon gut. Pierce setzt mich im *Cypress* ab. Amüsiert euch noch. Gehen wir, Pierce.«

Niemand widersprach, als ich dicht gefolgt von Pierce auf den Ausgang zusteuerte.

6

Pierce

Ich beobachtete Amelia, als sie durch die hinteren
Korridore des Clubs vorausging. Die Chemie zwischen uns
hatte sich auf eine Weise verändert, die ich nicht erwartet
hatte. Als ich sie zum Tanzen genötigt hatte, verspürte ich
Lust, gepaart mit unterschwelligem Zorn über alles, was
zwischen uns war. Als sie sich dann zwischen mich und ihre
Freunde gestellt und zart die Hand auf meine Brust gelegt
hatte, durchströmte mich ein Anflug von Ruhe wie seit über
einem Jahrzehnt nicht mehr.

Nur eine Berührung, und mein Ärger war verflogen.

Verdammt. Sie sollte sich nicht so auf mich auswirken.

Amelia schwieg, während mein Auto gebracht wurde,
dann half ich ihr beim Einsteigen.

Kaum saß sie im Wagen, schloss sie die Augen, lehnte den

Kopf zurück und zog praktisch eine Mauer zwischen uns hoch.

Als ich mich hinters Lenkrad setzte, fiel mir auf, dass sich ihre aschfahlen Züge verhärtet hatten, als würde sie sich für eine Konfrontation wappnen.

Einige Minuten lang fuhren wir schweigend, bis ich es nicht mehr aushielt. Ich wusste, dass ich ein Arsch war. Und trotz allem, was meine Wut von mir verlangte, konnte ich ihr nicht wehtun.

»Es tut mir leid.«

Sie öffnete die Augen und starrte mich an. »Was genau?«

»Dass ich dich bedrängt habe. Dass ich so heftig rangegangen bin. Ich hatte nicht erwartet, dass es sich so intensiv anfühlen würde, in deiner Nähe zu sein.«

Tatsächlich hatte ich nicht damit gerechnet, dass mich eine schlichte Berührung ihrer Finger daran erinnern würde, was sie mir einst bedeutet hatte.

»Es kann nichts daraus werden, ganz gleich, wie stark die Anziehungskraft zwischen uns sein mag. Nach dem Kampf habe ich vor, nach Griechenland zurückzukehren.«

»Ich weiß.«

Sie schaute aus dem Fenster zu einer Gruppe von Feiernden, die in einer Stretchlimousine durch das offene Glasschiebedach tanzten, bevor sie den Blick wieder auf mich richtete. »Ist es nicht unpraktisch, mich zum *Cypress* zu fahren?«

»Tatsächlich liegt das *Cypress* auf dem Weg zu mir.«

»Zu dir?«, hakte sie nach.

»Ja. Das *Aegean* gehört mir und liegt gleich die Straße runter.« Ihre Augen wurden groß.

Das *Aegean* war ein weltweit für seine Springbrunnen bekanntes Casino-Hotel. Alles dort wurde rund um das Thema Wasser gestaltet. Es handelte sich um eine Mischung aus moderner und klassischer Architektur. Sehr zu Hagens Verdruss hatte es außerdem die meisten Preise im Portfolio von HPZ eingeheimst.

»Warum besitzt du ein Hotel? Ich dachte, du wärst der Sportgott der Gruppe. Nennt man dich nicht den Meister der Spiele?«

Beinah hätte ich die Augen verdreht. Die Bezeichnung fand ich so albern. Vor ein paar Jahren hat das *Rolling Stone Magazine* einen Artikel über Hagen, Zack und mich geschrieben. Man stürzte sich geradezu auf unsere griechische Herkunft und nannte uns die Götter von Vegas, da wir drei griechische, von unserem Vater entfremdete Brüder waren.

Dann hatte eine andere Zeitschrift einen Artikel über mich gebracht und mich wegen meiner früheren Sportlerlaufbahn und meiner Sportpromotionfirma »Master der Spiele« getauft.

»Jeder von uns hat ein Casino-Hotel, das wir zusätzlich zu unseren anderen Unternehmungen betreiben. Hagen hat das *Ida*, Zack das *Aegis*, und ich bin für das *Aegean* zuständig. Die anderen werden von vertrauenswürdigen Teams geleitet.«

»Die sind dann wohl die Untergottheiten.« Als sie grinste, verschwanden die Schatten, die ihre Augen trübten.

»Sehr witzig.«

»Bei den Namen, die ihr drei für eure Immobilien ausgesucht habt, ist es kein Wunder, dass man euch als griechische Götter bezeichnet, das ist dir schon klar, oder?

Wenn ihr solche Vergleiche nicht wollt, hättet ihr euch für etwas weniger Griechisches entscheiden sollen.«

»Wir sind stolz auf unser griechisches Erbe. Wir sind als erste Generation außerhalb von Griechenland geboren. Was liegt also näher, als unseren Besitz nach griechischen Orten zu benennen?«

»Aegis ist kein Ort. Das ist der Name von Zeus' Schild.«

»Das geht auf Zack zurück. Es ist eine Hommage an unsere Mama. Kurz vor ihrem Tod hat sie ihm einen antiken Anhänger mit dem Schild des Zeus geschenkt. Fast tausend Jahre alt und ihr vielleicht wertvollster Besitz.«

An jene Tage dachte ich ausgesprochen ungern zurück. Wir hatten von Mamas Krebs erst erfahren, als sie bereits im Hospiz war. Zu dem Zeitpunkt waren Hagen und ich schon seit Jahren auf uns allein gestellt und daran gewöhnt, kaum noch Kontakt zu unserer Mutter zu haben. Zack hingegen war im zweiten Jahr am College und noch kaum zwanzig. Er kam mit der Situation nicht gut zurecht.

Mama hatte ihm den Anhänger geschenkt, um ihn daran zu erinnern, dass er beschützt und geliebt wurde.

Amelia schniefte, als ihr Tränen in die Augen traten. Dann fragte sie: »Hast du gewusst, dass sie mit mir in Verbindung geblieben ist, nachdem wir uns getrennt hatten? Bei jedem Besuch ihrer Familie in Griechenland hat sie auch bei mir vorbeigeschaut. Dabei hat sie immer Geschenke für Christopher und eine riesige Schachtel mit meinen amerikanischen Lieblingssüßigkeiten für mich mitgebracht.«

Davon hörte ich zum ersten Mal. Mama hatte ihre Schwestern mindestens drei Mal im Jahr besucht. Aber ich hätte nie gedacht, dass sie dabei auch die Frau besuchen würde, die mir das Herz herausgerissen hatte.

Warum hat sie mir das verheimlicht?

Die Antwort darauf würde ich ebenso wenig je erhalten wie die auf tausend andere Fragen, die ich an sie gehabt hätte. Mama war tot. Der Einzige, der mir vielleicht zumindest teilweise weiterhelfen könnte, war Collin. Und ich war noch nicht annähernd bereit, mit ihm zu reden.

»Einmal hat sie Christopher diese kleinen, handgeschnitzten Statuen mitgebracht und zu mir gemeint, jeder griechische Junge sollte sich mit Mythologie auskennen. Damals dachte ich, sie wäre verrückt. Mit knapp einem Jahr hat Christopher sie nur als Beißspielzeug benutzt. Erst ein paar Jahre nach ihrem Tod hat er wirklich angefangen, damit zu spielen. Inzwischen ist er wie besessen davon und lässt sie nie aus den Augen. Besonders angetan hat es ihm dieser Poseidon mit einem Sprung am ...«

»... am linken Arm«, beendete ich den Satz und verblüffte Amelia damit. »Sie haben früher mir gehört. Der Sprung ist versehentlich entstanden, als ich mal versucht habe, ein Schwert an der Figur zu befestigen.«

Kurz starrten wir uns gegenseitig an und verspürten ungefilterte Emotionen, bevor ich die Aufmerksamkeit wieder auf die Straße richtete.

Schmerz schoss mir ins Herz. Mama musste gewusst oder zumindest vermutet haben, dass Christopher von mir war – nur das konnte erklären, warum sie ihm etwas geschenkt hatte, das ich eigens aufgehoben hatte, um es eines Tages meinem eigenen Kind zu geben.

»Pierce. Es gibt da etwas, das ich dir sagen muss.«

Ich hielt den Atem an und wusste, was gleich von ihr kommen würde. »Was?« Händeringend holte sie tief Luft.

»Es geht um ...« Abrupt verstummte sie, als wir den privaten Eingang zum Wohnbereich der Anlage erreichten.

Der Mann vom Parkservice öffnete ihre Tür, und mir wäre beinah ein Fluch herausgerutscht.

Ich legte ihr die Hand auf den Arm und hielt sie zurück, bevor sie aussteigen konnte. »Red weiter.«

Ein Anflug von Panik huschte über ihre Züge, und ihre Atmung wurde unregelmäßig.

Mein Herz schlug einen Trommelwirbel, während ich auf ihre Antwort wartete. Als sie schließlich resignierend seufzte, verspürte ich einen Stich im Herzen.

Gott, was tat ich denn? Wollte ich auf die Weise von ihr hören, dass ich Vater war? Ausgerechnet in einem verfluchten Auto?

Bevor ich sie auffordern konnte, noch zu warten, schüttelte sie den Kopf. »Nein. Dafür brauche ich klaren Kopf, das geht nicht nach einer halb durchgefeierten Nacht.«

Ich musterte ihre Züge. Im blassen Gesicht hatte sie dunkle Ring unter den Augen. Nach einigen Sekunden fragte ich: »Wann?«

»Bald. Das verspreche ich dir.« Damit stieg sie aus und eilte ins Hotel.

Amelia

»GUTEN MORGEN, MEIN SONNENSCHEIN«, sagte ich mit fröhlichster Stimme ins Telefon, als ich meine Suite betrat und mir die Stöckelschuhe von den Füßen streifte.

»Mama!«, drang Christophers überschwängliche Stimme über die Leitung. »Noch drei Wochen, dann sind wir bei dir.«

»Ich kann's kaum erwarten, dich zu sehen, mein süßer Fratz. Aber es sind noch fünf Wochen.«

»Hab ich vergessen. Warum können wir nicht nach Amerika fliegen, sobald die Schule vorbei ist?«

Ich ging ins Wohnzimmer und ließ mich auf die Couch plumpsen. Die Decke, die ich über das Ende geworfen hatte, zog ich mir über die Füße.

»Weil *Yia Yia* und *Pappous* das Haus abschließen und für den ganzen Sommer packen müssen. Das ist eine Menge Arbeit. Außerdem hast du so fast zwei Wochen, in denen du nichts tun musst und mit deinen Freunden spielen kannst.«

»*Yia Yia* sagt, ich darf meine griechischen Schnitzfiguren mitnehmen. Sie sagt, wenn ich brav bin und mich benehme, darf ich die ganze Sammlung einpacken.«

»Wow, die ganze Sammlung. Sind das nicht fast fünfzig Stück?«

»Ja. Ich muss sie mit unserem Gepäck aufgeben, aber drei Lieblingsfiguren darf ich mit ins Flugzeug nehmen.«

Ich rieb mir die Brust, weil ich den Schmerz des Gesprächs mit Pierce spürte und es mich quälte, wie wir verblieben waren.

Ich hatte beinah den Eindruck, dass Pierce wusste, was ich sagen wollte. Demnach hatte er höchstwahrscheinlich die Bilder vom Fotoshooting gesehen und das Spielzeug in Christophers Hand erkannt.

Man hatte mir Vorab-Exemplare aller Ausgaben der Zeitschrift geschickt. In jeder wurde eine etwas andere Pose veröffentlicht. In manchen saß Christopher auf meinem Schoß oder neben mir. In der Version, die in den USA auf den Markt kommen würde, lehnte ich mich mit ausgestreckten Beinen auf der Liege zurück und präsentierte mein Kleid. Christopher befand sich an meiner Schulter. Seine Hand ruhte auf meinem linken Arm, in der anderen hielt er die Figur des Poseidon. Man musste das Foto schon genau inspizieren, um zu erkennen, was Christopher zwischen den Fingern hatte.

Das Geplapper meines Sohns unterbrach meinen Gedankengang. »*Yia Yia* sagt, ich kann in Las Vegas jeden Tag schwimmen, wenn ich will.«

»Das stimmt. Das Hotel, in dem wir wohnen, hat zwölf Pools.«

»Wirklich?«

»Ja, wirklich.«

»Weißt du, was das heißt?«

»Was?«

»Du kannst mir beim Trainieren zusehen und mir Tipps geben wie deinen Sportlern. Ich kann einer von ihnen sein. Und eines Tages wirst du meine Managerin.«

Ich lächelte. Dieser Junge hielt mein Herz fest in den kleinen Händen. »Das wäre sehr schön.«

»Hast du gewusst, dass Pierce Lykaios der Sohn von *Pappous* Collin ist? Hast du gewusst, dass er bei den Olympischen Spielen geschwommen ist und sechs Goldmedaillen gewonnen hat? *Pappous* Collin hat versprochen, ihn mir vorzustellen, wenn ich in Las Vegas bin.«

»*Pappous?* Seit wann nennst du Mr. Lykaios so?« Das Thema von Collins Sohn wollte ich unbedingt umschiffen.

»Seit wir in Irland waren. Weißt du noch, wie ich in den Park gegangen bin? Er war da. Er hat so traurig ausgesehen, wie er zu den Enten geguckt hat. Also wollte ich ihn begrüßen und zum Lächeln bringen, indem ich mit ihm rede.«

»Wo war *Yia Yia?*«

»Sie war dabei. Sie hat gemeint, es ist gut, wenn man andere zum Lächeln bringt.«

Ach, tatsächlich? Mama und ich würden wohl ein kleines Gespräch führen müssen, wenn der Kleine nicht dabei wäre.

»Ich mag ihn. Er hat gemeint, ich wäre genau der Richtige, um ihn aufzumuntern. Er hat mir Eiscreme gekauft. Und mich mit albernen Witzen zum Lachen gebracht. Er hat gesagt, ich soll ihn nicht Mr. Lykaios nennen, weil das zu förmlich klingt. Ich soll ihn *Pappous* nennen, weil er noch keine Enkel hat. Hast du gewusst, dass er Pferde, Kühe und Schafe auf einer Ranch hat, die ihm gehört? Ich kann's nicht erwarten, wie ein Cowboy auf einem Pferd zu reiten. *Pappous* Collin hat gesagt, er bringt mir das Reiten bei, wie er es seinen Söhnen beigebracht hat. Ich kann's kaum erwarten, bis ich dort bin.«

Ich ließ Christopher weiterplappern und schluckte die in mir aufkeimende Angst hinunter. Als ich Christopher beim Fotoshooting mitmachen ließ, hatte ich gewusst, was passieren würde. Nun kam die Zeit, sich den Konsequenzen all meiner Entscheidungen aus der Vergangenheit zu stellen. Zuerst musste ich mich mit Pierce auseinandersetzen, danach wäre es nur fair, es auch Collin zu sagen. Der Mann brauchte eine Familie, und wenn es nur ein Enkel wäre, der ein Meer entfernt lebte.

»Mama, darf ich auf Pferden reiten? Bitte, bitte? Und ich will auch unbedingt zu dem Hotel mit der Achterbahn. Das hab ich im Internet gesehen. Dort ist auch ein Wassergraben mit tausend Springbrunnen. Ich muss einfach dorthin.«

Ich beschloss, das Thema zu wechseln und Christophers nicht enden wollenden Wortschwall zu bremsen, indem ich mich erkundigte: »Wie läuft die letzte Schulwoche?«

Mit einem Stöhnen verflog seine Aufregung. »Ganz gut. Ich bin schon so froh, wenn ich kein blödes Latein mehr lernen muss. Ich kann Griechisch und Englisch. Warum muss ich Latein lernen?«

»Weil es dich schlauer macht, und Wissen ist Macht. Geld und Besitz kann man verlieren, aber man kann nicht ...«

»... seine Bildung verlieren«, beendete Christopher den Satz mit einem übertriebenen Schnauben. »Ich weiß. Ich wünschte nur, bei mir wär's wie bei Nickolas. Er hat einen Privatlehrer und geht nie zur Schule. Ich will auch einen Privatlehrer. Dann müsste ich nie, nie wieder in die blöde Schule.«

»Tut mir leid, dir das sagen zu müssen, aber ein Privatlehrer ist genauso ein Lehrer. Der von Nickolas wohnt noch dazu bei ihm und begleitet ihn überallhin. Das heißt, er hat das ganze Jahr über Schule und sogar in den Ferien.«

Ich konnte beinah vor mir sehen, wie Christopher angewidert das Gesicht verzog. »Oh nein, das will ich doch nicht.«

»Dachte ich mir.« Unwillkürlich musste ich lachen.

Im Hintergrund hörte ich eine schnelle Folge von Griechisch und rechnete damit, jeden Moment meine Mutter in der Leitung zu haben.

»Mama. Ich muss auflegen. *Yia Yia* will, dass ich die Schuhe anziehe, damit *Pappous* mich zur Schule bringen kann.«

»Okay, Schatz. Ich ruf dich morgen wieder an. Gib das Telefon jetzt *Yia Yia*. Ich will sie begrüßen.«

»Tschüss, Mama. Hab dich lieb.«

»Hab dich auch lieb, mein Schatz.«

»*Yassoo*, Amelia.«

»*Hallo, Mama. Und wann genau hatte Collin das Vergnügen, Christopher kennenzulernen?*« Ich antwortete auf Griechisch und konnte meine Irritation nicht verbergen. »*Er hat mir alles über* Pappous *Collin und seinen Sohn erzählt, der bei den Olympischen Spielen war.*«

»*Der Junge redet zu viel. Ich sage dir, er kann ums Verrecken kein Geheimnis für sich behalten.*«

»*Mama!*«,

»*Was ist denn schon dabei? Er hat so einsam ausgesehen ganz allein am Rand des Teichs. Ist doch nichts verkehrt daran, wenn ein kleiner Junge mit seiner Lebensfreude jemandem ein bisschen Glück beschert.*«

Ich seufzte tief. Eigentlich konnte ich ihr keinen Vorwurf daraus machen, dass sie Mitgefühl für den Mann gezeigt hatte. Ich empfand in seiner Nähe auch immer so. Den furchterregenden, einschüchternden Mann aus meiner Vergangenheit gab es nicht mehr. Stattdessen war da ein reuiger Mann, der all seine Verfehlungen wiedergutmachen wollte.

»Da hast du wohl recht. Christopher kann jedem ein Lächeln ins Gesicht zaubern.«

»Natürlich hab ich recht. Stell deine Mama nie in Frage.«

Ich schüttelte den Kopf über die Empörung in ihrer Stimme. »Kommt nicht wieder vor, versprochen.«

»Bis du es das nächste Mal tust«, brummelte sie. »Jetzt will ich wissen, wie es dir geht.« Ich stieß den Atem aus. »Gut. Ein bisschen müde – hier ist es schon nach zwei Uhr morgens.«

»Nein. Ich meine, wie geht es dir wirklich?«

»Wirklich« sprach sie mit deutlicher Betonung aus. »Ich merke es, wenn du aufgewühlt bist.«

»Ich denke, mir geht es so gut, wie es mir gehen kann. Manchmal ist es, als wäre ich nie weg gewesen, andere Male fühlt es sich an, als hätte sich alles verändert.«

»Ich meine, wie kommst du mit Pierce klar?«

Ich verlagerte das Telefon. »Dazu gibt's nicht viel zu sagen. Er ist Hugos Manager. Ich bin Apollos Managerin. Ende der Geschichte.«

»Amelia Christina Nephus Thanos.«

Mir zog sich alles zusammen, als ich hörte, wie sie meinen vollständigen Namen benutzte. Ich hatte meine Mutter gerade gehörig verärgert.

»Was?«

»Hast du ihm gesagt, dass er Christophers Vater ist?«

Ich setzte mich auf und wappnete mich für einen Vortrag. »Noch nicht.«

»Und warum nicht? Ich werde nie verstehen, warum du ihn weiterhin in dem Glauben lässt, du hättest gleichzeitig mit ihm und mit Stavros geschlafen. Ist es nicht an der Zeit, die Scharade zu beenden? Hast du nicht genug gelitten?«

Mir widerstrebte zutiefst, daran zurückzudenken, wie die Medien mich ausgeweidet hatten, als bekannt wurde, dass ich schwanger war. Ich wurde alles Mögliche genannt, von einem um Hilfe schreienden Kind bis hin zur Hure der Sportwelt. Meine Eltern waren damals mein Fels in der Brandung. Sie verdrängten ihre erzkonservativen griechischen Überzeugungen und ertrugen das Argusauge der Öffentlichkeit, während sie mir unerschütterlich zur Seite standen.

»Hast du deshalb Rhea Lykaios zu einem Besuch eingeladen, als ich schwanger war? Hast du ihr gesagt, dass Christopher ihr Enkel ist?«

»Denkst du, ich weiß nicht, dass du versuchst, den Scheinwerfer auf mich zu richten?«

Ich schwieg, bis ich hörte, wie meine Mutter schnaubte, bevor sie fortfuhr. *»Ich kann dir sagen, du bist genauso stur wie dein Papa. Rhea war meine Freundin, unabhängig davon, was ihr Mann uns angetan hat. Sie hat zwar nie einen Hinweis darauf fallen lassen, dass sie es wusste, aber tief im Inneren war ich überzeugt davon. Rhea war gut darin, Geheimnisse für sich zu behalten.«*

»Zum Beispiel?«

»Das geht dich nichts. Worauf du dich konzentrieren musst, ist Pierce. Er hat ein Recht darauf, die Wahrheit zu erfahren.«

»Mama«, gab ich knurrig zurück, *»ich werde es ihm sagen, aber erst mal muss ich mich hier einfinden.«* Plötzlich wurde meine Stimme brüchig, und eine Flut von Emotionen brach aus mir hervor. *»Es war so schwer, ihn wiederzusehen. Und das Schlimmste ist, dass ich mich Stavros so untreu fühle.«*

»Oh, gliko mou, *Liebe hört nicht einfach auf. Pierce war deine*

erste Liebe. Stavros war das bewusst, als er dich geheiratet hat. In dieser Situation gibt es keine Untreue.«

»Ich könnte gerade wirklich eine Umarmung brauchen.«

»Bald«, beschwichtigte sie.

»Hab dich lieb, Mama.«

»Ich dich auch.«

Lautes Geplapper im Hintergrund verriet mir, dass Christopher gerade aufbrach. Kaum hörte ich das Geräusch der sich schließenden Tür, kam Mama zurück ans Telefon.

»Jetzt, wo es im Haus ruhig ist, muss ich dir eine Geschichte erzählen. Die ich dir schon vor Jahren hätte erzählen sollen. Sie wird dir helfen, so viel aus der Vergangenheit zu verstehen, und die Ereignisse erklären, die zu unserer Rückkehr nach Griechenland geführt haben.«

7

Pierce

»WIR MÜSSEN REDEN.«

Ich schaute zu Hagen auf, als er vor meinen Schreibtisch trat und sein Handy auf die Dokumente legte, die ich gerade durchging.

Das Display zeigte einen Artikel eines Online-Magazins über Promis mit einem Bild von Amelia und mir, ausgenommen vor einigen Nächten. Mein Daumen ruhte auf ihrer Unterlippe, während sie zu mir aufblickte. Aus ihren Augen sprachen intensive Emotionen. Beinah so, wie sie mich angesehen hatte, als ich damals dachte, wir wären verliebt.

»Na und? Du warst auch da.«

»Ich dachte, ihr würdet nur tanzen. Ich war hinten bei Starlight. Weil ich auch nicht gedacht hätte, dass du versuchen würdest, ihr an die Wäsche zu gehen.«

»Was stört dich daran, wenn sie willig ist? Ich hab ja von vornherein keinen Hehl aus meinen Plänen gemacht.«

»Spiel nicht mit, Pierce. Sie hat genug erlitten. Ich weiß, du hast gesagt, du willst dir deinen Sohn holen. Aber das ist der falsche Weg.«

Ich lehnte mich auf dem Stuhl zurück. »Und was genau mache ich?«

Hagen ließ die Hände auf den Schreibtisch niedersausen. »Du wirst sie nicht verführen und ihr dann das Herz brechen. Ich weiß, dass du genau das vorhast. Sie war achtzehn, als das alles passiert ist.«

»Und jetzt ist sie achtundzwanzig.«

»Du bist ein Arsch.«

Ich zuckte mit den Schultern. »Warum mischst du dich eigentlich ein?«

»Weil Amelia nun mal Starlights beste Freundin ist. Sie zu verletzen, würde sich auf Starlight niederschlagen. Und bevor ich das zulasse, gestalte ich dir verdammt noch mal die Visage um.«

»Apropos Penny: Habt ihr darüber gesprochen, warum sie Amelia geholfen hat, mir meinen Sohn vorzuenthalten?«

Ich bemühte mich, zu verdrängen, dass offenbar meine eigene Mutter die Wahrheit geahnt und sie mir ebenfalls verheimlicht hatte.

»Glaubst du den Scheiß wirklich? Sie ist seit Jahren unsere standhafteste Verteidigerin.« Hagen schüttelte den Kopf. »Es hat sie förmlich umgebracht, zu schweigen. Amelia hat es Penny nie offen anvertraut. Sie hat von selbst angefangen, die Wahrheit zu vermuten, als Christopher älter wurde. Aber sie hat auch das

Leben gesehen, das Amelia mit Stavros hatte. Deshalb hat sie beschlossen, ihre Gedanken bis vor sechs Monaten für sich zu behalten. Amelia und Stavros waren Christopher gute Eltern.«

»Ich wäre ihm ein guter Vater gewesen.«

»Komm runter von deinem hohen Ross. Damals hattest du ständig nur den nächsten Wettkampf, den nächsten zu knackenden Rekord vor Augen. Du warst so egozentrisch, es hat alle verblüfft, dass Amelia die Gabe hatte, dich Hitzkopf auf dem Boden zu halten.

Ein Baby hätte Amelias Aufmerksamkeit von dir abgelenkt. Und dich hätte es genervt, dass ein Neugeborenes dein Leben eingeschränkt hätte. Glaub mir, du hättest Opfer bringen müssen, die du nicht verkraftet hättest.«

Es schmerzte zu wissen, dass Hagen wahrscheinlich recht hatte. Ich *war* damals ein egozentrischer Mistkerl. Als neunzehnjähriger, hitzköpfiger Sportler eine achtzehnjährige schwangere Freundin zu haben, wäre nicht förderlich für meine Karriere gewesen. Andererseits war meine Karriere auch vor die Hunde gegangen, weil ich nicht damit umgehen konnte, Amelia verloren zu haben.

»Es hätte meine Entscheidung sein sollen. Das hat sie mir weggenommen.«

»Ich wiederhole. Du bist ein Arsch.«

»Das haben wir bereits festgehalten.«

»Hier geht's überhaupt nicht um Christopher, oder? Es geht um dein gebrochenes Herz und darum, sie dafür bezahlen zu lassen.«

Mürrisch funkelte ich Hagen an. Der Arsch ragte über mir auf, als wäre ich zehn Jahre alt und hätte eine Heidenangst vor ihm. Ja, er könnte mich wahrscheinlich aufmischen, aber ich würde ihm einen guten Kampf liefern.

»Du denkst, du hättest alle Antworten. Da liegst du falsch. Ich will ein Teil des Lebens meines Kinds sein.«

»Dann benutzt du seine Mutter besser nicht.«

»Ich habe Rechte.« Das konnte niemand leugnen. Aber was nützten mir Rechte, wenn ich sie nur ausüben könnte, indem ich dem Kind schadete, das ich wollte?

»Rechtlich gesehen vielleicht. Aber vergiss nicht, was wir miterlebt haben, als die Wut zwischen unseren Eltern alles im Leben ihrer Kinder verdorben hat. Es hat seine Gründe, warum unser Leben so verlaufen ist.«

Unwillkürlich verkrampfte ich die Kieferpartie. Auch daran wollte ich nicht denken. Bis vor Kurzem hatte ich den Grund für die turbulente Beziehung meiner Eltern nicht gekannt.

Aus meiner frühen Kindheit erinnerte ich mich an Eltern, die sich gegenseitig angebetet hatten. Damals hatten Lachen und Glück das Haus erfüllt. Geändert hatte sich die Lage, als Collin beschloss, mit seinem Immobiliengeschäft nach Las Vegas zu expandieren. Die Finanzierung hatte er durch einen Investor in Griechenland gesichert, der Ergebnisse verlangte. Deshalb musste sich Collin reinknien und im Wesentlichen nur noch für die Arbeit leben.

Gleichzeitig zog sich meine Mutter von ihm zurück und konzentrierte sich auf ihre Söhne und ihren Freundeskreis.

Als ich knapp über zehn Jahre alt war, verschwand meine Mutter für fünf Monate mit der Begründung, sie hätte die Möglichkeit, mit Freundinnen zu verreisen. Damals erschien mir das seltsam. Mama ging sonst nie ohne uns irgendwohin. Sie nannte uns immer ihr bezauberndes Gepäck.

Als sie von der Reise zurückkam, wurde das Leben völlig anders. Collin war zu einem von Wut erfüllten Mann mutiert, und die Liebe, die ich zwischen meinen Eltern gekannt hatte, war verschwunden. Stattdessen herrschten Ressentiments und Verbitterung vor.

Erst vor ein paar Monaten bei einem Streit mit Hagen, weil er seine Beziehung zu Collin wiederbelebte, erfuhr ich, dass Mama ihren Ehemann mit dessen bestem Freund Victor Anthony betrogen hatte. Eine Affäre, die sich über Jahre erstreckte und nicht nur zu einem Veruntreuungsskandal führte, bei dem Collin Millionen verlor, sondern auch zur Geburt eines Kinds, das nicht von ihm war.

Es hatte sich wie ein Schlag in die Magengrube angefühlt, als ich feststellen musste, dass Collin genauso sehr ein Opfer der Beziehung war wie Mama. Zwar entschuldigte das nicht die ganze Scheiße, die Collin meinen Brüdern und mir zugemutet hatte, aber es erklärte eine Menge.

Trotzdem wurde ich das Gefühl nicht los, dass noch mehr dahintersteckte, aber Hagen hatte mir sonst nichts verraten. »Was verschweigst du mir? Dass Collin gezwungen war, uns alle rauszuwerfen, um unsere uneheliche kleine Schwester zu schützen? Eine Schwester, die zu erwähnen du nicht für nötig gehalten hast.«

Eine Sekunde lang trat Verblüffung in Hagens Augen. »Könnte man so sagen.«

Er ließ sich auf dem Stuhl gegenüber meinem Schreibtisch nieder und fuhr sich frustriert mit der Hand durchs schwarze Haar.

»Schenk uns einen Drink ein. Das wird eine Weile dauern. Aber es wird dir den Kontext zu Collins Brief und allem liefern, was mit Amelia passiert ist.«

Ich stand auf, ging zur Bar in der Ecke meines Büros, schenkte zwei Gläser Whiskey ein, stellte eines vor Hagen und wappnete mich für einen weiteren Knalleffekt.

»Nur zu«, drängte ich.

Hagen stürzte den Alkohol hinunter, als wäre es Wasser. Dann holte er sein Handy heraus und scrollte durch seine Fotos, bis er eines mit Penny, Amelia, Henna und einer viel jüngeren Anaya fand.

»Eine dieser Frauen ist unsere Schwester.«

Ich wusste auf Anhieb, wer. Wieso zum Teufel war es mir nie aufgefallen? Sie sah aus wie Mama. Die gleichen haselnussbraunen Augen und der gleiche Amorbogen um den Mund. Es war, als hätte ich eine jüngere Version von Mama vor mir. Der einzige Unterschied war der Karamellton ihrer Haut, den sie offenbar von Victor Anthonys indischem Erbe hatte.

Ich schluckte den Kloß im Hals hinunter und sagte: »Tja, wir wissen, dass Penny und Ame ausscheiden. Ich weiß ja, dass du auf kranken Scheiß stehst, aber die eigene Schwester zu ficken, gehört nicht dazu.«

»Arschloch.«

»Weiß Penny es?«

»Ja.«

Natürlich wusste sie es. Der Mann verheimlichte ihr nichts. »Was ist mit Henna?«

»Woher zum Teufel soll ich das wissen? Starlight sagt, Henna hat es nie erwähnt. Aber ich kann nur davon ausgehen, dass sie es weiß. Muss ihr doch seltsam vorgekommen sein, wenn ihre gertenschlanke Mutter mit der Figur eines Supermodels von einem Monat auf den anderen unverändert auftaucht, aber mit einer neuen kleinen Schwester.«

»Meinst du, Anaya weiß es?«

»Das bezweifle ich. Soweit ich das mitbekommen habe, hasst Anaya ihren Vater für all das Leid, das er ihrer Mutter angetan hat. Sie hat für Lena Anthony einen so ausgeprägten Beschützerinstinkt, dass es fast schon unerträglich ist. Starlights Worte, nicht meine.«

»Sagen wir es Zack?«

Hagen schüttelte den Kopf. »Noch nicht. Dafür ist er nicht bereit. Er wird eine Weile brauchen, um die Neuigkeiten über Mama zu verdauen. Ihm zu sagen, dass Anaya das Produkt einer Affäre ist, würde nicht gut bei ihm ankommen, schon gar nicht bei dieser Hassliebe, die ihn mit ihrer Schwester verbindet.«

Die Leute dachten, ich wäre der launenhafte der drei Brüder, aber in Wahrheit war das Zack. Er war impulsiver als ich, und wenn er sich bedrängt fühlte, ging er Risiken ein, die mich um seine Sicherheit fürchten ließen. Hagen mochte für die Mafia gearbeitet haben, aber Zack war ein Typ, der es mit der Mafia *aufnehmen* würde.

»Herrgott.« Ich fuhr mir mit der Hand übers Gesicht. »Jahrelang hat sie immer wieder direkt vor uns gestanden. Verdammt, wie oft hat sie Henna zu unseren monatlichen Pokerrunden begleitet? Wie zum Teufel konnten wir es nicht erkennen? Sie hat so viele unserer Eigenschaften.«

»Das frage ich mich schon seit Monaten.«

»Da ist noch mehr, das spüre ich. Collin hat die Anthony-Frauen beschützt. Ich will wissen, warum.«

»Ich glaube, du musst die ganze Flasche Whiskey herholen. Wir werden sie brauchen, um das durchzustehen.«

Ich stand auf, holte zwei Flaschen von der Bar in der Ecke, reichte eine Hagen und stellte die andere vor mich.

»Die Geschichte beginnt und endet mit Draco Jackson.«

Amelia

»PENNY, das Kleid sieht aus, als könnte es mir jeden Moment vom Leib rutschen. Ich lasse dich oder Henna nie wieder ein Outfit für mich aussuchen.« Ich überprüfte erneut den Verschluss im Genick, der mein maßgeschneidertes Trägerkleid von Badgley Mischka zusammenhielt. Der Rückenausschnitt des schwarzen, leicht schimmernden Modells reichte fast bis zur Erhebung meines Hinterns hinunter. Außerdem wies es einen Schlitz auf, der so hoch nach oben reichte, dass ich fürchtete, meine weiblichen Vorzüge zu entblößen, wenn ich mich falsch bewegte.

»Wie du meinst.« Penny strich ihr trägerloses Valentino Kleid glatt und griff nach der Handtasche, die auf dem Couchtisch im Penthouse-Wohnzimmer lag. »Ich finde, es sieht perfekt aus. Außerdem ist es bei dir ja nicht so, als könnte sich jemand darüber aufregen, dass du es getragen hast.«

Ich wusste, dass sie auf das Kleid anspielte, das Henna und ich für sie zur Eröffnung der Hotelseite des *Ida* ausgesucht hatten. Hennas Worten zufolge war Hagen kurz davor, sich Penny über die Schulter zu werfen, als er sie in dem Kleid gesehen hatte, das ihre Vorzüge unübersehbar zur Schau stellte. Die Presse hingegen hatte Pennys Auftritt als zugleich stilvoll und doch gewagt gelobt. Auch Hagens finstere Miene, wann immer jemand in Pennys Richtung geblickt hatte, war den Medien nicht entgangen.

»Als ich das Kleid für deine kurzen Beine ändern gelassen habe, warst du noch nicht mit ihm zusammen«, verteidigte ich meine Wahl. »Und wenn ich mich recht an die Bilder in der Klatschpresse erinnere, dürfte es dabei geholfen haben, dass es dir gründlich besorgt worden ist.«

Pennys Züge erröteten, wodurch ihre grünen Augen umso deutlicher zur Geltung kamen. »Tja, und dieses Kleid könnte dazu beitragen, dass du heute Nacht flachgelegt wirst.«

»Keine Chance. Heute Abend geht's nicht um Vergnügen. Es geht darum, sich um all die Medienvertreter und die großen Nummern der Sponsoren zu kümmern, die den Kampf promoten.«

»Neulich Nacht hat es so ausgesehen, als wollte ein bestimmter Promoter dir unbedingt an die Wäsche.«

Penny spielte damit auf Pierce an, und mein Innerstes zog sich unwillkürlich zusammen. Trotz des Dramas und der unerfreulichen Konsequenzen, die mich erwarteten, bekam ich weder ihn noch Erinnerungen daran aus dem Kopf, was wir alles zusammen gemacht hatten. In den letzten Tagen hat er meine Träume und sogar meine wachen Gedanken heimgesucht.

Mit Pierce ins Bett zu gehen, war so ziemlich das Letzte, was ich vorhatte. Aber darüber zu fantasieren, war eine völlig andere Geschichte.

»Ich will nicht lügen. Die Anziehungskraft ist immer noch da.«

Penny grinste. »Können wir das als Untertreibung bezeichnen? Ich hab die Fotos aus dem Club gesehen. Ist ein Wunder, dass ihr zwei den Laden nicht abgefackelt habt.«

»Welche Fotos?« Ich drehte mich um und sah sie an.

»Im Ernst?« Penny bedachte mich mit einem finsteren Blick, dann ging sie zum Beistelltisch im Wohnzimmer, holte ihr Handy und tippte eine Internetadresse ein, bevor sie mir das Gerät reichte. »Ich weiß, du teilst meine Vorliebe für Klatsch und Tratsch nicht. Aber du könntest dich zumindest über die Lokalnachrichten auf dem Laufenden halten.«

Als mein Blick auf das Display fiel, sackte mir prompt der Magen zu den Knien. Pierce und ich sahen aus wie ein Liebespaar, so ineinander vertieft, dass wir die Welt um uns herum nicht wahrnahmen.

Die Schlagzeile lautete: »Wiederholt sich die Geschichte?«

Fuck. Das hatte ich davon, dass ich mich seit einigen Tagen von sämtlichen Medien abgekapselt hatte.

Ich lege das Telefon auf den Couchtisch. »Das darf nicht passieren, Penny. Ich muss an Christopher denken.«

Mein Blick wanderte zum Nachthimmel vor Pennys und Hagens Penthouse. Die Lichter vom Strip unten ließen es erscheinen, als befänden wir uns in einer anderen Welt.

»Könnte es für ihn denn ein besseres Szenario geben, als dass seine Eltern wieder zusammenkommen?«

Ich trat zu den Glastüren des Balkons und legte die Hand

auf die Scheibe.

»So wäre es nicht, und das weißt du auch. Für uns gibt's keine Zukunft. Für die Welt ist Christopher der Sohn von Stavros, und so wird es auch bleiben. Ich kann nur auf ein Arrangement hoffen, durch das Pierce an unserem Leben teilhaben kann, ohne Stavros' Vermächtnis zu schmälern.«

»Spielt dabei eine Rolle, dass du nie über Pierce hinweggekommen bist? Oder dass ihr immer noch ineinander verliebt seid?« Penny trat hinter mich.

Ich schüttelte den Kopf. »Er liebt mich nicht. Was immer er empfunden haben mag, hab ich an dem Tag umgebracht, als ich ihn für Stavros verlassen habe.«

Ich hatte immer noch vor Augen, was für einen niedergeschmetterten Ausdruck er im Gesicht hatte, als ich ihm damals sagte, dass ich umziehen würde und wir keine Zukunft hätten. Er hatte sich meine schwachsinnige Erklärung angehört und nichts darauf erwidert. Nur Schmerz hatte sich wie ein Schleier über seine Augen gelegt, bevor er mir den Rücken zugekehrt hatte und davongestapft war.

Ich schlang die Arme um mich und versuchte, die Kälte zu vertreiben, die sich durch meinen Körper ausbreiten wollte.

»Das glaub ich keine Sekunde lang. Mit nur einer Berührung hast du die Bestie gebändigt, die Pierce letzte Nacht auf Henna loslassen wollte, weil sie dich statt ihm ins Hotel bringen wollte. Der Mann ist nie über dich hinweggekommen.«

»Daraus kann nichts werden.«

»Na ja, wenigstens hast du nicht geleugnet, was du empfindest.« Penny lehnte den Kopf auf meine Schulter.

»Es spielt keine Rolle, was ich empfinde. Ich habe

Entscheidungen getroffen, die den Verlauf unserer Leben verändert haben. Dass ich Collin vergeben habe, ändert nichts daran, was ich getan habe.«

»Wirst du dir je die Entscheidung verzeihen, die du als kaum Achtzehnjährige treffen musstest?«

Bevor ich antworten konnte, öffneten sich die Fahrstuhltüren, und Hagen stieg aus. »Fertig, die Damen?«

Er bot uns beiden die Arme zum Einhängen an, und wir verließen das Penthouse.

———

EINE STUNDE nach der Ankunft im *Cypress* nippte ich an teurem Champagner und beobachtete, wie Apollo jeden Reporter und potenziellen Sponsor um den Finger wickelte. Durch sein einzigartiges Charisma fraßen ihm alle aus der Hand.

Apollo bemerkte, dass ich ihn beobachtete. Grinsend erhob er sein Glas. Dann ließ er den Blick mit ernüchterter Miene durch den Raum wandern, bevor er sich wieder seinem Gespräch zuwandte.

Ich wusste, nach wem er Ausschau hielt. Neya.

Noch hatte ich nicht durchschaut, was zwischen den beiden lief, da beide eine Beziehung außerhalb der Sporthalle abstritten. Die Chemie zwischen ihnen konnte niemand in ihrem Umfeld übersehen. Wenn jemanden verstand, wie viel man für eine MMA-Karriere opfern und an Zeit investieren musste, dann die beiden. Vielleicht würden sie es eines Tages herausfinden und …

Mein Gedankengang brach ab, als ich Pierce mit Hugo und

vier seiner anderen Kämpfer hereinkommen sah.

Gott, er war atemberaubend.

Er trug einen maßgeschneiderten Anzug von seinem Lieblingsdesigner, Ermenegildo Zegna. Vor Jahren erfuhr ich bei einer Besichtigung der Studios von Zegna mit Stavros, dass Pierce, Hagen und Zack bei Anzügen, Sakkos und formeller Kleidung ausschließlich diese Marke trugen. Einer der Designer hatte gemeint, es würde gemunkelt, die Exklusivität läge daran, dass Zack mal eine Pokerpartie gegen einen der Erben der Firma verloren hatte. Ich war mir nicht sicher, wie viel an der Geschichte dran war, aber es sah ganz so aus, als würden alle Männer bei Pierce die Marke tragen – gutes Marketing für das Unternehmen.

Ich schnappte mir ein weiteres Champagnerglas von einem vorbeiziehenden Tablett und beobachtete Pierce. Wie er am Knoten seiner Krawatte zerrte, verriet mir, dass es ihm widerstrebte, sie zu tragen.

Manche Dinge änderten sich nie. Schon als wir jünger gewesen waren, hatte er Krawatten gemieden, wann immer er konnte. Er ließ davon ab, um einem bekannten Spirituosenhändler die Hand zu schütteln.

Ich hätte wegschauen sollen. Aber in meinem Kopf blitzte ein Bild davon auf, wie er die Krawatte durch seine Finger gleiten ließ, bevor er sie um meine Handgelenke wickelte und mich ans Kopfteil eines Bettes fesselte. Mein Blut geriet in Wallung, und Erregung vibrierte durch mein Innerstes.

Gott, ich wollte ihn. Nicht nur für Sex, sondern für die Grenzen, an die er mich früher gebracht hatte, für die Gratwanderung zwischen Lust und Schmerz, bevor er mich in den Abgrund der Ekstase gestoßen hatte.

In dem Moment schaute er auf. Sein leidenschaftlicher Blick begegnete meinem, als hätte er meine Gedanken gelesen, und es kostete mich alle Überwindung, nicht wegzusehen.

Mein Herzschlag beschleunigte sich, und erneut flutete Verlangen mein Innerstes.

Was geschah nur mit mir? Mein Körper reagierte allein auf seine Anwesenheit. Durch die Ergänzung seines lustvollen Blicks war ich beinah bereit und willens, auf die Knie zu sinken, um ihn zu blasen.

Ich wandte das Gesicht ab, um mich davon abzuhalten, meinen irrwitzigen Begierden nachzugeben.

Seine Anziehungskraft war zu stark, um ihr zu widerstehen. Ich glich einer Motte, die von einer Flamme angezogen wurde.

Mist. Ich war nicht mehr die naive Jungfrau, die einst dem Bad Boy des Schwimmsports verfallen war. Ich war eine erfolgreiche Promoterin, die einen Sohn zu beschützen hatte.

»Er will dich immer noch«, ertönte eine Stimme mit starkem griechischem Akzent hinter mir. Für den Bruchteil einer Sekunde erstarrte ich.

Wieso zum Teufel war er hier?

Ich drehte mich um. Vor mir stand Astros Dukas, Stavros' bester Freund. Er war wie ein anmaßender Onkel, dem nicht unbedingt viel an einem lag, sondern vielmehr daran, was man für ihn tun konnte. Und dass er sich hier in den USA aufhielt, ließ mich stutzig werden. Ich hatte weder ihn noch seine Frau je gemocht. Stavros zuliebe hatte ich sie lediglich toleriert, und ich wusste, dass dieses Gefühl auf Gegenseitigkeit beruhte.

»Was machst du hier, Astros?«

Er legte mir eine Hand auf den Rücken. Instinktiv trat ich zur Seite. Seine Gegenwart verursachte mir immer eine Gänsehaut. Es fühlte sich an, als nähmen meine Sinne wahr, dass hinter dem polierten, gutaussehenden Äußeren etwas nicht stimmte.

»Ich habe mir Sorgen um dich gemacht und wollte dir meine Unterstützung anbieten.«

Alles in mir wollte entgegnen, was für blanken Unfug er redete. Stattdessen setzte ich ein Lächeln auf. Astros dachte, ich hätte nicht gewusst, dass er von Stavros erwartet hatte, ihm die Stimmrechtsanteile an Thanos International zu hinterlassen.

Stavros hatte mir erzählt, dass er die Vereinbarung getroffen hatte, nachdem seine erste Frau Sara an Komplikationen während ihrer Schwangerschaft gestorben war. Er hatte nie damit gerechnet, noch einmal zu heiraten oder Kinder zu bekommen. Vor allem nicht, nachdem er durch Malaria unfruchtbar geworden war. Und die meisten seiner anderen Angehörigen waren zufrieden damit, ein lockeres Leben zu führen, solange genug Geld dafür hereinkam. Daher hatte er Astros seine Anteile am Familienunternehmen als Erbe für Astros' Söhne versprochen.

Als er mich kennenlernte und heiratete, ging er davon aus, Astros würde verstehen, dass stattdessen unser Sohn die Firma erben würde.

Mir wurde erst klar, dass Astros tatsächlich einen Teil der Aktien von Stavros erwartet hatte, als die Einzelheiten von Stavros' Testament und Stiftung öffentlich wurden. Ich würde nie die Wut in Astros' Zügen vergessen, als er erfuhr, dass Christopher alles erben würde und ich bis zu seiner Volljährigkeit als Verwalterin eingesetzt wurde.

Astros hatte mich immer mit distanzierter Toleranz behandelt. Früher hatte ich immer angenommen, es hätte damit zu tun, dass ich einen fünfzehn Jahre älteren Mann geheiratet hatte und aus keinem aristokratischen Umfeld stammte. Aber bis zu jenem Tag hatte ich nie seine Feindseligkeit gegenüber Christopher bemerkt.

Es war, als wäre Astros wütend darüber, dass es Christoph gab. Wenn er meinen Jungen ansah, erkannte ich in ihm nur puren Hass.

»Wie du siehst, geht es mir gut. Wo ist Naomi?« Ich suchte den Raum nach seiner Frau ab. »Ich kann mir nicht vorstellen, dass sie dich ohne sie aus Europa reisen lässt.«

Alle Welt hielt mich für eine Goldgräberin, obwohl in Wirklichkeit sie eine war. Ich hatte noch nie jemanden kennengelernt, der die schönen Dinge des Lebens mehr genoss als sie. Astros verkörperte ihren Freifahrtschein dazu. Dafür musste sie tun, was sie konnte, damit er interessiert an ihr blieb. Unter anderem musste sie ihm viele Kinder schenken, auf eine perfekte Figur achten und beide Augen zudrücken, wenn Astros seinen zahlreichen Affären frönte.

Es überstieg noch immer meinen Verstand, wie unterschiedlich Stavros und Astros waren. »Sie ist mit ihren Freundinnen unterwegs. Auf den Fidschis. Glaube ich jedenfalls.«

Ich verschränkte die Arme vor der Brust. »Warum bist du wirklich hier?«

»Ich hatte geschäftlich in Kalifornien zu tun und habe beschlossen, bei dir vorbeizuschauen.«

Es kostete mich alle Willenskraft, nicht die Augen zu verdrehen und zu murmeln: *Oder vielleicht wolltest du meine Sicht der Dinge zum Verkauf der Werft in Singapur erfahren.*

Stattdessen setzte ich ein falsches Lächeln auf und sagte: »George hat meine Stimme in einem versiegelten Umschlag. Er wird sie bei der Vorstandssitzung bekanntgeben.«

Nach Stavros' Tod wusste ich, dass ich keine Ahnung hatte, wie man ein Schifffahrtskonglomerat leitete. Also überließ ich Stavros' Betriebsleiter und Neffen Lucas Thanos die Zügel als Präsident und CEO von Thanos International. Ich blieb Vorstandsvorsitzende und traf die endgültigen Entscheidungen bei größeren Akquisitionen und Veränderungen. Aber das Tagesgeschäft der Firma lag in Lucas' Händen. Das ließ mir außerdem Zeit, um meine eigene Management- und Promotionfirma zu leiten.

»Ich verstehe.« Er schenkte mir ein unaufrichtiges Lächeln. »Du weißt, was am besten für Christophers Zukunft ist.«

»Ich bemühe mich. Jetzt muss mal eine Runde drehen. Wir sehen uns in ein paar Monaten zu Hause.«

Er hielt mich am Arm zurück. »Warum stellst du mich nicht den Leuten vor? Wir könnten uns einen unterhaltsamen Abend machen.«

Sanft, aber bestimmt befreite ich mich aus Astros' Griff. »Heute Abend geht's ums Geschäft, Astros. Ich muss sicherzustellen, dass alles für den Kampf bereit ist, und gleichzeitig Apollo helfen, seine Karriere voranzutreiben. Für mich ist das hier kein gesellschaftliches Ereignis.«

»Tja, Lykaios hat dir heute Abend eindeutig den roten Teppich ausgerollt.«

»Nicht für mich. Für Apollo«, stellte ich richtig. »So kann die Presse die Kämpfer besser kennenlernen, bevor sie sich fürs Training abschotten.«

»Ich verstehe. Und es hat nichts damit zu tun, dass dich Collin Lykaios so unter seine Fittiche genommen hat wie die Anthony-Mädchen, richtig?« In seinen Worten schwang ein Hauch von Abscheu mit, der mein Temperament anschwellen ließ. »Er sollte vorsichtig mit den Leuten sein, die mit seinem Namen in Verbindung stehen.«

»Henna und Anaya hatten nichts mit den Handlungen ihres Vaters zu tun. Lass sie da raus. Sie sind meine Freundinnen.« Ich konnte die Verärgerung in meiner Stimme nicht verbergen.

Kapitulierend hob Astros die Hände. »Ich passe nur auf dich und Christopher auf, wie Stavros es von mir gewollt hätte. Ich will nicht, dass euch Schlechtes widerfährt.« Seine Worte verärgerten mich nur zusätzlich.

»Ich bin eine intelligente Frau und weiß schon, wem ich vertrauen kann.«

»Du weißt aber auch, dass Naomi und ich immer für dich da sind.« Er bückte sich, um mich auf die Wange zu küssen, was er länger als nötig anhalten ließ.

»Bis dann, Astros.«

Nach einem knappen Nicken verließ er den Bereich des Ballsaals. Und als ich mich umdrehte, um Ausschau nach Apollo zu halten, erblickte ich Pierce, der mich mit Wut in den Augen anstarrte.

8

Pierce

MIT WEM ZUM Teufel redete sie da? Mit einem weiteren älteren Liebhaber? Natürlich musste bei diesem Teil, das sich ein Kleid schimpfte, jeder Mann im Raum Fantasien davon bekommen, zwischen ihren Beinen zu landen.

Ich fuhr mir mit der Hand durchs Haar und massierte mir den Nacken.

Verdammt. Sie gehörte mir nicht. Solche Anflüge von Eifersucht hatte ich seit unserer Jugend nicht mehr verspürt. Damals war sie meine Zuflucht gewesen, die Einzige, die mir gehörte. Mittlerweile hatte ich nichts mehr dabei mitzureden, was sie tat.

Collin bemerkte meine Reaktion und grinste. Am liebsten hätte ich den Mann erwürgt, dem ich meine DNA verdankte. Was Hagen mir erzählt hatte und was in dem Brief von Collin stand, konnte ich nicht mit dem Mann vereinbaren, der meine Brüder und mich als halbe Kinder aus dem Haus geworfen hatte.

Hagen hatte mir den Hintergrund der Geschichte zwischen Draco und Collin geliefert. Allerdings bedeutete das für meine Welt einen Scheißdreck. Wegen Collin hatte ich als letzte Erinnerung an meine Mutter die, wie sie vom Krebs gezeichnet im Krankenhaus lag. Seinetwegen hatte ich die Frau, die ich liebte, und die Chance verloren, Vater zu sein. Um darüber hinwegzukommen, würde wesentlich mehr nötig sein als ein Brief und eine Entschuldigung.

Collin drehte sich um, als Amelia auf ihn zuging. Er umarmte sie, als wäre sie seine lang vermisste Tochter, bevor sie mit Apollo in der Menge abtauchte. Was hatte er gesagt, um sich ihre Vergebung zu verdienen?

Ich ballte die Hände zu Fäusten, bevor ich meine Krawatte zurechtrückte. Irgendwie musste ich den Frust über Collin, Amelia und die ganze verdammte Situation rauslassen. Nach dem Rummel hier würde ich zu mir nach Hause fahren und in den Pool springen.

Hagen würde wahrscheinlich darüber stänkern, aber im Augenblick verkörperte ich miserable Gesellschaft. Es wäre besser für mich, schwimmen zu gehen, als düster vor mich hin brütend in einem seiner Clubs herumzulungern.

Amelia schaute kurz in meine Richtung. Sofort spürte ich die starke Anziehungskraft, der wir vergangene Nacht nicht nachgegeben hatten. Ich verging mich nach ihr. Nicht nur nach ihrem Körper, sondern auch nach der Verbindung, die wir einst hatten – eine Verbindung, die nie wieder so werden konnte, wie sie war.

»Sieht so aus, als würdest du dein Territorium abstecken.«
Hugo trat neben mich, legte mir eine Hand auf die Schulter
und erschütterte mich damit leicht.

Mann, hatte der Kerl starke Hände. Hoffentlich würde er
daran denken, sie im Ring zu benutzen.

»Also, was hat es mit euch zwei auf sich? Man munkelt, sie
hätte dich für einen Milliardär verlassen.«

»Könnte man so sagen.«

Ich beobachtete, wie sie sich elegant zwischen den
verschiedenen Medienvertretern umherbewegte. Sie verteilte
ihr Lächeln und flirtete, während sie darauf achtete, dass
Apollo der Gesprächsmittelpunkt blieb. Wer ihr begegnete,
würde nie daran zweifeln, dass sie ihren Job beherrschte.

Sie war zu einer kompetenten Geschäftsfrau
herangewachsen. Keine Spur mehr von dem unschuldigen,
schüchternen Mädchen, das mit einem Blick meine Welt auf
den Kopf gestellt hatte. Keine Spur mehr von der jungen Frau,
die in der Öffentlichkeit kaum ein Wort herausgebracht hatte.
Und vor allem fehlte jede Spur von der Frau, die mich so sehr
gebraucht hatte wie ich sie.

»Und verrätst du mir, ob zwischen euch beiden was
läuft?« Ich runzelte die Stirn. »Wieso sollte dich das was
angehen?«

»Weil ich mir sicher sein muss, dass es meine Karriere
nicht beeinträchtigen wird, was immer es sein mag. Wie du
weißt, haben wir darüber geredet, mir Kämpfe in Europa und
Asien zu besorgen. Wenn du dich mit ihr überwirfst, dürfte es
schwieriger werden, die besten Angebote zu bekommen.«

»Verstehe.« Ich beobachtete weiterhin Amelia. »Wir haben
nur ein paar Dinge aus der Vergangenheit zu klären. Das

erledigen wir unter vier Augen. Weder Amelia noch ich würden je etwas tun, was unseren Leuten schadet.«

»Schön zu hören. Dann hätte ich noch einen weiteren Vorschlag zu besprechen.«

Ich lächelte. Hugo war jung, hatte aber einen schlauen Kopf auf den Schultern, vor allem, wenn es um seine Zukunft ging.

Als er anfing, ins Detail zu gehen, sah sich Amelia im Raum um. Ihr Blick heftete sich auf eine Tür im hinteren Bereich. Sie steuerte darauf zu. Unterwegs hielt sie mehrmals inne, um Leute zu begrüßen und Smalltalk zu betreiben. Sie brauchte etwa zehn Minuten, bis sie es zur Tür schaffte und sich davonstahl.

»Ich merke, dass ich dich langweile.« Hugo klopfte mir erneut auf den Rücken. »Ich bin vielleicht jung, aber nicht blind. Dich hat's schwer erwischt.«

»Du solltest deine Augen untersuchen lassen.«

»Sagt der Mann, den es juckt, ihr nachzulaufen.«

***

Amelia

ICH BETRAT DIE LOUNGE, die Collin für seine VIPs benutzte. Er hatte sie für mich geschlossen gehalten, wofür ich ihm ewig dankbar sein würde. In den vergangenen Tagen hatte ich mich etliche Male in diesen Raum geflüchtet. Von Natur aus war ich ein schüchterner Mensch. Allerdings bedingten mein

Lebensstil und mein Geschäft, dass ich mich extrovertiert gab.

Manchmal fragte ich mich, wie es sein konnte, dass die Leute meine Beklommenheit dabei nicht mitbekamen. Collin kannte meine Probleme mit Lampenfieber aus der Zeit, zu der mein Vater für ihn gearbeitet hatte. Ich fand es süß, dass er darauf Rücksicht nahm und eigens einen Raum zur Verfügung stellte, in dem ich meine Gedanken sammeln konnte, wann immer ich das Bedürfnis danach verspürte.

Ich ging zur gutbestückten Bar neben den Türen zum Balkon der Lounge, schenkte mir eine großzügige Portion Firewater ein und stürzte den Alkohol hinunter. Ich zuckte zusammen, als der Whiskey brennend meine Kehle hinabrann und mir anschließend den Magen wärmte.

Wie konnte Penny ein Glas nach dem anderen von dem Zeug verkosten, ohne den Verstand zu verlieren? Bei mir würde ein weiteres Glas davon reichen, und die Nacht wäre für mich vorbei, weil ich mich ins Land der Träume verabschieden würde.

Als das Brennen nachließ, stellte ich das Glas ab und blickte durch die großen Fenster hinaus zu einer Reihe von tänzelnden Wasserfontänen.

Seufzend drückte ich die Handfläche an die Scheibe. Ich trieb ein gefährliches Spiel mit Pierce. Es schien garantiert zu sein, dass ich am Ende als Verliererin dastehen würde. Wir hatten ein Kind, über das wir noch nicht gesprochen hatten, und da war diese Anziehungskraft, der ich nicht nachgeben durfte.

Dass sich Astros hier herumtrieb, empfand ich als zusätzliche Sorge. Wenn er herausfände, dass Stavros nicht

Christophers Vater war, würde er alles in seiner Macht tun, um die Familie Thanos bloßzustellen und mich und Christopher in Verruf zu bringen. Er war gefährlich. Ich musste ihn im Auge behalten.

Die Jahre an Stavros' Seite hatten mich mehr gelehrt, als ich je für möglich gehalten hätte. Er hatte mir gezeigt, wie man Menschen und vor allem ihre Motive einschätzte. Dabei lernte ich, dass nicht immer der Wahrheit entsprach, was man auf den ersten Blick sah. Unzählige Male hatten mir die Leute ins Gesicht gelächelt, mich aber als minderwertig behandelt, wenn die Presse oder die Öffentlichkeit nicht zusah. Auf Astros und seine Frau traf das besonders zu.

Es gab nur einen Grund, warum Astros gekommen war. Er musste die Fotos von Pierce und mir gesehen haben. Nachdem ich sie selbst bei Penny und Hagen gesehen hatte, musste ich zugeben: Die Bilder ließen kaum Zweifel daran, dass die Chemie zwischen uns noch so stark war wie damals.

Ich verdrängte den Gedanken, als sich hinter mir eine Tür öffnete. Sofort veränderte sich die Atmosphäre im Raum. Noch bevor ich mich umdrehte, wusste ich, dass es sich um Pierce handeln musste.

»Was machst du in ...« Es verschlug mir abrupt die Sprache, als ich die animalische Lust in seinem Blick bemerkte. Wie ein Raubtier pirschte er sich an und zog mich mit einem Ruck in seine Arme, bevor sich sein Mund auf meinen senkte.

Verlangen, das ich so sehr zu unterdrücken versucht hatte, brach aus jeder Pore meines Körpers hervor. Er schmeckte nach Champagner und seinem eigenen einzigartigen Aroma, das ich nie vergessen konnte.

Ich umklammerte seine Schultern mit dem Wissen, dass ich ihn von mir stoßen sollte. Stattdessen zog ich ihn näher. »Weißt du eigentlich, wie schwer es ist, mit anzusehen, wie Männer dich wollen, und keinen Anspruch darauf zu haben, sie davon abzuhalten?

Dieses verdammte Kleid ist unanständig.« Er knabberte an meiner Unterlippe und hinterließ darauf ein erlesenes Brennen. »Ich trage, was ich will. Ich bin eine erwachsene Frau«, stieß ich zwischen den Küssen hervor.

Er legte die Hände auf meinen Hintern und rieb unsere Becken aneinander. Sein Griff war kräftig und so besitzergreifend, als würde ich ihm gehören.

»Glaub mir, das weiß ich.«

Seine Zunge schob sich in meinen Mund, während sein Griff um meinen Po kräftiger wurde. Seine Finger bohrten sich unter dem Kleid in meine Haut. Ich stand tatsächlich kurz davor zu kommen.

Gott, es war so lange her. Ich hatte gedacht, dieses Bedürfnis nach Dominanz wäre erloschen. Damit hatte ich mich geirrt. Völlig geirrt.

Meine Finger fädelten sich in sein Haar, krallten sich darin fest, als er den Kuss vertiefte.

Er schob den Schlitz des Kleides im Bereich des Oberschenkels beiseite, packte mich an der Hüfte und hob mich an ihn. Instinktiv schlang ich die Beine um seine Taille, während ich mich weiter an seinen Lippen labte.

Mir rutschte ein überraschtes Japsen heraus, als mein Rücken gegen das Sofa stieß.

»Pierce, was machst du denn?«, fragte ich ein wenig zu atemlos an seinem Mund.

»Ist das nicht offensichtlich?« Er starrte auf mich herab. »Seit wir im Club getanzt haben, will ich nichts anderes mehr, als jeden Quadratzentimeter deines Körpers zu berühren. Mit den Lippen, mit den Händen, mit allem.«

Im Hinterkopf nagte an mir der Gedanke, dass jemand hereinkommen könnte, doch ich verdrängte ihn. Meine Brüste fühlten sich schwer und von dem Kleid eingeengt an. Pierce legte die Hände auf sie, als hätte er meine Gedanken gelesen. Mit festem, forderndem Druck knetete er sie.

Ich wollte mehr.

Er ließ eine Hand zu meinem Nacken wandern, und bevor ich wusste, was geschah, hatte er den Trägerverschluss des Kleids geöffnet.

Er unterbrach unseren Kuss, um die Zunge über meinen Hals und mein Schlüsselbein wandern zu lassen. »Pierce ...« Stöhnend wölbte ich mich seinen Berührungen entgegen.

Er schob mein Kleid runter und legte meinen Busen frei, bevor er den Mund über einen aufgerichteten Nippel stülpte, während er den anderen zwischen den Fingern drehte und kniff. Dabei ging er nicht sanft vor. Seine Zuwendungen hatten etwas Forsches an sich. Er knabberte und saugte, jagte damit vermischte Schockwellen von Schmerz und Lust durch meinen Körper. Meine Mitte nässte und zuckte bei jedem Saugen seines Munds. Er bearbeitete beide Nippel, bis ich mich unter ihm krümmte.

»Ich brauche mehr.« Seine Stimme klang heiser vor Verlangen.

Er bauschte mein Kleid nach oben und schob den Körper zwischen meine Schenkel. Seine stahlharte Erektion rieb an meinem Venushügel. Ich zappelte, wollte mich befreien, und schlang gleichzeitig ein Bein fester um ihn.

»Ich muss sehen, wie du kommst.« Pierce blickte auf mich herab. »Ich werde sehen, wie du kommst.«

Er ließ mir keine Gelegenheit, etwas zu erwidern, denn er bedeckte meine Lippen mit seinen. Wir verschlangen uns praktisch gegenseitig, während sich seine Finger den Weg unter meine Unterwäsche und zu meiner triefenden Spalte bahnten. Pierce streichelte mich, verteilte meine Säfte über meine Scham, bevor er einen Finger in mich schob, ihn nach oben krümmte und das empfindsame Nervenbündel rieb, das sich dort versteckte. Gleichzeitig wanderte außen sein Daumen höher und reizte meinen pulsierenden Kitzler.

Mein Rücken wölbte sich durch, während Erregung meine Mitte flutete und seine Hand durchnässte.

»So ist's gut«, murmelte er, während er die Zähne auf die Stelle zwischen meinem Hals und meiner Schulter senkte. »Mal sehen, ob dich das immer noch auf den Gipfel treibt.«

Ein zweiter Finger gesellte sich zum ersten, gefolgt von einem dritten, der den Hauch von Unbehagen hinzufügte, nach dem ich mich sehnte. Dann stieß er in einem zugleich harten und gemessenen Rhythmus zu. Mein Herzschlag beschleunigte sich, und bevor ich wusste, wie mir geschah, kippte ich über den Rand in die Abgründe der Ekstase. Mein Körper zuckte, als sich meine Muschi um seine zustoßenden Finger zusammenzog.

»Pierce. Oh Gott! Pierce!«, schrie ich, als ich die Nägel in seinen Rücken bohrte.

Er behielt den Takt seiner Hand bei, bis er das letzte

Quäntchen meiner Entladung aus mir gewrungen hatte und ich schlaff unter ihm lag.

Dann zog er sich aus meinem Körper zurück und begegnete meinen Blick, während er sich meine Säfte von den Fingern leckte. In seinen Augen loderte ein rasendes Verlangen, das meine Mitte prompt erneut zum Beben brachte.

Ich schob die Hand zwischen uns und umfasste seine Härte. Mein Daumen kreiste um die pralle Eichel, bevor ich den steifen Schaft drückte. Er erwies sich als genauso dick und lang, wie ich ihn in Erinnerung hatte.

Als wir das erste Mal miteinander geschlafen hatten, dachte ich, er würde mich zerreißen. Damals waren wir so wild darauf versessen, es endlich zu tun, dass wir das Vorspiel, mit dem auf seine Größe hätte einstimmen können, einfach übersprangen und direkt zum Akt übergingen. Wir waren zu dem Zeitpunkt beide noch jungfräulich und hatten nur eine theoretische Vorstellung davon, wie es ging.

Mittlerweile war Pierce kein unerfahrener Junge mehr. Er wusste haargenau, was er tat und wie er meinen Körper vorbereiten konnte.

Ein Anflug von Eifersucht überraschte mich, als ich mir all die Frauen vorstellte, mit denen er im Verlauf der Jahre zusammen gewesen sein musste. Ich wusste, dass die Empfindung weder fair noch vernünftig war, doch ich konnte mich nicht dagegen wehren.

Pierce ergriff mein Kinn und schaute auf mich herab. »Ich werd's dir jetzt besorgen. Eigentlich wäre mir für unser erstes Mal nach so langer Zeit ein Bett lieber gewesen, aber das hier muss reichen.«

Mit einem Ruck befreite ich das Gesicht, als ein Anflug von Vernunft zurückkehrte.

»Das dürfen wir nicht tun. Es würde alles verkomplizieren. Ich habe es so schon zu weit gehen lassen.«

Er packte meine Handgelenke und hielt sie über meinem Kopf fest, während er mich musterte.

Mein Herzschlag pochte durch meinen Schädel, und das Gefühl seines harten Griffs öffnete ein weiteres Schloss zu einem Verlangen, das ich nicht erkunden sollte.

»Nein, es wird alles vereinfachen. Diese sexuelle Spannung zwischen uns ist zu ablenkend. Ich weiß, dass du nach Griechenland zurückgehst, es gibt also keine Erwartungen. Wir treiben es, du unterwirfst dich mir, und wir haben es beide rausgelassen. Danach kehren wir in unser jeweiliges Leben zurück.«

Seine Worte fühlten sich an, als hätte jemand Eimer mit Eiswasser auf mich gekippt.

Mit einem Ruck befreite ich mich aus seinem Griff und stieß ihn zurück. »Nein. Ich kann das nicht. Gelegenheitssex ist nichts für mich.« Ich zupfte mein Kleid zurecht und befestigte mit zittrigen Fingern wieder den Verschluss hinter meinem Nacken.

Dann stützte ich die Ellbogen auf die Knie und vergrub das Gesicht in den Händen.

Ich verging mich nach Pierce, sowohl körperlich als auch emotional. Während ich tief durchatmete, bemühte ich mich, ein Schluchzen der Frustration und des Verlangens zu unterdrücken.

Schließlich hob ich den Kopf und erblickte den harten Ausdruck in seinem Gesicht.

»Blödsinn. Du hast es auch mit Thanos getrieben, während wir noch zusammen waren.«

Ich sah ihm in die Augen, schwieg aber und kämpfte den Drang zurück, mich zu verteidigen.

Er würde die Wahrheit noch bald genug erfahren. Was gerade passiert war, verdeutlichte mir, wie dringend ich mit Pierce über Christopher reden musste.

Ich brach den Blickkontakt ab, rutschte vom Sofa und zupfte mein Outfit zurecht.

»Du hättest nicht hier reinkommen sollen. Ich hätte nicht zulassen dürfen, dass es so weit geht. Das war ein Fehler. Tut mir leid.«

Damit eilte ich zur Tür. Aber als ich die Hand auf den Knauf legte, wollte Pierce wissen: »Hast du mich je wirklich geliebt oder war es immer nur einseitig?«

Ohne nachzudenken, antwortete ich: »Ich habe dich so sehr geliebt, dass es mich zerstört hat, dir das Herz zu brechen. Du kannst mich hassen, so viel du willst, aber durch die Umstände hatte ich keine andere Wahl, als dir wehzutun.«

»Indem du schwanger geworden bist und einen anderen geheiratet hast.«

Unwillkürlich zuckte ich zusammen. Meine Stimme wurde härter, als ich erwiderte: »Das besprechen wir ein anderes Mal.«

»Wann ist denn der richtige Zeitpunkt? Ich habe ein Recht darauf zu erfahren, was passiert ist.«

»Morgen«, antwortete ich, weil ich wusste, dass es an der Zeit war und es keine Möglichkeit gab, sich davor zu drücken. »Treffen wir uns hier um zwei. Bis eins muss ich das Training beaufsichtigen.«

»Nein, treffen wir uns in meinem Hotel. Ich will nicht, dass uns irgendwas oder irgendjemand stört.«

»Na schön.« Damit zog ich die Tür auf.

Als ich die Schwelle überquerte, kündigte Pierce an: »Ich werd dich ficken, Ame. Ich werde dich erst betteln lassen und dir dann jede Begierde erfüllen, die du so sehr zu verstecken versuchst. Das ist unvermeidlich. Mir ist lieber, die Karten liegen von vornherein offen auf dem Tisch.«

9

Pierce

»Mr. Lykaios, ich habe Mrs. Thanos an den Ecktisch gesetzt, wie Sie es wollten.«

Ich nickte Nico Maxim zu, dem Manager des *Marmara*, eines mit drei Michelin-Sternen ausgezeichneten Restaurants im *Aegean*.

»Ich gehe allein hin. Sorgen Sie dafür, dass der Bereich geschlossen bleibt.«

»Ja, Sir.«

Als ich um eine Schieferwand mit einem Wasserfall und bunten Kieselsteinen herumging, fiel mir eine Gruppe von Gästen auf, die Draco Jacksons Männern verdächtig ähnlich sahen.

Und danach zu urteilen, wie sie mich beobachteten und dann in die Richtung schauten, in die ich ging, behielten sie

112

wohl im Auge, was sich in meiner Welt abspielte. Einer Welt ohne Verbindung zu der von Draco.

Ich musste daran denken, Hagen danach zu fragen. Vorerst jedoch musste ich mich auf die Frau konzentrieren, die auf mich wartete.

Ich bog dort um die Ecke, wo sie saß, und blieb stehen, um sie zu betrachten.

Gott, war sie schön. Sie trug nur einen leichten Hauch Make-up und das schwarze Haar offen. Ihr rosa-schwarzer Anzug mit offenem Kragen verlieh ihr einen perfekten Touch von Sinnlichkeit, ohne nuttig zu wirken.

Vor mir sah ich nicht mehr die Kämpferin, in die ich mich verliebt hatte, sondern die ausgebuffte Geschäftsfrau mit dem Ruf, sich nichts bieten zu lassen.

Sie scrollte durch ihr Handy, während sie an ihrem Getränk nippte, wahrscheinlich Sprudelwasser. In jungen Jahren war sie regelrecht süchtig danach gewesen. Als sie sich über die Lippen leckte, hätte ich beinah gestöhnt.

Ich konnte sie immer noch auf der Zunge schmecken, Ihr dabei zuzusehen, wie sie den Gipfel der Lust erklommen hatte, war wie ein Sturz in die Vergangenheit gewesen. Die richtige Berührung, und schon hatte sie alle Kontrolle abgegeben.

Als wir als bessere Teenager miteinander gespielt hatten, noch kaum erwachsen, da waren wir noch so naiv gewesen. Damals verstanden wir beide die Dynamik zwischen uns nicht.

Nach außen hin gab sie sich so beherrscht, weil sie wusste, dass sie jede falsche Bewegung einen Kampf kosten oder, schlimmer noch, eine gefährliche Verletzung nach sich ziehen konnte. Ich hingegen hatte keine Kontrolle über meine Welt. Das Einzige, was ich gut konnte, war Schwimmen. Zudem musste ich lernen, mit meinem chaotischen Familienleben umzugehen – einer Mutter und einem kleinen Bruder, zu denen ich keinen Kontakt haben durfte; einem Vater, der mein Leben kontrollieren wollte und mich doch rausgeworfen hatte, sobald ich achtzehn geworden war. Hinzu kam eine Karriere, die so viel Zeit in Anspruch nahm, dass ich sie ohne Hagens Unterstützung nie bewältigt hätte.

Erst, als Amelia und ich anfingen, miteinander zu gehen, legte ich meinen Ruf als rücksichtsloser, streitlustiger Teenager ab, der sich mit jedem angelegt hatte, der ihm nicht zu Gesicht stand.

Sie hatte mir eine Möglichkeit aufgezeigt, mein chaotisches Leben zu bewältigen.

Fast ein Jahrzehnt später war mir sonnenklar, dass wir beide mit etwas herumgespielt hatten, was wir unter den Voraussetzungen damals nie hätten erkunden dürfen. Wir waren zu jung gewesen, zu unbedarft, zu ahnungslos über die Gefahren. Mich schauderte beim Gedanken an die Grenzen, die ich zum Glück nie überschritten hatte. Was ich aber zweifellos getan hätte, wenn Amelia und ich zusammen geblieben wären.

Es hatte mich Jahre gekostet, meine natürlichen Begierden zu kultivieren. Wenn ich Amelia wieder nähme, würde ihr ein völlig anderes Erlebnis bevorstehen.

Als hätte sie meinen Blick gespürt, schaute sie vom Handy auf. Sie schluckte, und ein Hauch von Argwohn trat in ihre Augen.

Langsam näherte ich mich ihr, ließ mich auf sie wirken.

Wann immer ich auf sie zuging, fiel mir eine leichte Veränderung in ihrer Atmung auf. Höchstwahrscheinlich war es ihr nicht mal bewusst.

»Tut mir leid, dass du warten musstest, Ame«, sagte ich, strich mit einem Finger über ihren Nacken und ließ mich ihr gegenüber am Tisch nieder.

Ein Schauder durchlief sie, und sie verstärkte den Griff um ihr Glas, womit sie mich beinah zum Lächeln brachte. »Macht nichts. Ich hab dir einen Whiskey bestellt.«

Ich blickte auf das Glas mit bernsteinfarbener Flüssigkeit, das auf meiner Seite stand. Offenbar hatte sie bei unseren wenigen Begegnungen bemerkt, was ich mochte.

Warum gefiel mir der Gedanke so sehr?

Reiß dich zusammen, Mann. Du bist kein liebestoller Teenager mehr.

Ich nahm das Glas in die Hand und trank einen Schluck, bevor ich es zurück auf den Tisch stellte. Dann schwieg ich, während sie mit den Fingern am Stiel ihres Glases rieb.

»Pierce«, begann sie, »du musst mir zuhören, ohne mich zu unterbrechen. Wenn ich fertig bin, beantworte ich dir alle Fragen, die du hast.« Ihre Hände zitterten, als sie sich eine Strähne hinters Ohr strich.

»Okay.«

»Als ich dich verlassen habe, hat sich mehr abgespielt, als du weißt. Verdammt, sogar mehr, als ich damals wusste. Einiges davon hab ich erst kürzlich erfahren. Ich war immer der Annahme, Collin wollte nicht, dass wir zusammen waren, weil er dachte, ich wäre nicht gut genug für dich. Und er hat gedroht, meinen Vater zu feuern, um uns auseinanderzubringen.«

»Hat er ja auch.«

»Nein. Da war mehr dran.«

Okay, das klang bedeutungsschwer. Ich beugte mich vor.
»Nur weiter.«

»Ich erzähle dir eine Geschichte. Es war einmal eine Erbin
namens Rhea, die sich in Collin verliebte, einen älteren
Geschäftsmann. Ihre Romanze war wie ein Wirbelwind,
leidenschaftlich und intensiv. Jahrelang perfekt. Sie hatten
drei Kinder. Söhne. Die Jungs haben ihnen alles bedeutet.«

Dass sie die Beziehung meiner Eltern wie eine
Bilderbuchromanze darstellte, sträubte mir die Nackenhaare.
Ich öffnete den Mund, um zu fragen, was das mit meinem
Sohn zu tun hat, aber sie hob die Hand.

»Bitte, Pierce. Lass mich ausreden, dann wirst du's
verstehen.« Ich nickte.

»Ein Jahr nach der Geburt des Jüngsten zog das Paar mit
den Kindern nach Las Vegas. Collin wollte ein Vermächtnis
für seine Familie schaffen. Also fing er an, ununterbrochen zu
arbeiten. Dabei hat er genau die Menschen vernachlässigt, für
die er so hart geschuftet hat. Ohne es zu merken. Die
Beziehung zwischen Rhea und Collin wurde angespannt, und
Rhea wandte sich Collins bestem Freund zu, um bei ihm Trost
zu finden.«

»Anthony«, platzte ich heraus, ohne nachzudenken.

Sie ging nicht darauf ein. »Eines Tages wurden Collins
Büros von Bundesagenten durchsucht, auf der Suche nach
Beweisen gegen ...« Sie legte eine dramatische Pause ein,
bevor sie fortfuhr. »... Anthony. Wie sich herausgestellt hat,
war Collin eines von vielen Opfern eines
Veruntreuungsskandals. Bei den Ermittlungen kam ans Licht,

dass Anthony Rhea verführt hatte, um an Collins finanzielle Mittel zu gelangen.

Collin war erschüttert von der Entdeckung und stellte Rhea zur Rede. Sie gestand ihm die Wahrheit und flehte ihn um Vergebung an. Die beiden wollten ihre Ehe ihren Söhnen zuliebe kitten, aber einen Monat später fand sie heraus, dass sie von Anthony schwanger war. Nach einer heimlichen Geburt gab sie das Kind weg. Ein Kind, das den Großteil meines Lebens meine Freundin war. Aber den Grund habe ich erst bei einem Gespräch mit meiner Mutter erfahren.«

Heilige Scheiße. Sie wusste, dass Anaya meine Schwester war.

»Collin wollte uns deshalb trennen, weil er die Befürchtung hatte, das Geheimnis deiner Mutter könnte auffliegen, wenn wir zusammen bleiben. Meine Eltern haben dafür gesorgt, dass deine Mutter entbinden konnte, ohne dass jemand Verdacht geschöpft hat.

Zu der Zeit hat mein Vater in einem von Collins Resorts in der Nähe von Athen gearbeitet und wollte unbedingt nach Amerika ziehen. Collin wusste das und hat einen Deal mit ihm ausgehandelt. Mein Vater sollte Rhea für die Dauer der Schwangerschaft in Griechenland verstecken. Dafür würde Collin meinen Eltern Arbeitsvisa und eine Green Card für mich verschaffen, Papa einen Job als Glücksspielmanager in einem seiner Casinos geben und für meine Ausbildung aufkommen. Und gleich nach der Geburt des Babys sollten meine Eltern arrangieren, dass Anthonys Frau die Kleine zu sich nahm.

Nach unserem Umzug nach Las Vegas hat Rhea ein freundliches, aber distanziertes Verhältnis zu meinen Eltern gepflegt. Collin verhielt sich förmlich und neutral, hat mir aber beim Beantragen der amerikanischen Staatsbürgerschaft geholfen.

Jahrelang blieb Collins und Rheas Geheimnis gut gehütet.

Verändert hat sich alles, als sie erfuhren, dass du und ich eine Beziehung hatten. Sie fürchteten, es könnte dazu führen, dass meine Eltern schwach werden, auspacken und ...«

»Und deshalb haben sie dich gezwungen, mit mir Schluss zu machen. Ich weiß, was vor zehn Jahren passiert ist. Was ist der Sinn dieser langen Geschichte?« Es gelang mir nicht, die Schärfe aus meiner Stimme herauszuhalten. »Außer, meine Zeit zu vergeuden.«

Es brachte mich innerlich um, in meiner Mutter etwas anderes als die unglaubliche Frau zu sehen, die ihre Kinder vergöttert hatte. Sie hatte Collin betrogen. Und wegen ihrer Affäre mit Anthony hatte Draco die Zerstörung meiner Kindheit inszeniert.

Ich drängte den Schmerz zurück. Darüber durfte ich im Augenblick nicht weiter nachgrübeln.

»Du musstest den Grund erfahren, warum Collin mich zu der Entscheidung genötigt hat. Und warum ich ihm vergeben habe.«

Ich schlug so wuchtig mit der Faust auf den Tisch, dass Amelia zusammenzuckte. Ich hatte genug von der Scharade. »Eine Entscheidung, die mich fast zehn Jahre des Lebens meines Sohns gekostet hat.«

Ich zog mehrere Fotos aus der Jacke und warf sie auf den Tisch.

Zwei davon legte ich nebeneinander. »Siehst du das Foto? Das bin ich. Und das hier ist Christopher Thanos. Wir sehen

gleich aus. Und jetzt sag mir, dass er nicht von mir ist.
Nur zu.«

»Ich ... ich kann nicht«, stammelte sie. Nach einem tiefen
Atemzug fügte sie hinzu: »Er ist von dir.«

»Hast du gewusst, dass du von mir schwanger warst, als du
mit mir Schluss gemacht hast?«

Eine Träne kullerte ihr über die Wange. »Das habe ich erst
drei Wochen danach erfahren.«

»Und du hast es nicht für wichtig genug gehalten, um
mich einzuweihen?«

»Doch. Ich wollte zu deinem Apartment und dir alles
erklären, aber du hattest schon nach vorn geschaut. Eine
Boulevardzeitung hatte dich in einem Hotel mit zwei Models
ertappt.«

Ich fuhr mir mit der Hand durchs Haar. »Was hast du
von mir erwartet? Du hast mir das Herz aus der Brust
gerissen.«

Ich war damals verdammte neunzehn Jahre alt, und die
Frauen warfen sich mir an den Hals. Da ich Amelia vergessen
musste, nahm ich alles, was mir angeboten wurde. Dass ich
mich danach schmutzig und von mir selbst angewidert fühlte,
stand auf einem anderen Blatt.

»Dass du nicht einfach mit allem ins Bett springen
würdest, das die Beine breitgemacht hat«, presste sie
zwischen zusammengebissenen Zähnen hervor.

»Und wann hast du das erste Mal mit deinem Milliardär
geschlafen?«

»Sechs Monate nach Christophers Geburt.« Ihre Augen
blitzten. »Weißt du, ich war verliebt in dich aufgeblasenen
Arsch und konnte mir nicht mal vorstellen, einen anderen

Mann zu berühren, ob wir nun zusammen waren oder nicht. Du hattest damit offenbar weniger Probleme.«

Meine gesamte Wut verflog. »Ich hatte trotzdem das Recht, es zu erfahren.«

»Wärst du wirklich in der Lage gewesen, deiner Rolle gerecht zu werden? Du hattest gerade erst sechs Medaillen gewonnen und noch eine lange Karriere vor dir. Das Einzige, was dich geerdet hat, war das Schwimmen.«

Sie war das Einzige, was mich geerdet hatte. Mit ihr hatte ich auch die Fähigkeit verloren, meine Wut zu beherrschen. Was zu Handgreiflichkeiten meinerseits gegen einen Funktionär und eine dreijährige Sperre für mich geführt hatte.

Ein Todesurteil in der Welt des Sports.

»Die Entscheidung hat nicht dir zugestanden.«

»Ich kann die Vergangenheit nicht ändern. Meine einzige Rechtfertigung ist, dass ich eine verängstigte, schwangere Achtzehnjährige war. Meine Eltern hatten ihre Arbeit verloren und keine andere Wahl, als nach Griechenland zurückzukehren. Wir hatten kein Geld, und ein anständiger Mann hat mir angeboten, mein ungeborenes Kind und mich aufzunehmen.«

»Warum? So was macht niemand. Was hat für ihn dabei herausgeschaut?«

Sie wandte sich ab und schloss kurz die Augen. »Christopher. Stavros konnte keine eigenen Kinder zeugen.«

»Soll das heißen, mein Sohn ist der Erbe eines Reedereivermögens?«

»Rechtlich gesehen ist er Stavros' Sohn.«

»Blödsinn. Kein Gericht in Amerika würde das anerkennen.«

»Er ist kein Amerikaner. Er ist Grieche.«

»Falsch. Seine Eltern sind beide Amerikaner. Deshalb ist er es auch.«

»Für die Welt ist er nur ein halber Amerikaner.«

Unwillkürlich verkrampfte ich die Kieferpartie. »Geht's um das Geld? Hast du Angst, Christopher könnte sein Erbe verlieren?«

»Nein. Stavros hat dafür gesorgt, dass nichts in seinem Testament oder der Firmensatzung Christophers Anspruch auf die Firma anfechten kann.«

»Du hast mein Kind verkauft.«

»So war es nicht, und ich lasse nicht zu, dass du mit deiner Wut Stavros' Andenken beschmutzt. Stavros hat Christopher über alles geliebt.«

»Ich habe Rechte, Amelia.«

»Willst du mit mir um ihn kämpfen?« Ich konnte die Angst spüren, die ihr Körper ausstrahlte.

Am liebsten hätte ich gebrüllt: *Ja!* Stattdessen antwortete ich: »Nur, wenn du mich von ihm fernhalten willst.«

»Ich werde dich nicht daran hindern, Christopher kennenzulernen oder ein Teil seines Lebens zu werden. Aber vorläufig wird er weiterhin nur Stavros als seinen Vater kennen. Er ist zu jung, um zu verstehen, was zwischen uns vorgefallen ist.«

Die Entschlossenheit in ihrem Gesicht weckte in mir den Wunsch, sie zu schütteln. Ich war der Vater des Jungen. Ich hatte ein Recht darauf, meinem Sohn ein Leben zu bieten, das ich nie hatte.

»Wer werde ich dann für ihn sein?«

Sie kniff sich den Nasenrücken. »Ich weiß es nicht.« Dann sah sie mir in die Augen. »Wie hast du es herausgefunden? Von Penny oder durch die Zeitschrift?«

»Nicht von Penny.« Ich lachte und konnte nicht die Verbitterung verbergen, die ich für meine baldige Schwägerin empfand. »Die Frau ist dir gegenüber durch und durch loyal. Nur, damit du's weißt: Hagen hat sie damit konfrontiert, als wir erfahren haben, wer Christophers Vater ist.«

»Also hast du die Zeitschrift gesehen. Es gibt keine andere Möglichkeit.«

»Damit liegst du sowohl richtig als auch falsch.«

»Das versteh ich nicht.«

»Der Mann, der dein neuer bester Freund geworden ist, hat mir ein Vorab-Exemplar der *Vogue* geschickt. Er hat Schuldgefühle, weil sein Enkel durch seine Manipulationen auf einem anderen Kontinent lebt.«

Amelia schwieg, als müsste sie meine Worte erst verarbeiten. »Bist du überrascht?«

»Ehrlich gesagt, nein.« Sie seufzte und schüttelte den Kopf. »Collin hat es sich zum Ziel gesetzt, die Fehler der Vergangenheit zu beheben. Es stimmt mich traurig zu sehen, welche Schuld er mit sich herumschleppt.«

Einen Moment lang wurde ihr Gesichtsausdruck betrübt.

Was konnte Collin zu ihr gesagt haben, dass sie ihm nicht nur vergeben hatte, sondern ihr zudem so aufrichtig viel an ihm lag?

»Was ich nicht verstehe, ist, warum er entschieden hat, es dir zu verraten, bevor er mir Bescheid gegeben hat. Alle Welt glaubt, dass keiner seiner Söhne mit ihm redet.«

»Er denkt, wir werden alle eine glückliche Familie werden.«

»Das ist unmöglich. Christopher und ich leben in Griechenland. Ende des Sommers kehren wir zurück.«

Das waren nur wenige Monate. »Was also schlägst du vor?«

»Warum hast du es mir nicht gesagt? Du musst doch einen Plan gehabt haben. Wolltest du mich einwickeln, indem du so getan hast, als würdest du mich wollen?«

»Die Anziehungskraft zwischen uns ist echt. Ich muss kein Interesse an dir vortäuschen.«

»Was willst du dann?«

»Was meinst du, was der Preis für mein Schweigen sein sollte? Immerhin hast du mir gerade gesagt, dass ich nie Anspruch auf mein eigenes Kind erheben kann – ein Kind, das du mir gestohlen und einem anderen Mann gegeben hast.«

»Ich weiß es nicht«, erwiderte sie argwöhnisch.

Tja, Mist. Ich hatte nicht weiter als dahin gedacht, Amelia wegen Christopher zu konfrontieren. Nichts anderes hatte mich angetrieben, seit ich die Wahrheit über die Vergangenheit erfahren hatte. Nun saß sie vor mir und schien bereit zu sein, praktisch alles für mein Schweigen zu tun. Und ich hatte keine Ahnung, was ich verlangen sollte.

Wer zum Teufel war ich geworden? Sonst hatte ich nie Schwierigkeiten zu entscheiden, was ich zu tun hatte.

Mehrere Minuten lang schwiegen wir beide und starrten uns gegenseitig an. Dann kam mir ein Gedanke.

»Ich will dich als meine Sub. Ich will, dass du all die

strenge Kontrolle aufgibst. Ich will es in absehbarer Zeit jede Nacht mit dir treiben.«

Amelia schluckte. Röte kroch ihr in die Wangen, und ihre Augen weiteten sich.

»Ich hab dir schon gesagt, dass ich nichts von Gelegenheitssex halte. Ich war in meinem Leben nur mit zwei Männern zusammen.«

»Es wird kein Gelegenheitssex, sondern viel mehr.« Ich verstummte kurz und wusste, dass ich für meinen Vorschlag in der Hölle landen würde. »Durch Christopher sind wir bereits für den Rest unseres Lebens miteinander gebunden. Eine weitere Verbindung sollte also keine Rolle mehr spielen.«

»Ich kann dir nicht folgen.«

»Als Entschädigung dafür, dass ich meinen Sohn dem Andenken eines anderen überlasse und darüber schweige, will ich ein eigenes Kind.«

»Das kannst du nicht ernst meinen.«

»Todernst.«

Wut und Kränkung flammten in ihren Augen auf. »Ich werde auf keinen Fall ein Kind bekommen, nur um es wegzugeben. Diese Diskussion ist vorbei.«

Damit wandte sie sich zum Gehen, aber ich hielt sie mit einer Hand auf ihrem Arm zurück. »Ich hab nie gesagt, dass du unser Kind aufgeben musst.«

»Was dann, Pierce? Ich könnte sogar in Betracht ziehen, wieder mit dir zu schlafen. Aber ein Kind steht nicht zur Debatte.«

»Wie wär's damit? Wenn du bis zum Ende des Sommers nicht schwanger bist, gehen wir getrennte Wege. Dann verlange ich für mein Schweigen nur, dass ich in irgendeiner Form ein Teil von Christophers Leben werde.«

»Und wenn ich schwanger werde?«

Ich würde definitiv in der Hölle landen. »Dann heiratest du mich.«

10

Amelia

»Penny, wir müssen reden«, sagte ich, kaum dass ich die Tür zu Pennys Labor in einer Reihe von Lagerhäusern am Stadtrand von Las Vegas geöffnet hatte. Es war nach Feierabend, also wusste ich, dass sie allein sein würde, bis Hagen sie später nach Hause bringen würde.

An einem gewöhnlichen Tag hätte ich mit Freuden einen Blick auf ihre frisch renovierte, topmoderne Anlage geworfen, in der sie ihr hundert Millionen Dollar schweres Whiskey-Imperium aufgebaut hatte. Allerdings war ich dafür zu verdammt wütend auf Pierce, Collin und sie.

Penny saß in der Ecke und blickte mit aufgesetzter Schutzbrille in ein Mikroskop.

»Unfassbar, dass du mir nicht vorgewarnt hast, dass Pierce

über Christopher Bescheid weiß. Ich dachte, du wärst meine beste Freundin. Warum hast du mir etwas so Wichtiges vorenthalten?«

Penny schob sich von ihrer Arbeitsstation zurück und warf mir einen besorgten Blick zu. Ja, sie sollte ruhig besorgt sein.

»Ich wollte es dir ja sagen, aber Hagen hat gemeint, das müsstest du selbst mit Pierce klären.«

Ihr Laborkittel wies gelbliche und braune Flecken auf, das Haar trug sie zu einem unordentlichen Dutt zusammengesteckt. Durch ihre gemischte griechische und indische Herkunft sah sie umwerfend aus. Nur sie konnte stilvoll wirken, während jede andere Frau in derselben Aufmachung zerrupft und ungepflegt ausgesehen hätte.

»Oh ja. Und wie wir es klären. Der Mann ist wahnsinnig! Kommt einem Wunder gleich, dass ich ihm nicht ins Gesicht geschlagen habe. Und glaub, wenn ich's getan hätte, wäre seine Nase jetzt gebrochen.«

Mein Temperament hatte sich noch nicht beruhigt, seit ich das Treffen mit Pierce verlassen hatte. Als einzige Genugtuung hatte ich die Verblüffung in seinem Gesicht bekommen, als ich ihm gesagt hatte, er könnte sich seinen Vorschlag sonst wohin schieben und wir würden uns vor Gericht sehen. Vielleicht hätte ich den letzten Teil nicht hinzufügen sollen. Aber er konnte doch nicht ernsthaft erwarten, dass ich ein weiteres Kind von ihm wollte, geschweige denn ihn heiraten.

»Hat er die Möglichkeit für ein gemeinsames Sorgerecht vorgeschlagen, die Hagen und Zack ausgearbeitet hatten?«

Tja, anscheinend wusste meine beste Freundin mehr, als ich gedacht hatte.

»Nicht mal annähernd. Für sein Schweigen über Christophers Abstammung will er, dass ich es bis zum Ende des Sommers mit ihm treibe. Und falls ich schwanger werde, soll ich ihn heiraten und das halbe Jahr in Las Vegas verbringen. Die andere Hälfte kann ich meine Geschäfte in Griechenland führen.«

»Das ist jetzt ein Scherz.« Sie stand auf und begann, hin und her zu laufen.

Ich stemmte eine Hand in die Hüfte und zeigte mit der anderen auf mich. »Sieht das aus wie das Gesicht von jemandem, der scherzt?«

Sie zog eine Augenbraue hoch. »Na ja, es ist ja nicht so, als würdest du nicht mit ihm schlafen wollen.«

»Spar dir die Witze. Im Moment bin ich zu wütend auf dich. Du hast gegen den Mädelskodex verstoßen. Und zu allem Überfluss war auch noch Collin der Drahtzieher, der Pierce die Information über Christopher zugespielt hat.«

Sie zuckte zusammen, was mir verriet, dass sie die Einzelheiten kannte. »Was hast du zu Pierce gesagt?«

Ich starrte sie an, als hätte sie den Verstand verloren. »Ich werde nicht mit ihm schlafen oder ein weiteres Kind von ihm bekommen.«

Schwerfällig ließ ich mich auf einen freien Stuhl neben einer Reihe von Bechern plumpsen und verschränkte die Arme vor dem Körper.

»Ich bezweifle, dass er bloß mit dir schlafen will. Soweit ich weiß, steht er eher auf Ausgefallenes. Ihm gehören sämtliche Privatclubs in allen Anlagen von HPZ.«

Ein Anflug von Eifersucht durchzuckte mich. Ich hatte die Gerüchte gehört und wusste aus eigener Erfahrung um Pierce' Vorlieben. Außerdem wusste ich, wie es in BDSM-Clubs ablief. Man musste nicht in einer festen Partnerschaft sein, um dort mitzumachen. Erforderlich waren nur Einvernehmlichkeit und Safer Sex.

»Wenn er jederzeit mit irgendeiner Sub vergnügen kann, warum will er dann mich?« Penny kam auf mich zu, beugte sich herab und stützte eine Hand auf die Armlehne meines Stuhls. Sie wirkte beinah wie eine enttäuschte Lehrerin, die mir einen Vortrag halten wollte.

Warum starrte sie mich so finster an, wo doch vielmehr ich sauer auf sie sein sollte?

»Nur weil er die Clubs besitzt, heißt das noch lange nicht, dass er oft mitmacht. Hagen sagt, seit die Verhandlungen um den Kampf zwischen Regalia und Davis begonnen haben, besucht er die Clubs nur noch aus geschäftlichen Gründen.«

»Ich bezweifle, dass es Pierce seinen Brüdern jedes Mal erzählt, wenn er es treibt. Ich hab die Fotos in der Boulevardpresse gesehen. An Begleiterinnen mangelt es ihm nie.«

»Er erzählt ihnen vielleicht die Einzelheiten nicht, aber er ist nicht der Typ für Gelegenheitssex. Seine letzte feste Freundin hatte er vor über sechs Monaten. Seitdem hat man niemanden mehr mit ihm gesehen. Er ist der Beziehungstyp und durch und durch monogam. Das unberechenbare Arschloch, das er raushängen lässt, ist nur ein Image, das er sich zugelegt hat, nicht die Wahrheit.«

Ihre Worte fuhren mir direkt ins Herz. Er hatte die letzten zehn Jahre lang gedacht, ich hätte ihn betrogen. Alle Welt dachte, ich hätte ihn mit Stavros betrogen. »Warum will er mich dann? Ich hab ihm das Herz gebrochen.«

Sie setzte sich schwerfällig und runzelte die Stirn. »Du hast wirklich keine Ahnung, oder?«

»Nein, hab ich nicht. Warum sagst du es mir nicht einfach, meine geniale, analytische, wissenschaftliche Freundin?«

»Amelia. Du bist manchmal ganz schön begriffsstutzig. Ein Mann will eine Frau nur dann schwängern, damit er sie zwingen kann, ihn zu heiraten, wenn er noch in sie verliebt ist. Die Behauptung, es für sein Schweigen zu verlangen, ist nur seine Art, sich zu schützen.«

Ich hätte darüber ja gelacht, wie verrückt ihre Worte klangen, wenn ich mich nicht sehnlichst gewünscht hätte, dass sie stimmten. Aber ich wusste es besser.

»Er liebt mich nicht. Er will mich ins Bett kriegen – das ist der Preis dafür, dass er mein Geheimnis bewahrt.«

»Es ist eine Win-win-Situation.«

»Ich kann nicht glauben, dass du das ernsthaft zu mir sagst. Ich hab nicht vor, diese Büchse der Pandora zu öffnen. Damit wäre eine Katastrophe praktisch vorprogrammiert, und verletzt würde am Ende ich.«

»Das stimmt. Du würdest nicht nur buchstäblich, sondern auch emotional und mental gefickt.«

»Danke für die primitive Umformulierung meiner eloquenten Worte, Fräulein Neunmalklug.«

Sie streckte mir die Zunge heraus, und ich musste daran denken, wie dankbar ich für die bedingungslose Freundschaft war, die über zwei Jahrzehnte und die große Entfernung überstanden hatte. Und einfach so beruhigte sich mein Gemüt

– zumindest ihr gegenüber. Ich konnte nie sauer auf sie bleiben, ganz gleich,

wie sehr ich es versuchte.

Bei unserer ersten Begegnung waren wir gerade mal acht Jahre alt gewesen. Sie war die unscheinbare, aber temperamentvolle Erbin eines Import-Export-Unternehmens im Bereich Gartenbau, ich die Neue mit dem starken griechischen Akzent an der Schule. Penny war mir zu Hilfe geeilt und hatte einen doppelt so großen Jungen geschlagen, der sich über mich lustig gemacht hatte, weil ich »komisch redete«. Von dem Tag an waren wir wie Pech und Schwefel, eigentlich mehr Schwestern als Freundinnen.

»Bist du immer noch sauer auf mich?«

Ich schürzte die Lippen und brummte: »Ja.«

»Lügnerin.« Sie lachte. »Und wirst du ihm sagen, dass du keine Kinder mehr bekommen kannst?«

Bei Christophers Geburt hatte ich ernste Komplikationen, die zu schwerer Narbenbildung geführt hatten. Die Ärzte meinten, dass die Chancen, ein weiteres Kind auszutragen, praktisch gegen null gingen.

Zu wissen, dass Christopher nie Geschwister bekommen würde, brach mir das Herz. Ich war als Einzelkind aufgewachsen und hatte mir immer eine Schwester oder einen Bruder gewünscht. Stavros hatte eine Leihmutter vorgeschlagen, die meine Eizelle mit dem Sperma eines Spenders austragen sollte, aber letztlich hatten wir uns dagegen entschieden. Wir fanden die möglichen Nachwehen zu riskant, vor allem, wenn die Medien davon Wind bekommen hätten.

»Nein, denn ich schlafe weder jetzt noch irgendwann wieder mit Pierce.« Mit einem Hüsteln überdeckte sie ein »Blödsinn«, dann lächelte sie mich unschuldig an.

»Du bist so eine Idiotin. Es wird eine Weile dauern, bis ich über deinen Verrat hinweg bin. Und nein, ich will keine Flasche der geheimen Auslese deines Whiskeys. Ich kann kaum zwei Glas davon trinken, ohne dass er mir zu Kopf steigt.«

Ich vertrug selbst an meinen besten Tagen nichts. Wahrscheinlich, weil es verpönt war, als Thanos mit einem Drink in der Hand erwischt zu werden. Wir hatten Vorbildwirkung – so hatte es mir meine verstorbene Schwiegermutter eingebläut.

»Es muss doch eine Möglichkeit geben, wie ich es wiedergutmachen kann.«

»Lass mich nachdenken.« Ich tippte mir an die Lippen. »Ich weiß. Erzähl mir mehr über diese Clubs in den Hotels. Sie müssen geheim sein. Die Brüder würden wohl kaum wollen, dass die Öffentlichkeit von einem BDSM-Club in einem ihrer Hotels erfährt, geschweige denn in allen.«

»Ich wusste es. Hinter der nüchternen, konservativen Fassade bist du ein Freak, der gerne versohlt, gefesselt und gefickt wird.«

»Du liest entschieden zu viele Liebesromane.«

Sie schnaubte. »Da redet die Richtige. Wer hat mir denn mein erstes Schmuddelbuch geschenkt?«

»Egal. Also, erzählst du mir jetzt davon oder nicht?«

»Warum nicht?«

KURZ NACH ZEHN Uhr abends betrat ich das *Ida*. Ich zog den Gürtel meines langen, leichten, schwarzen Mantels enger und trat den Weg durch das Casino an, hielt mich ich die Wegbeschreibung, die Penny mir zur *Diávolos Lounge* gegeben hatte.

Als ich sie über die Clubs ausgefragt hatte, dachte ich noch nicht daran, einen davon zu besuchen. Aber ihre Beschreibung der *Diávolos Lounge* klang nach keinem Club, in dem ich je zuvor gewesen war. Und ich hatte schon etliche besucht, diese Welt war mir nicht neu. Allerdings brannte ich darauf, einen von Pierce gestalteten Club zu sehen. Und so hatte ich Penny überredet, den Eintritt in die geheime Lounge für mich zu arrangieren.

Ich bahnte mir den Weg durch die Menschenmenge, die vor dem botanischen Garten die Blumen bewunderte. Dann eine Treppe hinauf. Dieses Casino-Hotel verschlug mir jedes Mal den Atem. Mich begeisterte die einzigartige Mischung aus ultramodernen geraden Linien und Armaturen, die kräftige Farbtupfer beisteuerten.

Als ich die Stelle erreichte, an der sich laut Penny der Club befinden sollte, entdeckte ich nirgendwo einen Hinweis darauf. Dann bemerkte ich einen Türsteher in einem Maßanzug, der mit vor der Brust verschränkten Armen in einer Ecke stand.

Ich ging auf ihn zu und nannte ihm das Losungswort, dass die Mitglieder Penny zufolge benutzten. Es lautete *apagorevménos*, was »verboten« bedeutet.

Der Türsteher musterte mich kurz, dann nickte er und ließ mich passieren, indem er eine Wand aufschob. Dahinter kam ein schwach beleuchteter Gang zum Vorschein.

Ein entferntes Echo von Musik lud mich ein, die Hauptlounge zu betreten.

Ich setzte eine schwarze Spitzenmaske auf und ging in Richtung der Klänge, bis ich zu einem mit einer Empfangsdame gelangte.

Es handelte sich um eine wunderschöne Brünette mit blonden Highlights in verschiedenen Schattierungen. Ihre mandelfarbene Haut und die haselnussbraunen Augen ließen nahöstliche Herkunft erahnen. Sie war zierlich und trug ein schwarzes Minikleid aus Seide.

»Hallo. Ich bin Bridgett. Sind Sie ein neues Mitglied?«

»Nein. Ich bin heute Abend Gast.« Ich reichte ihr eine Karte. Ein weiteres Geschenk von Penny. Damit konnte ich den Club in aller Ruhe erkunden. Zumindest hatte sie das gesagt, als sie mir die Karte gegeben hatte.

»Bitte lesen Sie die Clubregeln durch und tragen Sie sich ein«, wies Bridgett mich an und schob eine Mappe zu mir.

Rasch las ich, bevor ich meine Unterschrift kritzelte. Es handelte sich um Standardprotokolle über Einvernehmlichkeit, Sicherheit und Schutz.

Bridgett gab einem Mann ein Zeichen, der in der Ecke stand. Ich hatte ihn bis dahin nicht bemerkt.

»José nimmt Ihren Mantel. Wenn Sie gehen möchten, holt er ihn für Sie.«

Ich streifte den Mantel ab und spürte, wie kühle Luft meine Haut erfasste. Ich hatte mich für ein zweiteiliges, schwarzes und elfenbeinfarbenes Korsett-Ensemble aus Spitzenmaterial und Satin entschieden, dazu schwarze Strümpfe und Stöckelschuhe.

Bridgett legte einen laminierten Papierbogen auf den Tresen. Daneben stand ein Korb mit Armbändern in verschiedenen Größen und Farben.

»Hier ist eine Übersicht der Bedeutungen der Bänder. Sie sind nie verpflichtet, bei irgendetwas mitzumachen, wenn Sie das nicht möchten. Aber die Bänder gestalten es den Gästen einfacher, gegenseitig ihre Vorlieben zu erkennen.«

Ich überflog die Beschreibungen. Schwarz stand für heterosexuell, gebunden und dominant. Lila mit einer schwarzen Linie in der Mitte bedeutete bisexuell, ungebunden und devot. Dazwischen gab es alles Mögliche.

Ich entschied mich für Rosa mit einer roten Linie in der Mitte, was mich als devote Beobachterin auswies. So konnte ich die Voyeurin spielen, und an mir interessierte Doms wussten, dass ich nicht zur Verfügung stand.

Während meiner verschiedenen Reisen hatte ich ein paar solche Clubs überall in Europa erkundet, immer als Beobachterin, nie als Teilnehmerin und immer anonym. Irgendetwas an der Atmosphäre der Umgebung sprach mich an. Stavros hatte mich ein paar Mal begleitet. Aber ich wusste, dass es nicht sein Ding war. Einige Jahre vor seinem Tod hatte er aufgehört, mit mir hinzugehen.

»Das war es auch schon. Folgen Sie dem Weg hinter dem Vorhang. Genießen Sie den Abend.«

»Danke.«

Ich trat den Weg zu einem Raum mit Paaren und Gruppen an, die Cocktails und Essen genossen. Die Atmosphäre erinnerte an eine Jazz-Lounge. Die meisten Clubs, die ich kannte, hatten einen Gemeinschaftsbereich, in dem die Gäste ungezwungen miteinander plaudern konnten. Der einzige Unterschied zwischen normalen Clubs und diesem war die Kleidung der Gäste – von Abendkleidern bis hin zu knappen Dessous bei den Damen, von dreiteiligen Anzügen bis hin zu knappen Slips bei den Herren. Der Bekleidungszustand entsprach der jeweiligen Neigung, dominant oder devot.

Das Flair von sinnlichem Vergnügen, das in der Luft lag, brachte meine Haut zum Prickeln. Ein attraktiver Latino in enger Jeans und schwarzem T-Shirt musterte mich von Kopf bis Fuß. Sein Blick verharrte auf meinem Armband. Mein Körper reagierte instinktiv.

Eindeutig ein Dom. Sein Band war schwarz mit einer dünnen weißen Linie in der Mitte, was mir verriet, dass er ein heterosexueller, ungebundener Dom war.

Wie es wohl wäre, nur dieses eine Mal mitzumachen? Ich schüttelte den Gedanken ab. Darüber zu fantasieren, war eine Sache, es zu tun, eine völlig andere. Ich stand nicht auf Gelegenheitssex. Dafür bedeutete mir Sex zu viel.

Ich bemerkte eine Gruppe, die eine Treppe hinaufstieg, und beschloss, mich ihr anzuschließen. Kaum hatte ich den Treppenabsatz erreicht, sah ich die einzigartige Anordnung der öffentlichen Spielzimmer. Sie vermittelten die Illusion von Privatsphäre, nur standen Tische und Stühle so platziert, dass man das Geschehen in den Räumen ideal beobachten konnte.

Ich leckte mir über die trockenen Lippen und ging los, um das Geschehen in einem der Räume zu beobachten. Drei Paare hatten gerade harten Sex und nahmen um sich herum nichts wahr, nur die Beteiligten an ihrer Szene. Alle paar Minuten wechselten sie die Partner.

Eindeutig nicht mein Ding. Ich ging in einen anderen Raum und war auf Anhieb fasziniert. Eine wundschöne Blondine stand an ein Andreaskreuz gefesselt, während ihr Dom sie umkreiste. Er streichelte sie bei jeder Runde, berührte ihre Brüste, ihren Bauch, ihre Schenkel, ihr Gesicht oder ihre Beine. Aber nie die Stelle, an der sie es wollte. Sie krümmte sich am Kreuz und stöhnte über die Qual der Verweigerung. Er murmelte Worte der Liebe und Zuneigung mit einem süßen Hauch von Sticheleien. Zusätzlich zu den Armbändern trugen sie beide Eheringe, was mir verriet, dass es sich um ein festes Paar handelte. Der Dom hörte auf, seine Sub zu berühren, ging in den hinteren Teil des Raums und ergriff eine weiche Peitsche.

Mir stockte der Atem, als er das Leder wieder und wieder durch die Luft schnalzen ließ. Vorerst berührte er seine Sub damit nicht, doch er verdeutlichte ihr, dass er sie noch damit liebkosen würde.

Meine Brustwarzen verhärteten sich, als ich mir ausmalte, wie es sich anfühlen würde, eine Peitsche auf der Haut zu spüren. Erregung pulsierte in einem langsamen, gleichmäßigen Takt zwischen meinen Beinen, beinah passend zur Musik, die aus den Lautsprechern dudelte. Ich wollte die Schenkel zusammenpressen, hielt mich aber zurück.

Als der Dom den ersten Schlag landete, schnappte ich unwillkürlich nach Luft, als wäre ich getroffen worden und als hätte Pierce die Peitsche geführt. Sehnsüchtig wünschte ich mir, den erlesenen Schmerz des Leders zu spüren. Ich wollte mich davon an den Rand des Orgasmus treiben lassen, bis mich eine strategische Bewegung aus dem Handgelenk in den Abgrund der Ekstase stürzen würde.

Gebannt beobachtete ich, wie der Dom genau das umsetzte, was ich mir ausmalte. Als die Szene endete und der Dom die Beobachtungsfenster verdunkelte, war mir heiß geworden. Ich war erregt und schwitzte. Hinzu kam Verärgerung über mich selbst, weil ich mir Pierce als den Mann mit der Peitsche vorgestellt hatte.

Noch nie hatte sich eine Szene so auf mich ausgewirkt. Kurz schloss ich die Augen und atmete tief durch.

»Wow«, flüsterte ich.

»Bist du sicher, dass du nur zusehen willst?«, ertönte eine tiefe Stimme neben meinem Ohr. »Ich könnte dafür sorgen, dass es sich für dich lohnt, mitzuspielen.«

Als ich mich umdrehte, erblickte ich den Mann, der mich im Gemeinschaftsraum gemustert hatte. »Ich bin nur zum Beobachten hier. Ich mache nie mit.«

»Schade.« In seinen Worten lag ein Hauch Humor. »Ich bin Ronaldo.« Er nahm meine Hand, hielt sie mit festem, aber beruhigendem Griff. »Und das war nur ein Scherz. Ich respektiere dein Band natürlich. Du hast nur den Eindruck gemacht, du hättest dich in deiner Fantasie verloren, also wollte ich dich zurück in die Gegenwart holen.«

Wie recht er doch hatte. »Ich bin Cara.«

Warum hatte ich ihm diesen Namen genannt? Nach Stavros' Tod hatte ich aufgehört, mich so zu nennen. Es war sein Kosename für mich und erinnerte mich an ihn.

»Du kommst mir so bekannt vor. Sind wir uns schon mal begegnet?« Er ließ meine Hand los und lächelte auf mich herab.

Der Mann war wirklich unheimlich attraktiv. Besonders

die schiefergrauen Augen – freundlich und herzlich. Er strahlte eine Aura der Selbstbeherrschung aus, die ich von einem Dom erwartete, aber er wirkte weder anmaßend noch aufdringlich.

»Nicht, dass ich wüsste. Außerdem hast du keine Ahnung, wie ich unter der Maske aussehe. Sie bedeckt ja den Großteil meines Gesichts.«

»Aber das Spitzenmaterial ermöglicht eine Ahnung auf die Frau darunter. Ich sehe Schönheit und Intelligenz.«

Ein Kribbeln lief mir über den Rücken. Das kam unerwartet. Eine so hyperempfindliche körperliche Reaktion auf einen Mann erlebte ich sonst nur, wenn sich Pierce in der Nähe aufhielt. Nicht mal Stavros konnte diese Seite meiner selbst ansprechen. Wir hatten eine sanfte, für beide Seiten befriedigende sexuelle Beziehung, nie alles verschlingend oder intensiv.

In unserer Nähe öffnete sich eine Tür, und das Paar kam heraus. Die beiden erhielten Beifall und Jubel, doch sie hatten nur Augen füreinander. Der Dom hob sich die Finger der Sub an die Lippen und führte sie aus dem Bereich weg.

»Ein sehr intensives Paar. Findest du nicht auch?«

»Ja. Durch die Liebe zwischen ihnen konnte man die unverfälschten Emotionen der Szene spüren.« Mein Körper vibrierte noch vom Beobachten des Orgasmus der devoten Frau.

»Du scheinst mir sehr einfühlsam zu sein, Cara. Ich würde dich gern näher kennenlernen. Lust auf einen Cocktail mit mir?«

Eigentlich hatte ich vorgehabt, mich ausschließlich aufs Zusehen zu beschränken. Andererseits konnte es ja nicht schaden, jemanden kennenzulernen, der eine Ahnung von der wahren Frau in mir zu haben schien.

Bevor ich antworten konnte, legte sich ein besitzergreifender Arm um meine Taille, und sofort begriff ich, warum sich mein Körper so geladen anfühlte.

»Sie ist schon vergeben.«

11

Pierce

AMELIA VERSTEIFTE DEN KÖRPER, als meine Handfläche über ihren Bauch glitt. Ihre Hand umklammerte meine, aber sie schob sie nicht weg, wie ich es erwartet hatte.

Ich wusste, dass ich das Gespräch mit ihr sagenhaft vermasselt hatte, trotzdem bereute ich mein Angebot nicht. Ich hatte ursprünglich nicht die Absicht gehabt, um Sex oder ein weiteres Kind zu feilschen, und an eine Hochzeit hatte ich nicht im Entferntesten gedacht. Und doch hatte ich beides ins Spiel gebracht. Bevor mir klar gewesen war, was ich tat, hatte ich es ausgesprochen, während ich die Anspannung in ihren Zügen beobachtet hatte.

Ich wollte sie, und nicht nur körperlich. Ich wollte die Beziehung, die wir einst hatten. Eine Beziehung, in der wir stundenlang reden konnten, ohne dass uns je der Gesprächsstoff ausging. Ich vermisste die Sicherheit des Wissens, dass wir füreinander da sein würden, ganz gleich, was auf uns zukommen mochte. Natürlich wusste ich, dass es sich bloß um Jugenderinnerungen handelte. Und sich die Vergangenheit zurückzuwünschen, war nicht nur dumm, sondern unmöglich. Verdammt, im Wesentlichen erpresste ich Amelia. Aber was hatte ich schon für eine andere Wahl? Ich wollte sie unbedingt in meinem Leben haben – und unser Kind. Sie war die einzige Frau, die ich heiraten wollte, mit der ich eine Zukunft wollte.

Ich war so ein verdammtes Weichei.

»Pierce«, flüsterte Amelia. Ihre Finger krümmten sich auf meinen. »Was machst du hier?«

»Mir gehört der Laden. Die wichtigere Frage ist: Was machst du hier?«

Die letzte Stunde lang hatte ich sie auf den Monitoren des Clubs beobachtet. Durch ihre Aufmachung und die Maske wirkte sie wie jede andere Sub, die nicht erkannt werden wollte, aber vor mir konnte sie sich unmöglich verstecken. Ich kannte jede Kurve dieses Körpers.

Wenn Penny mich nicht angerufen hätte, wäre ich an diesem Abend nicht hergekommen. Dass sie mir von Amelias Vorhaben erzählt hatte, entsprach ihrer Art, sich zu entschuldigen. Wir würden trotzdem demnächst noch ein Gespräch führen müssen, aber das war ein Anfang. Penny gehörte zu den wenigen Menschen, auf die ich nicht wütend bleiben konnte. Sie liebte innig und beschützte noch inniger.

»Pierce. Wie schön, dich zu sehen.« Ronaldo setzte sein

besserwisserisches Lächeln auf. »Ich wusste nicht, dass du heute Abend hier sein würdest.«

Dass Amelia mir gehörte, hatte der Mistkerl von dem Moment an gewusst, als sie den Club betreten hatte. Er war der verantwortliche Manager für den Abend und musste geahnt haben, dass etwas im Busch war, als Penny den Zugang für einen Gast arrangiert hatte.

Als er auf Amelia zugegangen war und mit ihr zu flirten begonnen hatte, musste ich alle Selbstbeherrschung aufbieten, um ihm nicht ins Gesicht zu schlagen. Gerettet hatte ihn nur, dass er, wie ich wusste, noch nicht über seine Ex hinweg und nicht annähernd bereit war, nach vorn zu schauen. Ihre Trennung war beinah so verheerend gewesen wie das, was Amelia und mir widerfahren war.

»Du weißt ja, dass ich ab und zu gern unangekündigt vorbeischaue.«

Er grinste mich an und sagte: »Ich nehme an, du kennst Cara.«

Unwillkürlich krümmte ich die Finger. Ich konnte den Namen nicht leiden. Er erinnerte mich daran, dass Stavros mir die Frau, die ich liebte, genommen und sie verändert hatte. Sogar einen neuen Namen hatte er ihr gegeben.

»Könnte man so sagen. Findest du nicht auch, Ame?«

»Ja. Wir kennen uns.« Ihre Stimme klang zu ruhig. So hörte sie sich an, wenn sie in Stimmung kam, entweder zu kämpfen oder es zu treiben.

Ich hatte beobachtet, wie sie zuerst allein durch die Umgebung des Clubs erregt wurde, dann noch mehr, als sie Oliver und Farrah beobachtet hatte. Sie wollte ein Teil dieser

Welt sein, scheute sich aber davor, den Schritt von der Beobachterin zur vollwertigen Sub zu wagen.

Sie mochte meinen verrückten Vorschlag abgelehnt haben, aber ich wusste, wären die Umstände anders gewesen, hätte sie zugestimmt.

Sie könnte ihre Meinung ja noch ändern – immerhin ist sie nach wie vor auf dein Schweigen angewiesen.

Gott, ich war so ein Arsch.

»Ame, bist du bereit zu gehen?«, fragte ich in dasselbe Ohr, in das Ronaldo geflüstert hatte. Ich spürte, wie sie schauderte, bevor sie nickte. Mein bestes Stück reagierte sofort darauf.

So einfach konnte es nicht sein. Sie war außer sich vor Wut gewesen, als sie das Restaurant verlassen hatte. Ich hatte beinah damit gerechnet, dass sie mir ein Messer zwischen die Rippen jagen oder mir einen Handkantenschlag gegen die Kehle verpassen würde.

Voreilige Schlüsse schienen also unangebracht zu sein. Sie war lediglich damit einverstanden, mit mir zu gehen, nicht damit, es mit mir zu treiben oder mir ein weiteres Kind zu schenken.

»Heißt das, du trinkst keinen Cocktail mit mir, Cara?«

Es bereitete dem Mistkerl ein diebisches Vergnügen, mich zu reizen. Und normalerweise fand ich seine Versuche, mir die Tour zu vermasseln, durchaus amüsant. An diesem Abend allerdings verärgerten sie mich nur.

Er gehörte zu den wenigen Menschen in meinem Umfeld, die mich schon während meiner Zeit als aktiver Schwimmsportler gekannt hatten. Er hatte zu mir gehalten, als ich abgestürzt war, nachdem Amelia mich verlassen hatte.

Damit hatte ich meine Karriere und jede Hoffnung auf eine Rückkehr zu den Olympischen Spielen zerstört.

»Danke für das Angebot, aber ich muss ablehnen.«

Ich biss die Zähne zusammen, als Ronaldo ihre Hand ergriff und die Fingerspitzen küsste. »Lass dich von ihm nicht einschüchtern, Cara.«

»Werd ich nicht.« Sie schenkte ihm ein strahlendes Lächeln.

Ronaldo grinste in meine Richtung. »Genieß den Abend, Pierce.«

»Das ist der Plan.«

Bei meinen Worten zog Amelia eine Augenbraue hoch.

Es würde definitiv nicht einfach werden, ihre Meinung zu ändern.

»Komm mit.« Ich schob Amelia in Richtung einer Reihe von Gängen, die zu privaten Spielzimmern führten.

»Wohin gehen wir?«

Ich wartete mit der Antwort, bis wir in einen Gang bogen, der für unsere VIP-Mitglieder reserviert war.

»Wir müssen ein paar Dinge besprechen, und ich will kein Publikum.«

»Ja, müssen wir tatsächlich.«

Wir blieben vor einer falschen Wand am Ende des Gangs stehen.

Alle meine Clubs hatten öffentlich nicht erkennbare Privatbüros, eines für jeden Partner, unter anderem für meine Brüder und Ronaldo.

Hagen und Zack benutzten ihre zum Arbeiten. Ronaldo und ich hingegen zogen sie gern auch als private Spielzimmer heran, ausgestattet mit allem, was wir für eine Session bevorzugten. Über die Jahre hatte ich den Überblick über die vielen Frauen verloren, mit denen ich gehofft hatte, die eine zu vergessen, die mir das Herz gebrochen hatte. Es war ein hohler Ersatz gewesen. Also wechselte ich zu Frauen, die meine Regeln verstanden. Wir verbrachten Zeit miteinander, die BDSM beinhaltete, und wenn sie vorbei war, trennten sich unsere Wege ohne Groll auf beiden Seiten.

Es lag sechs Monate zurück, dass ich zuletzt jemand anderen als Amelia berührt hatte. Seit ich wusste, dass Amelia in mein Leben zurückkehren würde, hatte der Gedanke, sich mit jemand anderem als ihr zu vergnügen, keinen Reiz mehr.

Doch egal, wie sehr ich mir wünschte, dass sie sich unter mir winden, meinen Namen schreien und mich anflehen würde, sie niemals loszulassen, ich musste behutsam vorgehen.

Ich hielt den Daumen an den Scanner der Zugangskontrolle und drückte gegen die Wand, die sich als versteckte Tür entpuppte.

Amelia trat ein und blieb abrupt stehen. »Heilige Scheiße.«

Amelia

MEIN HERZSCHLAG TROMMELTE LAUT durch meine Ohren, als ich den Raum auf mich wirken ließ. Ich habe eine Diskussion in einem Büro erwartet, aber nicht das. Die Wände waren in einem hellen Grauton mit vereinzelten schwarzen und weißen Akzenten gehalten. Sehr maskulin, ganz Pierce. Auf einer Seite standen dunkle Schränke aus Kirschholz. Auf der anderen befand sich eine Vitrine mit Peitschen, Gerten und Klatschen.

Mein Innerstes zog sich zusammen, weil ich wusste, was Pierce mit einer Klatsche bewirken konnte, vor allem, wenn ich unartig gewesen war. Bestrafung, verpackt in einer herrlichen Mischung aus Lust und Schmerz.

In einer Ecke stand ein Sofa, in einer anderen ein großes Himmelbett.

Wie viele Frauen hatte er hier gevögelt?

Ich verdrängte den Gedanken. Meine Atmung wurde abgehackt und ging in kurzen Stößen, als ich das Andreaskreuz in der Mitte des Raums betrachtete. Bilder des Paars von vorhin blitzten in meinem Kopf auf, zusammen mit der Fantasie von Pierce und mir.

Ich zuckte zusammen, als Pierce die Hand auf mein Kreuz legte. Eine Gänsehaut breitete sich über meinen Rücken aus. »Hast du Angst, Ame?«

»Nein.« Ich leckte mir über die Lippen. »Dieser Raum macht mir keine Angst. Ich habe nichts anderem zugestimmt, als zu reden.«

Er bewegte sich um mich herum zu einem Schreibtisch in einer Ecke des Raumes. Er deutete auf einen Stuhl und lehnte sich an den Tisch.

Ich blieb stehen und stützte mich mit der Hand an der hohen Rückenlehne des gepolsterten Sitzes ab. »Warum bist du in meinen Club gekommen, Ame?«

»Ich war neugierig.«

»War das der einzige Grund?« Seine blauen Augen

musterten mich eingehend, suchten nach Halbwahrheiten oder Lügen.

Das hatte er schon immer getan. Ich konnte vor seinem durchdringenden Blick weder meine Reaktionen noch sonst irgendetwas verbergen.

»Ja.« Damit log ich nicht.

Aber nun, da ich darüber nachdachte, wurde mir klar, dass ich mehr Einblick in den Mann wollte, der mich regelrecht dazu erpresste, wieder mit ihm zu schlafen.

Die Empörung darüber schwelte immer noch in mir. Aber welche andere Lösung hatte ich schon, als mich darauf einzulassen? Die Logik sagte mir, dass es andere Möglichkeiten geben musste, um mir seine Kooperation zu sichern. Nur fiel mir im Augenblick keine einzige ein, durch die geheim bleiben würde, wer Christophers Vater war.

Der Schutz von Stavros' Vermächtnis stand für mich an erster Stelle. Der Mann hatte mir eine Zukunft geschenkt, die ich mir nie vorzustellen gewagt hätte. Dafür schuldete ich ihm etwas.

»Ich verstehe.« Pierce schien nicht überzeugt von meiner Antwort zu sein.

Eine gefühlte Ewigkeit starrten wir uns gegenseitig an. Die Spannung zwischen uns knisterte beinah so heftig, als hätten wir eine Session begonnen. Meine Haut kribbelte und sehnte sich nach seiner Berührung.

Scheiße, wollte ich das wirklich tun?

»Jetzt zu dem Grund, warum ich mit dir reden wollte. Das Angebot.« Er seufzte. »Ich nehme zurück, was ich ...«

»Ich bin einverstanden«, fiel ich ihm ins Wort.

Überraschung blitzte kurz in seinen Zügen auf und wurde

sofort von einem Blick ersetzt, bei dem sich langsam eine pulsierende Mischung aus Begierde und Beklommenheit in mir verdichtete. So hatte ich immer reagiert, wenn er von Pierce zum Dom mutiert war. Damals war ich siebzehn und hatte keine Ahnung, warum er eine solche Wirkung auf mich hatte. Mittlerweile wusste ich, dass es einen Bestandteil der Beschaffenheit unserer Beziehung bildete. »Du musst dir sicher sein, Amelia.« Seine Stimme strotzte vor Lust.

»Ich will es. Aber etwas muss dir bewusst sein, bevor wir weitermachen.« Ich wollte mich nicht darauf einlassen, indem ich ihm etwas verheimlichte. Es hatte schon zu viele Lügen zwischen uns gegeben. »Raus damit«, forderte er mich auf.

»Die Wahrscheinlichkeit, dass ich nie wieder schwanger werde, ist sehr hoch. Ich hatte Komplikationen bei Christophers Geburt. Es gab Vernarbungen.«

»Ich weiß.«

»Du hast mich überprüfen lassen.« Ich sprach es nicht als Frage aus. Ich hätte mir denken können, dass er jede noch so kleine Information über mich ausgegraben haben würde, sobald er von Christopher erfahren hatte. Außerdem hatte er Pennys Bruder Adrian auf der Gehaltsliste, und Adrian galt als Genie der Datenbeschaffung, insbesondere bei Dingen, die jemand sorgfältig verbergen wollte.

»Ja. Ich bin bereit, es darauf ankommen zu lassen. Wie du gesagt hast, Stavros war steril. Offensichtlich bin ich das nicht. Kein einziges Mal habe ich beim Ficken mit dir auf ein Kondom verzichtet, trotzdem haben wir ein Kind.«

Ich schluckte. »Und wenn ich nicht schwanger werde?«

»Dann halte ich mich an die Bedingungen, die ich dir genannt habe. Du kannst zurück nach Griechenland, solange ich in irgendeiner Form eine Beziehung zu Christopher bekomme. Ich will ihn dir nicht wegnehmen, aber ich will ein Teil seines Lebens sein – als sein Freund, sein Onkel, was auch immer.«

»Und du willst mich immer noch heiraten, falls ich schwanger werde?«

»Ich habe nie auch nur daran gedacht, eine andere Frau als dich zu heiraten.« Was meinte er damit?

»Das versteh ich nicht.«

»Was gibt's da zu verstehen? Das einzige Mal, dass ich daran gedacht habe, jemanden zu heiraten, war im Alter von neunzehn Jahren.« Er kam auf mich zu und blieb stehen, als sich nur noch Stuhl zwischen uns befand.

»Oh.« Ich hatte keine Ahnung, was ich darauf erwidern sollte.

»Das ist deine letzte Chance, es dir anders zu überlegen.« Er hob die Hand, legte sie um meine Kehle und drückte leicht zu, bevor er mit dem Daumen über meine Unterlippe fuhr. »Du kannst jetzt durch diese Tür da gehen, und wir lassen es. Wir finden eine andere Lösung.«

Zum ersten Mal seit meiner Rückkehr erkannte ich in seinen kobaltblauen Blick den verletzlichen Jungen, in den ich mich so unsterblich verliebt hatte. Er hatte zwar immer die Rolle des harten, selbstsicheren Kerls gespielt, doch tief im Inneren wurde er von eigenen Dämonen und Unsicherheiten geplagt.

»Ich habe doch schon gesagt, dass ich dein Angebot annehme.«

»Von diesem Moment an gehören dieser Körper ...« Pierce

trat um den Stuhl herum, bis uns nichts mehr voneinander trennte.

Er packte mich mit einer Hand an der Taille, während die Finger der anderen an meinem Hals entlang nach unten wanderten, zwischen meinen Brüsten hindurch und zu meinem von Unterwäsche bedeckten Schritt. »… diese Pussy …« Er streifte meinen Kitzler und entlockte mir damit ein Stöhnen. »… und jeder Ton deines Verlangens mir.«

Seine Handfläche legte sich mit gespreizten Fingern auf meinen Bauch. »Genau wie das Kind, das ich vorhabe, in dich zu pflanzen.«

Ich öffnete die Lippen zu einer Erwiderung, aber es drang nichts heraus. Pierce entfernte sich von mir zum anderen Ende des Raums. In der Nähe der Schränke blieb er stehen.

»Ausziehen.«

Ich erstarrte.

Es war so weit. Ich kehrte zurück in die Welt jener Begierden, die ich so sehr zu unterdrücken versucht hatte. Er warf mir über die Schulter einen Blick zu. »Ausziehen, hab ich gesagt.«

Seine Stimme hatte zu dem dichten Timbre gewechselt, das meine Haut zum Kribbeln und meine Brüste zum Anschwellen brachte. Er ließ sich auf einem Sessel nieder und beobachtete mich, sagte kein Wort, sondern befahl mir mit seinem Blick, seine Anweisungen zu folgen oder die Konsequenzen zu ertragen.

Ich bewegte mich zu einer Liege und benutzte die Rückenlehne, um das Gleichgewicht zu halten, während ich die Stöckelschuhe abstreifte. Langsam öffnete ich die Schnüre meines Spitzenkorsetts. Sobald ich es ausgezogen hatte, legte ich es aufs Sofa. Als Nächstes folgten meine Strümpfe und die Unterwäsche. Binnen Minuten hatte ich mich von Amelia Thanos, einer internationalen Sportpromoterin und Managerin, in Pierce Lykaios' Sklavin verwandelt.

»Jetzt komm her.«

Mit vorsichtigen Schritten bewegte ich mich auf ihn zu. Der Anblick seiner Augen auf halbmast ließ meinen Puls in die Höhe schnellen. Als ich mich keinen halben Meter mehr von ihm entfernt befand, legte er mir die Hände auf die Hüften und zog mich näher. Um nicht das Gleichgewicht zu verlieren, stützte ich mich an seinen Schultern ab.

Er fuhr eine der Tätowierungen an meiner Hüfte nach. Den Dreizack.

Exakt dasselbe Symbol hatte er an der Hüfte. Ich hatte Pierce dazu überredet, es sich stechen zu lassen – als Erinnerung an seine sechs Goldmedaillen und den Namen »Amerikanischer Poseidon«, den die Presse ihm gegeben hatte.

Er hob den Kopf. Seine wunderschönen blauen Augen blickten in meine. In ihren Tiefen tobten Schmerz und Verwirrung.

»Also habe auch ich Spuren an dir hinterlassen.« Es war keine Frage, sondern eine Feststellung.

Er hatte ja keine Ahnung, welche Spuren er an mir hinterlassen hatte. In jüngeren Jahren hatte ich mich genüsslich der Flut von Gefühlen hingegeben, die ich für ihn empfunden hatte. Nun fühlte es sich an, als würde ich darin ertrinken und könnte nicht entkommen.

»Wann hast du es machen lassen?« Sein Daumen zeichnete Kreise um das Symbol. Ich biss mir auf die Unterlippe, wollte es ihm eigentlich nicht sagen.

»Gleich nach Christophers Geburt.«

Mitten in der Bewegung hielt er inne und verstärkte den Griff an meiner Taille. »Warum?«

»Weil ich immer noch in dich verliebt war. Ich wollte etwas, das mich an glücklichere Zeiten erinnert.«

»Dein Mann hatte kein Problem damit, dass du dir eine Erinnerung an einen anderen Kerl hast stechen lassen?«

»Er wusste nicht, dass ich es habe machen lassen. Und als ich dann angefangen habe, das Bett mit ihm zu teilen, war es längst ein Teil meines Körpers. Er hat es nie hinterfragt.«

»Was ist damit?« Er betrachtet das indisch inspirierte Muster, das sich über meine Hüfte und meine Oberschenkel erstreckte. »Sind in das Muster etwa Boxhandschuhe, Monde und Delfine eingeflochten?«

Unwillkürlich musste ich über seinen verwirrten Ton lachen. »Ja. Anaya hat es für mich entworfen. Sie hat gemeint, es steht dafür, wer ich bin. Ich hatte damals einen von Hennas Killer-Cocktails, und wir waren in Tahiti. Erst am nächsten Tag, als ich mir die Tätowierung genauer angesehen habe, ist mir aufgefallen, dass sie sorgfältig Bilder im Muster versteckt hatte. Sagen wir, ich war ein wenig verärgert darüber, dass Henna ausgenutzt hat, wie leicht ich betrunken werde. Und das habe ich sie wissen lassen.«

»Die Handschuhe verstehe ich, aber was ist mit den Delfinen und den Monden?«

Ich schaute weg, was Pierce bewog, mein Kinn zu packen und meinen Kopf wieder zu ihm zu drehen.

»Das steht für mich, nicht wahr? Der Mond beruhigt das

Meer, und die Delfine repräsentieren Amphitrite, die Frau des Poseidon.«

»Spielt das eine Rolle?«, gab ich zurück.

»Wohl nicht.« Er stand auf und überragte mich ohne meine High Heels deutlich. »Zieh mir das Shirt aus.«

Sofort schlug die Stimmung um, und meine Erregung setzte pulsierend wieder ein.

Er beobachtete, wie ich langsam sein schwarzes, enganliegendes Polo aus dem Bund seiner dunklen Jeans zog.

Ich hob den Saum an und schob es hoch. Pierce ergriff es von hinten und zog es sich über den Kopf.

Heilige Scheiße. Der Mann glich wandelnder Perfektion. Überall definierte Muskeln. Den Körperbau eines Schwimmers von früher hatte er nicht verloren, doch mittlerweile war er breiter, kräftiger, durchtrainierter. Wie ich feststellte, hatte nicht nur ich neue Tattoos. Auch ihn bedeckten welche. Griechische Symbole, vermischt mit Stammesmotiven aus den indigenen Kulturen des Südpazifiks.

Gern hätte ich Hand ausgestreckt, um eine Tätowierung nach der anderen nachzufahren, aber mir fiel ein, dass ich ihn nicht ohne Erlaubnis nicht berühren durfte. Bei einer Session hatte er die uneingeschränkte Kontrolle.

»Du darfst mich anfassen.« Er ergriff meinen Arm und legte sich meine Handfläche auf die Brust.

Das Gefühl von seiner Haut unter meinen Fingerspitzen ließ Erregung durch meinen gesamten Körper schießen. Wie ein süßes Aphrodisiakum, das mich verführen, mich ködern sollte.

Meine Brustwarzen richteten sich zu steifen, harten Spitzen auf, während Verlangen mein Innerstes flutete.

Ich versuchte, ruhig zu atmen, während meine Hände über seine Arme, seine Brust und seinen Bauch strichen. Das war definitiv der Körper eines Mannes, der sich in Form hielt. Seine Muskeln spannten sich bei jedem Vorbeistreichen meiner Finger an.

Als ich sie über seinen Waschbrettbauch wandern ließ, bremste mich Pierce. »Ich bin dran.« Seine Worte ertönten schroff und belegt vor Verlangen.

Er legte die Hände auf meine Brüste, umkreiste die Nippel mit den Daumen, bevor er beinah zu schmerzhaft in sie kniff.

»Ja«, schrie ich auf, warf den Kopf in den Nacken und schloss die Augen. Gott, wie ich das liebte. Das Brennen, das mich an einen Ort versetzte, den ich seit über einem Jahrzehnt nicht mehr besucht hatte.

Er lockerte den Griff. Gefühl raste zurück in meine empfindlichen Brüste und brachte meinen Körper zum Schwanken.

Er stützte mich und sagte: »Wir müssen ein paar Regeln aufstellen.« Er trat einen Schritt zurück, als wollte er Abstand zwischen uns bringen.

»Regeln«, murmelte ich. »Wir haben Regeln?«

»Ja. Als wir damals gespielt haben, waren wir zwei hormongesteuerte Idioten und hatten keine Ahnung von den Gefahren. Du hast Schmerzen gemocht, ich habe gern Schmerzen ausgeteilt. Dabei hast du dich von mir zu Grenzen treiben lassen, die du vielleicht noch gar nicht erkunden wolltest. Mittlerweile weiß ich mehr, und diese Richtung schlagen wir nie wieder ein.«

Sein Tonfall veränderte sich und riss mich aus meinem Taumel.

»Welche Regeln willst du aufstellen? Ich bin nicht so naiv, wie du denkst. Ich gehe seit Jahren in Clubs. Nur weil ich nie mitgemacht habe, heißt das nicht, dass ich es nicht verstehe.«

Die Regeln über Sicherheit und Einvernehmlichkeit hatte ich schon bei den ersten Besuchen der Clubs in Spanien kennengelernt.

»Wie lautet dann dein Safeword?«

Ich überlegte kurz, bevor ich antwortete: »Olympiade.«

»Passend. Immerhin hat die Olympiade unsere Beziehung beendet.« Dem hätte ich gern widersprochen, hielt mich aber zurück.

»Hard-Limits?«

»Keine Zuseher oder öffentliche Sessions, keine Messer, kein Blut, keine Körpermodifikationen.«

»Gut, dass ich auf nichts davon stehe. Sonst noch was?«

»Ich weiß nicht. Du bist der Einzige, mit dem ich je auf die Weise zusammen gewesen bin.«

Er berührte mich wieder. Die Wärme seiner Hände fühlte sich beinah wie ein Brandzeichen an meinem Brustkorb an. »Und der Einzige, mit dem du je wieder zusammen sein wirst.«

»Pierce ...« Beinah hätte ich gestöhnt.

Ich würde weder schwanger werden, noch würden wir heiraten, was er irgendwie als Tatsache anzusehen schien. Aber statt ihn zu korrigieren, behielt ich meine Gedanken für mich.

»Jetzt fangen wir an.«

12

Amelia

»Du gehörst mir.« Pierce zog mich zu sich.

Er küsste den Übergang zwischen meinem Hals und meiner Schulter, dann leckte er über die Stelle, bevor er zubiss – nicht zu fest, aber ausreichend, um ein Brennen zu hinterlassen.

Ich wölbte mich ihm entgegen und wollte so viel mehr. »Du gehörst mir. Geist, Körper und Seele.«

Er rieb mit seinen Bartstoppeln an meinem Hals entlang.

»Ich werde dich fesseln, klatschen, ficken und um mehr betteln lassen.« Meine Mitte zog sich zusammen. Unwillkürlich wimmerte ich: »Oh Gott, ja.«

»Wenn wir nicht zusammen sind, wirst du an meine Hände, meinen Mund, meinen Schwanz und all die verruchten Dinge denken, die ich mit dir anstelle und um die du mich anflehst.«

Seine Arme legten sich um meinen Rücken und zogen mich fester an ihn, während er über meine Kieferpartie leckte, bevor er sich meine Unterlippe in den Mund saugte.

»Du wirst mich nie wieder verlassen können.« Sein Mund senkte sich auf meinen.

Gott, er schmeckte himmlisch. In seinem natürlichen Aroma schwang ein Hauch von Whiskey mit. Ich packte ihn am Hinterkopf und hielt genauso fordernd wie er dagegen.

Der Druck seiner prallen, von Jeansstoff bedeckten Härte gegen meinen nackten Bauch ließ mich vor Erregung so feucht werden, dass die Nässe meine Schenkel hinunterlief.

Langsam brach Pierce den schwindelerregenden Kuss ab.

Ich wollte dagegen protestieren, aber der lustvolle Ausdruck in blauen Tiefen seiner Augen ließ mich schweigen. »Egal, was ich tue, rühr keinen Muskel. Habe ich mich klar ausgedrückt?«

Ich nickte.

Jetzt geht's los.

»Habe ich mich klar ausgedrückt?«, wiederholte er in schärferem Ton. »Ja, Pierce.«

»Gut.«

Er ging in die Hocke und brachte sein Gesicht vor meinen Bauchnabel, hielt aber den Blickkontakt mit mir aufrecht. In seinen Augen lag ein berechnender Schimmer, der mich an den Jungen erinnerte, in den ich mich verliebt hatte, kaum dass wir die Pubertät hinter uns hatten.

»Denk daran, was ich gesagt habe. Rühr dich nicht. Lass die Hände an den Seiten und beweg dich nicht.«

»Ja, Pierce.« Ich steckte tief in der Tinte. Was immer er vorhatte, für mich bestand kein Zweifel daran, dass ich gegen seine Befehle verstoßen würde.

Tief in seinem Inneren wollte er mich bestrafen, mich bereuen lassen, dass ich gegangen war, ihm unseren Sohn weggenommen und vor allem unser beider Herzen gebrochen hatte. Sein ruhiges, kontrolliertes Auftreten konnte vor mir nicht verbergen, dass es darunter brodelte.

Sein Augenmerk verlagerte sich auf meine Kaiserschnittnarbe. Er zeichnete die dünne, runzlige Linie mit dem Zeigefinger nach. Dann folgte er den schwachen Dehnungsstreifen, die trotz aller teuren Wundercremen, die ich ausprobiert hatte, nicht verblasst waren.

Dann wanderte er tiefer zu meiner feuchten Spalte. Ich konnte meine Erregung nicht verbergen. Er leckte sich die Lippen, drückte die Nase gegen meinen Venushügel und atmete meinen Geruch ein.

Beinah hätte ich aufgeschrien, doch ich erinnerte mich an seine Worte und hielt still.

»Gott, du riechst unglaublich. Dein Duft hat mich so viele Jahre lang verfolgt.«

Seine Zunge schnellte vor und kitzelte meine pralle Klitoris. Als ich das Gewicht verlagerte, spürte ich sofort das scharfe Brennen einer klatschenden Handfläche auf dem Hintern.

»Fuck.« Ich zischte und stöhnte, wollte mehr von dem lustvollen Schmerz. Das Brennen erhitzte meinen Körper auf eine Weise, die ich nicht mehr gespürt hatte, seit ich kaum achtzehn war.

»Halt still.« Kurz lächelte er an meinen unteren Lippen,

bevor er sich meine empfindliche Liebeknospe tief in den Mund saugte. Seine Zunge schnippte und kreiste und jagte Wellen erlesener Lust durch meine aufgewühlte Mitte.

Meine Glieder bebten, als der Ansturm zunehmend fordernder wurde. Pierce bohrte die Finger in meinen Hintern, während er mich regelrecht verschlang. Er stieß die Zunge tief in meine feuchte Spalte, und ich konnte mich nur noch an die Euphorie klammern, die mich durchzuckte. Meine Finger krallten sich in sein Haar, mein Rücken wölbte sich durch.

»Pierce. Oh Gott, Pierce!«, schrie ich und stöhnte, als mein Orgasmus jeden Gedanken aus meinem Kopf fegte.

Als ich aus den schwindelerregenden Höhen zurück nach unten schwebte, war ich schlaff und schweißgebadet. Meine Atmung raste, mein Herz trommelte einen schnellen Schlag in meinen Ohren.

»Ts-ts-ts.« Er brummte. »Du hast dich nicht an meine Anweisungen gehalten. Dir muss klar sein, dass es dafür Konsequenzen gibt.«

Seine Worte rissen mich aus meinem Taumel, und ich stellte fest, dass ich rittlings auf Pierce' Schoß saß, den Kopf an seiner Brust. Unter dem Hintern spürte ich seine harte, pralle Länge. Die Erregung zwischen meinen Beinen kühlte ab und durchnässte die Vorderseite seiner Hose.

Wie zum Teufel war ich hier gelandet? Und wenn mich schon ein Orgasmus jegliches Gefühl für Zeit und Raum verlieren ließ, was würde dann erst passieren, wenn die Spiele richtig begannen?

Ich hob das Gesicht, schaute zu ihm auf. Das Grinsen auf

seinen Lippen verriet mir, dass ich ihm genau das gegeben hatte, was er wollte.

»Sieht so aus, als müssten wir mit deiner Ausbildung von vorn anfangen.« Er fuhr mit einem Finger von meiner Stirn über die Nase zu meinen Lippen. »Meinst du nicht auch?« Er zog eine Augenbraue hoch, und einen flüchtigen Moment lang erinnerte er mich wieder an den Jungen, in den ich mich so hemmungslos verliebt hatte.

»Willst du mich bestrafen?«

Lust trat in seinen Blick. »Willst du, dass ich es tue?«

Innerlich wand ich mich, weil ich nicht wusste, wie ich antworten sollte. Schließlich stieß ich hervor: »Äh. Ich ... ja.« Ein Gefühl der Erregung erfüllte mich bei der Vorstellung, was als Nächstes passieren würde. Ich schaute zur Wand mit den Peitschen und Gerten. So etwas hatten wir früher nie benutzt, aber ich konnte nicht leugnen, dass ich neugierig war, wie es sich anfühlen würde. Würde ich das Stechen und Brennen genießen? Oder würde ich mich nach dem Biss von Leder sehnen wie damals?

»Nein.« Er packte mich am Kinn und drehte mein Gesicht zu sich. »Dafür bist du noch nicht bereit. Wir beginnen mit Dingen, die du schon erlebt hast.«

Er schob mich hoch, bis ich stand, und hielt mich an der Taille fest, um sich zu vergewissern, dass ich mich auf den Beinen halten konnte. Er erhob sich, bot mir die Hand an und führte mich zum Strafbock.

Ich betrachtete das mit weichem Leder bezogene Möbelstück und spürte, wie sich mein Herzschlag beschleunigte, während meine Mitte zuckte und mein Verlangen wiederaufflammte.

»Du weißt, was du zu tun hast.« Der Ton seiner Stimme war wieder jener, der jeden Nerv meines Wesens zum Leben erweckt hatte.

Ich senkte mich mit den Knien auf die gepolsterten Beinstützen und spürte, wie meine Atmung zu abgehackten Stößen verkam. »Entspann dich.«

Ich zuckte zusammen, als Pierce mir die Hand auf den Rücken legte und mich nach vorn drückte, bis ich auf der weichen, stoffbespannten Rumpfstütze lag.

»Klar werd ich mich entspannen, wenn ich weiß, dass du mir gleich den Hintern versohlst, vielleicht sogar mit der Klatsche.«

Wo zum Teufel war das hergekommen? Verdammt, wir hatten noch nicht mal angefangen, und schon tauchten Dinge aus der Vergangenheit auf.

»Ame«, sagte er warnend. »Nicht vorlaut werden. Für Spiele der Art bist du noch nicht bereit. Wenn es so weit ist, befriedige ich gern auch diese Seite von dir.«

Ich warf einen Blick über die Schulter. Das Feuer in seinen Augen ließ mich zustimmend nicken.

Es ließ sich nicht leugnen, dass er recht hatte. Mir gefielen der Schmerz und die Lust von Züchtigung. Aber es war zu früh für etwas, wonach ich tagelang nicht mehr unbeschwert sitzen könnte. In der Vergangenheit hatte ich Pierce dazu gedrängt, mir zu geben, was ich brauchte, Grenzen zu überschreiten, die wir nie hätten streifen sollen. Mittlerweile war ich älter und wusste so viel mehr. Leider beseelte mich immer noch der Wunsch, Grenzen zu überschreiten.

»Ich werde es dir nicht leicht machen, indem ich dich festschnalle. Du sollst jede Berührung, jedes Brennen, jeden

Schlag mitbekommen und erahnen. Jetzt runter mit dem Kopf, die Hände an die Griffe, und stütz das gesamte Gewicht auf die Bank. Ich muss ein paar Dinge holen.«

Zögernd entspannte ich mich. Es wäre so viel einfacher, wenn er die Riemen benutzte, die ich von dem Bock baumeln sah. Aber vermutlich ging es ihm genau darum. Er bildete mich aus, zeigte mir, dass es meine Entscheidung war, mich ihm zu unterwerfen, nicht etwas, das er mir aufzwang. Er wusste, dass ich Fesselspiel liebte, weil es mir einen Kick bescherte, die Kontrolle über meinen Körper ihm zu überlassen. Diesmal ging es nicht darum, mich auf diese Weise fallen zu lassen. Es ging darum, mein Bewusstsein für ihn und für das zu schärfen, was wir zusammen hatten.

Zielstrebig bewegte er sich durch das Zimmer. Ich hörte, wie Schubladen geöffnet und geschlossen wurden. Die Geräusche verursachten mir eine prickelnde Gänsehaut.

Als er zurückkam, beugte er sich über mich, fädelte die Finger in mein Haar und zog meinen Kopf mit einem Ruck zurück.

»Was lautet dein Safeword?«

»Olympiade«, stieß ich atemlos hervor.

Ein Lächeln umspielte seine Lippen. »Weißt du eigentlich, wie wunderschön du bist? Genau so hab ich von dir geträumt.«

Der Wunderschöne war er. Seine blauen Augen loderten vor Verlangen, und sein tätowierter, durchtrainierter Körper weckte in mir die Begierde, ihn zu schmecken.

Ohne nachzudenken, leckte ich mir über die Lippen.

Er strich mit den Fingern über meinen Rücken, bis er die Erhebungen meines Hinterns erreichte. Eine Hand legte er auf eine Pobacke. Mit der anderen erkundete er die Tattoos an meiner Hüfte. Seine Berührungen fühlten sich berauschend an, sanft, aber fest und vollkommen kontrolliert. Dann spürte ich, wie sich etwas Leichtes auf mein Kreuz senkte. Ich nahm einen langen Griff an der Wirbelsäule wahr, und Federn.

Pierce hob den Gegenstand an und begann, meinen Rücken zu streicheln. Es war ein sanftes, beruhigendes Gleiten. Aber es schärfte meine Sinne für alles um mich herum.

Bei jedem Streicheln der Federn kribbelte mein Körper, und mein Schritt wurde feuchter. Die sanfte Liebkosung lullte meine Gliedmaßen und meinen Geist ein, bis ich mit der nächsten kribbelnden Berührung rechnete.

Der erste Schlag überraschte mich deshalb und stieß mich nach vorn. Ich hatte weder mit dem Aufprall noch mit dem Brennen der Klatsche gerechnet.

»Fuck«, stieß ich hervor, biss die Zähne fest zusammen und presste die Augen zu.

Das Stechen berauschte mich. Mein Innerstes zog sich zusammen und füllte sich mit Verlangen. Meine Bauchmuskeln spannten sich an, als er die wunde Stelle rieb. Unwillkürlich bewegte ich mich, um seine Hand dorthin zu bekommen, wo ich sie haben wollte.

»Halt still.« Er drückte mich mit der Handfläche auf mein Kreuz, fixierte mich auf dem Bock. »Zähl mit. Du bekommst einen für jedes Jahr, das wir deinetwegen getrennt waren. Und vergiss nicht, du darfst nicht ohne meine Erlaubnis kommen, sonst fangen wir von vorn an.«

Zehn. Verdammt, das würde ich nicht durchhalten. Eine

Berührung meines Kitzlers, und ich würde über die Ziellinie kippen. So war es immer gewesen. Die Mischung aus Schmerz und Ekstase machten es mir unmöglich, mich zurückzuhalten.

Ich stieß den Atem aus. Doch, ich würde es schaffen. Wenn ich stundenlang trainieren und mich im Ring gegen Neya behaupten konnte, dann konnte ich auch meinen Orgasmus kontrollieren.

Die Klatsche hieb auf meine linke Pobacke, und ich zischte: »Zwei.«

Wieder rieb Pierce meinen Hintern. »Nein, Ame, das erste Mal hat nicht gezählt, weil du dich bewegt hast.«

Beinah hätte ich den Kopf gehoben, um ihm einen mürrischen Blick zuzuwerfen, doch ich besann mich eines Besseren und sank zurück. Die Klatsche schlug leise, aber mit einem unbestreitbaren Brennen zu.

»Zwei.« Zittrig stieß ich den Atem aus und wappnete mich für mehr.

Die nächsten Schläge kamen in so schneller Abfolge, dass ich mich in den Empfindungen und der Euphorie des Lustschmerzes verlor. Als wir bei neun angelangten, schwebte ich in einem Taumel, dem ich mit einem Orgasmus entkommen wollte. Ich bohrte die Fingernägel in die Polsterung der Griffe, konnte nichts anderes tun, als auf den nächsten Schlag zu warten. Er hatte jeden Quadratzentimeter meines Hinterteils abgedeckt und meine Spalte gestreift, aber nie die eine Stelle berührt, die mich über die Ziellinie befördern würde. Tränen strömten mir über das Gesicht. Ich brauchte mehr, und er ließ mich warten.

»Bitte, Pierce. Bitte«, wimmerte ich.

Er schob einen Finger in meine pralle Pussy, ließ ihn vor und zurück gleiten. »Gott, du bist klatschnass.«

Ich stemmte mich ihm entgegen, konnte einfach nicht anders. Er fügte einem zweiten und dann einen dritten Finger hinzu, bescherte mir Visionen von der Nacht vor einer Woche. Er bearbeitete meine sehnsüchtige Pforte, bis ich mich gegen seine Hand krümmte und vor dem Drang, zu kommen, beinah ins Delirium fiel. Pierce schien es zu genießen, mich bis knapp vor die Ziellinie zu treiben und dann den Rhythmus so zu ändern, dass ich sie nicht überqueren konnte.

Wenn er mir nicht bald Erlösung gewährte, würde ich entweder weinen oder ihn schlagen. Verdammt, ich weinte ja bereits. »Willst du kommen, Süße?«, fragte er, als er die Finger aus meiner triefenden Spalte zurückzog.

»Ja-a-a.« Ich konnte an nichts anderes mehr denken. »Dann komm, Ame. Und lass es mich hören.«

Die Klatsche landete direkt auf meiner Pussy und jagte Flutwellen von Empfindungen – Schmerz, Lust, Euphorie – durch jeden Nerv meines Wesens. Ich krampfte mich zusammen und zuckte, warf den Kopf hin und her. Meine Nägel schrammten über das weiche Leder unter meinen Fingerspitzen. Nach einem gefühlt ewigen Orgasmus verflüchtigte sich die Anspannung des Verlangens und ließ mich auf dem Bock geradezu schmelzen.

Ich hielt die Augen geschlossen und konzentrierte mich auf das nachklingende Brennen. Warum sehnte ich mich danach so? Warum brauchte ich das? Ich wollte mehr, wusste jedoch auf logischer Ebene, dass es zu viel sein würde. Warum fühlte ich mich nicht schuldig dabei, das mit Pierce zu haben, während ich es nie mit Stavros hatte?

»Das war so was von wunderschön.« Pierce ging vor mir in die Hocke, hob mein Kinn an und drückte die Lippen auf meine.

Der Kuss fiel sanft aus, trotzdem leidenschaftlich. Weitere Tränen liefen mir über die Wangen, und ein Schluchzen drang mir über die Lippen.

»Schhh«, beruhigte Pierce mich. »Denk nicht zu viel. Nach einer Züchtigung warst du immer sehr emotional.«

Er hob mir das Haar vom Rücken und strich es über eine Schulter, dann fuhr er mit den Fingern über meinem wunden Hintern auf und ab. Die Säfte meiner Erregung kühlten zwischen meinen Beinen und auf meinen Schenkeln ab, was mich daran erinnerte, dass noch so viel mehr kommen würde.

Er bewegte sich hinter mir. Das Geräusch raschelnder Kleidung drang an meine Ohren. Wenige Sekunden später spürte ich seinen nackten Körper hinter mir, der mich aus meinem Dämmerzustand nach dem Höhepunkt riss.

»Bist du bereit für mich, Amelia?« Er strich mit seiner dicken, pulsierenden Härte durch meine nasse Spalte und drückte leicht gegen meine Mitte. Gleichzeitig ergriff er meine Hände und fixierte sie am Ansatz meiner Wirbelsäule. »Du kannst immer noch nein sagen.«

Er war nackt und ungeschützt. Früher wollte ich ihn so spüren, Haut an Haut.

Für mich bestand kein Zweifel daran, dass er auf mein Verlangen aufhören würde, und wenn es ihn umbrächte. Ein Wort würde dafür genügen. Und genau das sollte ich tun. Ich sollte »Olympiade« sagen und es beenden. Was immer es auch sein mochte. Denn am Ende würde es uns beiden nur unermesslichen Kummer bereiten.

Aber stattdessen sagte ich: »Bitte. Ich brauche dich.«

»Du hast gerade dein Schicksal besiegelt.« Damit rammte er sich in mich.

»Ja. Oh Gott, ja!«, schrie ich, als Lust und Verlangen meinen Verstand vernebelten.

»Himmel. Du fühlst dich so gut an«, presste er zwischen zusammengebissenen Zähnen hervor und hielt meine Arme fest, als er sich aus mir zurückzog und erneut zustieß.

Zuerst besorgte er es mir langsam, damit ich mich an seinen Umfang und seine Länge gewöhnen konnte. Dann wurden seine Stöße härter und schneller. Die Ekstase überstieg alles, woran ich mich erinnern konnte – heiß, wild, heftig. Mein Körper zuckte auf dem Bock, wollte dagegenhalten, Stoß für Stoß erwidern. Aber ich konnte es nur hinnehmen, mich seinem harten, unnachgiebigen Verlangen ausliefern.

Mein Innerstes pulsierte, zuerst leicht, dann zunehmend heftiger, bis ich mich bei jedem Stoß um ihn herum zusammenzog.

Pierce schob die Hand zwischen meine Scham und ertastete meine pochende Lustperle. Kaum hatte er das empfindsame Nervenbündel gestreift, explodierte ich, warf den Kopf zurück und schrie meine Erlösung heraus.

»So ist's gut, Süße. Lass alles raus. Von diesem Tag an gehört dein Vergnügen ausschließlich mir.«

Er besorgte es mir weiter und weiter, bis erneut ein Orgasmus über mich hereinbrach und wir zusammen den Gipfel erklommen.

13

Pierce

ALS ICH ERWACHTE, spürte ich feuchte Hitze um meinen steinharten, pochenden Schwanz. Das Letzte, woran ich mich erinnern kann, war, dass ich in Amelias Apartment mit ihrem befriedigten, an mich geschmiegten Körper eingeschlafen war.

»Ame«, stieß ich hervor und packte ihr Haar, während ich versuchte, mein Hirn so wach zu bekommen wie mein bestes Stück. Amelia brummte, während sie den Kopf auf und ab bewegte, dabei leckte und saugte. Mit einem verruchten Grinsen spähte sie zu mir hoch und wirbelte mit der Zunge über meine pralle Eichel.

Wie konnte ich vergessen, mit welcher Begeisterung sie mich früher immer geblasen hatte? Das war der einzige Bereich, in dem immer sie das Sagen verlangt hatte. Ich konnte sie fesseln, anbinden und anketten, aber kaum hatte sie die Lippen über meine Männlichkeit gestülpt, war es um mich geschehen, und ich überließ ihr die Kontrolle über das Geschehen.

Sie hielt den Ansatz mit der Hand umschlossen, während sie auf und ab wippte und die Zunge in den Schlitz an der Eichel zwängte. Ich wölbte unter dem herrlichen Gefühl den Rücken durch, und führte sie mit Hüftbewegungen zu dem Rhythmus, den ich wollte.

Allerdings ignorierte sie meine stummen Forderungen und bearbeitete mich in ihrem eigenen quälenden Takt, während ihre Zunge über die dicke Ader an der Unterseite meines Schafts strich.

»Gott.«

Die Empfindungen waren schier unglaublich. Ich könnte mich definitiv daran gewöhnen, jeden Morgen so aufzuwachen.

Sie glich einer Göttin, wunderschön auch ohne jegliches Make-up. So schön, dass es die Vorstellungskraft überstieg. Und ihr Körper war wie geschaffen für einen harten Fick – straffe Muskeln, weiche Haut und ein Appetit auf Sex, der meinem entsprach.

»Mmm«, brummte sie, während sie den Kopf weiter auf und ab bewegte.

Der Geruch von Sex hing durchdringend in der Luft und ließ mich nur noch härter werden.

Ihr Körper wiegte sich mit den Bewegungen ihres Kopfs, was mir verriet, dass sie genauso erregt war wie ich. Mit den Fingern der linken Hand versuchte sie, sich selbst Erleichterung zu verschaffen.

Beinah konnte ich den süßen Honig schmecken, der sich zwischen ihren Beinen sammelte und an ihren Schenkeln hinablief.

»Dreh dich um und schwing dein Hinterteil her. Ich will dich lecken, während du mich bläst.« Ich versuchte, sie zu bewegen, aber sie verstärkte den Griff um meine Erektion und entlockte mir ein Zischen.

»Still. Ich bin beschäftigt. Jetzt hab ich das Sagen.« Sie nahm mich bis zum Ansatz ihrer Kehle auf.

Meine Augen rollten beinah nach oben, als sie mich geradezu verschluckte, wie es sonst keine Frau beherrschte. Wie sie es schaffte, nicht zu würgen, musste ich erst noch herausfinden.

Ich bäumte mich auf, konnte meine Reaktion nicht kontrollieren. Meine Finger krallten sich in ihre Haarpracht. Ich wähnte mich im Himmel und in der Hölle zugleich.

Von Amelia hörte ich ein wimmerndes Stöhnen, als sie die Schenkel zusammenpresste und ihre herrliche Folter fortsetzte. Nächstes Mal würde ich sie ans Bett fesseln und sie mit meinem Mund zwischen ihren Beinen wecken.

Ein Kribbeln raste meine Wirbelsäule hinauf, ein untrügliches Zeichen, dass ich kurz davorstand, die Kontrolle endgültig zu verlieren. »Mach langsam, sonst komme ich.«

Mit einem schmatzenden Laut löste sie sich kurz von mir und sagte: »Das ist der Sinn der Sache.« Dann tauchte sie wieder ab und nahm mich erneut tief auf. Sie bearbeitete mich weiter intensiv mit dem Mund, der Hand, der Zunge, bis sich alle Gedanken auflösten, sich meine Hoden geradezu schmerzhaft zusammenzogen und meine Erektion zu explodieren drohte.

Ich presste die Lider zu, als mich der Höhepunkt überwältigte und die Kontrolle verlieren ließ. Wild und heftig stieß ich in ihren Mund, unfähig, mich zurückzuhalten.

»Fuck. Amelia«, stieß ich hervor, während ich hart und zuckend abspritzte und sie auf mich gedrückt hielt, bis sie den letzten Tropfen meiner Ladung aufgenommen hatte.

Sobald ich wieder normal funktionierte, lockerte ich den Griff um ihr Haar, und Amelia löste sich von mir, ließ sich auf die Seite fallen und bettete den Kopf auf meinen Oberschenkel.

»Komm her.«

Gemächlich kroch sie an meinem Körper hoch. Ich nahm ihr wunderschönes Gesicht in die Hände und zog ihre prallen Lippen auf meine. Mich selbst an ihr zu schmecken, erfüllte mich mit dem berauschenden Gefühl, sie zu besitzen. Und wie sie mich anstarrte, als ich mich zurückzog, verriet mir, dass sie es auch spürte.

Als ich die Arme ausbreitete, schmiegte sie sich sofort an meinen Körper. Sie drückte die Handfläche auf meine Brust.

»Das war geil. Ich liebe es, wenn du die Kontrolle verlierst.« In ihrer Stimme schwang Selbstzufriedenheit mit.

»Bist ziemlich stolz auf dich, was?« Ich streichelte ihren Rücken.

»Auf jeden Fall.«

»Jetzt spreiz die Beine«, befahl ich und schob die Handfläche zwischen ihre vor Lust feuchten Schenkel.

Sie schnappte keuchend nach Luft, als ich ihre prallen Schamlippen streifte. »Das war für dich.«

»Das hier ist immer noch für mich.« Ich schob einen Finger in ihre Hitze, ließ ihn kreisen und krümmte ihn nach oben, bis ich hörte, wie Amelia der Atem stockte. »Ich will deinen Orgasmus. Ich will spüren, wie sehnsüchtig deine Muschi war, als du mich tief in den Mund aufgenommen hast.«

Mein Daumen kreiste um ihre pralle Klitoris, während ich einen zweiten Finger hinzufügte, der in sie und aus ihr glitt. »Oh Gott, oh Gott, oh Gott«, skandierte sie.

Ihr Rücken wölbte sich, ihre Finger bohrten sich in meinen Arm. Die Röte ihrer Wangen wurde schillernder. Der Anblick, wie sie sich auf die Unterlippe biss, ließ mein bestes Stück zuckend aus halbschlaffem Zustand erwachen.

»Mehr, Pierce. Ich brauche mehr.«

»Sag es. Was brauchst du?«

»Beiß mich, kneif mich, irgendwas. Ich brauche es. Du bist der Einzige, der es mir geben kann.« Das genügte. Prompt stand mein bestes Stück wieder. Sie vertraute mir ihre dunkelsten Begierden an. Ihr Verlangen, zu schweben. Ihr Verlangen nach einem Hauch von Schmerz als Ergänzung ihrer Lust.

Ich brachte die Finger neu in Stellung, stieß in ihre klatschnasse Spalte und kniff ihre pralle Lustperle für mehrere Sekunden. Ich ließ sie in dem Moment los, als ich spürte, wie sich ihre inneren Muskeln um meine Finger zusammenzogen.

Amelia schrie meinen Namen, bäumte sich auf und krümmte sich, kratzte gleichzeitig mit den Fingernägeln über meine Haut.

Ich verkniff es mir, zusammenzuzucken, und genoss den Anblick ihres wunderschönen Gesichts und prachtvollen Körpers, während sie sich in ihrem Orgasmus verlor.

Ihr dabei zuzusehen, wie sie sich auflöste, würde mir nie langweilig werden.

Als die letzten Zuckungen verebbten, erschlaffte sie mit geweiteten Augen und rasender Atmung.

Ich zog die Finger aus ihr zurück, leckte mir ihre Säfte davon ab und zog sie dann an mich. Dabei bemühte ich mich, meinen wild pochenden Ständer zu ignorieren, der von mir wollte, dass ich sie umdrehte und wild vögelte.

Stattdessen nahm ich ihr Gesicht in die Hände und drückte ihr einen Kuss auf die Schläfe. »Ruh dich aus, Süße.«

»Gute Idee.« Sie gähnte. »Ich denke, ich genehmige mir ein Nickerchen. Dann können wir uns was vom Zimmerservice bestellen. Hier haben sie die besten Pfannkuchen ...« Sie verstummte.

Ich sah sie an und stellte fest, dass sie fest schlief. Die Frau konnte schneller einschlafen als irgendjemand sonst, den ich kannte.

Manche Dinge änderten sich nie. Andererseits brauchte sie die Erholung. Das war nicht der erste intensive Orgasmus, den ich ihr in den letzten zehn Stunden abgerungen hatte. Ich hatte sie vergangene Nacht viermal genommen.

Ich hätte schwören können, dass ich sie damit ausgelaugt hatte. Aber anscheinend war sie genauso ausgehungert wie ich. Und ihr hemmungsloses Bedürfnis nach einem Hauch von Schmerz bot eine berauschende Mischung für den Sadisten in mir.

Ich würde nie überdrüssig werden, sie zu fesseln und zu beobachten, wie ihre Augen glasig wurden, kurz bevor sie sich vollkommen fallen ließ.

Sogar nach der intensiven Session im Club waren wir wie

läufige Tiere übereinander hergefallen, kaum dass wir in ihrem Penthouse angekommen waren. Ich hatte sie gefesselt, versohlt, gevögelt, Besitz von ihr ergriffen. Sie hatte mir die uneingeschränkte Kontrolle überlassen, mir auf eine Weise vertraut, wie ich sie nur aus meinen Erinnerungen kannte.

War sie bei Thanos auch so gewesen? Meine Recherchen hatten ergeben, dass Stavros Thanos nach dem Tod seiner ersten Frau ein internationaler Playboy mit reichlich Affären mit verschiedensten Schönheiten gewesen war. Die europäische Presse behauptete gern, die junge Amerikanerin hätte ihn gezähmt und zu einem Familienmenschen gemacht. Bei der Vorstellung knirschte ich mich den Zähnen.

Gott, was stimmte nicht mit mir? Ich war wütend auf einen Toten.

Konzentrier dich auf die Frau in deinen Armen, du Trottel, nicht auf die Vergangenheit.

Amelia verlagerte das Gewicht, kuschelte sich an meine Seite und flüsterte: »Ich liebe deinen Geruch. Du hast mir so sehr gefehlt.«

Bei ihren Worten krampfte sich mein Herz zusammen. Ich legte die Hand auf den Dreizack an ihrer Hüfte. Sie hatte sich ein Zeichen stechen lassen, um sich an mich zu erinnern.

Warum konnte sie mir damals nicht vertrauen? Ich hätte alles aufgegeben, um bei ihr zu sein. Sie war die Einzige, die damals mir gehörte, die meine Wut auf Collin besänftigte – und sogar auf meine Mutter, weil sie die Scheiße zugelassen hatte, die ich durchmachen musste.

Das Einzige, was die Boulevardpresse richtig dargestellt hatte, war Amelias Wirkung auf mich. Nur ein paar Worte von ihr oder eine simple Berührung, schon breitete sich Ruhe in mir aus.

Als sie mich verlassen hatte, wäre ich beinah implodiert. Nichts, was irgendjemand sagte oder tat, konnte mich von all den waghalsigen Unterfangen abhalten, in die ich mich Hals über Kopf stürzte – von Dauerpartys über Sportwagenrennen bis hin zum Base-Jumping in betrunkenem Zustand. Ohne meine Brüder und insbesondere Hagen hätte ich mich wahrscheinlich mit meinen Eskapaden umgebracht.

Hagen war sogar so weit gegangen, dass er mich in eine Reha-Klinik gesteckt hatte, wo mich seine Vollstreckerkollegen von der Mafia bewachten. Als ich von dort entlassen wurde, hatte ich gelernt, all die Wut und Kontrollsucht in mir ins Geschäft und in die BDSM-Clubs zu leiten. Vor allem die Clubs boten mir ein Ventil für die Begierden und Emotionen, die ich mit Amelia entdeckt hatte. Jahrelang lernte ich dort von angesehenen Doms.

Ich wollte mich nicht selbst belügen und so tun, als würden die alten Gefühle nicht wieder in mir aufsteigen. Ich war nie wirklich über Amelia hinweggekommen, ganz gleich, wie viele Frauen ich als Subs gehabt oder gevögelt hatte.

Gott. Wie sollte ich es verkraften, wenn sie mich wieder verließe? *Du kannst sie nicht behalten, du Arsch.*

Dass sie blieb, konnte ich nur sicherstellen, indem ich sie schwängerte. Dann hätte ich sie und unsere beiden Kinder. Aber die Chancen, dass sie noch einmal schwanger werden konnte, standen sehr gering. Ich hatte die medizinischen Befunde gelesen, die Adrian ausgraben konnte. Durch das Trauma einer sechsunddreißigstündigen Geburt mit

Notkaiserschnitt war ihre Gebärmutter in einem dauerhaft geschwächten Zustand.

Was ich Amelia zugutehalten musste, war ihre Integrität und Ehrlichkeit. Sie hätte versuchen können, mir ihre mögliche Unfruchtbarkeit vorzuenthalten. Stattdessen hatte sie die Karten offen auf den Tisch gelegt.

Ich an ihrer Stelle hätte mich wahrscheinlich in dem Glauben gelassen, wir könnten ein weiteres gemeinsames Kind zeugen, und wäre einfach gegangen, wenn es nicht passiert wäre. Aber ich war ja auch ein Arschloch.

Vielleicht steckte doch etwas von Collin in mir. Nein, das war nicht fair.

Collin war das Opfer von so viel Verrat geworden. Verdammt, das waren wir beide. Wir hatten beide die höchst schmerzhafte Erfahrung gemacht, von den Frauen betrogen zu werden, die wir liebten.

Ich hätte nie im Leben gedacht, dass ich mal Mitgefühl für den Mann aufbringen könnte, der mich als Achtzehnjährigen rausgeworfen hatte. Den Mann, der mich gezwungen hatte, meinen eigenen Weg in der unbarmherzigen Welt des Sports zu finden.

Dabei hatte er das alles nur getan, um uns zu schützen. Uns und das kleine Mädchen, mit dem ich praktisch aufgewachsen war, ohne je zu ahnen, dass es meine Schwester war.

Wenn ich an meine Kindheit zurückdachte, konnte ich mich noch gut daran erinnern, wie Anaya uns alle um den Finger gewickelt hatte. Wenn sie uns mit Lena Anthony und Henna besuchte, ließen wir uns von ihr sogar zu Teegesellschaften überreden. Sie sah uns so ähnlich, und es war mir nie aufgefallen. Ich dachte immer, sei hätte im Vergleich zu ihrer Schwester deshalb einen so hellen Teint, weil ihre Großeltern aus Nordindien stammten. Nicht, weil sie gemischtrassig war.

Rückblickend ergab alles einen Sinn. Zum Beispiel, wie Mama oft Anaya angestarrt hatte. Oder die kalte Förmlichkeit zwischen Lena Anthony und Mama.

Vielleicht war es besser, dass ich nichts von Christopher gewusst hatte. Ich wollte mir gar nicht vorstellen, wie es für Mama gewesen sein musste, Anaya zu sehen und sie nicht wie eine Mutter lieben zu können. Oder wie es gewesen sein musste, ihre Freundin als die Mutter zu sehen, die sie hätte sein sollen. Und wie musste es sich erst für Lena angefühlt haben, ein Kind aufzuziehen, das nicht ihr eigenes war, sondern von einem Mann stammte, der sie mit einer ihrer engsten Freundinnen betrogen hatte?

Ich wollte so sehr an meinem Hass auf Collin festhalten. Er hatte Grausames getan – aber nur, um seine Familie vor Draco Jackson zu schützen.

Am traurigsten fand ich, dass ich Dracos Rolle bei der ganzen Sache nicht mal restlos verurteilen konnte. Er hätte auf den Verlust von Millionen durch Victor Anthonys Machenschaften auch wesentlich brutaler reagieren können. Als Mafioso hatte er sich so verhalten wie der Boss eines organisierten Verbrechersyndikats, der er war. Er wollte eine Entschädigung für seinen Verlust. Aber statt Anschläge auf alle Beteiligten zu verüben, wollte er Anaya als Bezahlung.

Hätte Collin die Mädchen und Lena nicht versteckt, wäre mein Leben und das Leben meiner Brüder völlig anders verlaufen. Aber durch die Entscheidungen, die Collin getroffen hatte, musste er seine eigene Familie als Bezahlung opfern.

Amelia murmelte etwas im Schlaf und holte mich damit in die Gegenwart zurück.

Ich verstärkte den Griff um sie. Was zum Teufel stimmte nicht mit mir? Die Frau meiner Träume lag an mich geschmiegt. Jahrelang hatte ich an kaum etwas anderes gedacht.

Ein Gähnen drang mir über die Lippen, als ich mich gemütlicher hinlegte. Meine Zukunft lag in meinen Armen. Ob Amelia es glauben wollte oder nicht, alles andere würde sich mit der Zeit von selbst regeln.

14

Amelia

ICH TRAF KURZ nach vier Uhr nachmittags im *Ida* ein. Mein
Plan bestand darin, mit Penny und den Mädels etwas zu
trinken. Es war die erste Auszeit, die ich mir seit der Nacht
gönnte, in der ich mich in Pierce' Club gewagt hatte.

Einen großen Kampf zu koordinieren und gleichzeitig
Thanos International zu beaufsichtigen, nahm mehr von
meiner Zeit in Anspruch, als mir lieb war. Deshalb blieb mir
abseits meiner Nächte mit Pierce kaum Zeit für Persönliches.

Dass Hennas kleine Schwester Anaya in ein
Sommerstudienprogramm für internationales Recht in Genf
aufgenommen wurde, lieferte mir den perfekten Vorwand,
die Arbeit für einen Abend beiseitezulassen und mitzufeiern.
Vor allem, weil es mir die Mädels ewig vorhalten würden,
wenn ich mich davor drückte.

Anaya war im zweiten Studienjahr und hatte dafür schon geschwärmt, bevor sie überhaupt an der University of Nevada begonnen hatte. Es handelte sich um ein ausgesprochen renommiertes Programm, in das weniger als fünf Prozent der etwa vierzigtausend Bewerber aufgenommen wurden.

»Willkommen, Mrs. Thanos. Ms. Kipos hat mich gebeten, Sie in den botanischen Garten zu führen. Sie hat gerade eine Besprechung mit dem Gärtner und wird sich bei den Orchideen mit Ihnen treffen.«

»Danke. Ich kenne den Weg. Ich gehe allein hin.« Ich stieg aus dem Auto und nahm das Ticket entgegen, das mir der Mann vom Parkservice gab.

Dann trat ich den Weg in das opulente Hotel an. Es handelte sich eindeutig um die Krönung des Hotelimperiums der Lykaios-Brüder. Auch wenn ich vorhatte, diese Meinung für mich zu behalten. Soweit ich das mitbekommen hatte, versuchten die Brüder gern, sich dabei zu übertrumpfen, wer das beste Hotel hatte. Wie eine Art Spiel, bei dem am Ende alle gewannen, da alle ihre Betriebe einer Dachgesellschaft in gemeinschaftlichem Besitz gehörten.

Die Sache zwischen Pierce und mir hatte erst vor so kurzer Zeit begonnen, und schon fühlte es sich an, als hätte sich mein Leben drastisch verändert.

Äußerlich mochte ich dieselbe Frau sein, aber innerlich erfüllte mich dieses Bedürfnis, mit ihm zusammen zu sein, seine Berührungen zu spüren, mir von ihm Befehle erteilen und das mit Schmerz gewürzte Vergnügen bereiten zu lassen, für das ich mich nur ihm anvertraute. Er war meine Droge, und ich konnte es kaum erwarten, mir den nächsten Schuss zu setzen. Dieses Verlangen nach ihm jagte mir eine

Heidenangst ein. Beim ersten Mal hatte ich so lange gebraucht, um über ihn hinwegzukommen. Wie sollte ich es je verkraften, wenn wir es wieder beendeten?

Und es *würde* enden. Was für eine Art von Beziehung könnten wir schon haben? Im Wesentlichen hatte er mich dazu erpresst, wieder mit ihm zu schlafen.

Aber wem wollte ich etwas vormachen? Ich hatte mich nicht unter Zwang darauf eingelassen. Pierce würde Christopher niemals schaden, indem er die Wahrheit aufdeckte. Verdammt, er hatte mir sogar an dem ersten Abend im Club den Ausstieg angeboten.

Unsere Beziehung drehte sich nicht nur um Sex. Wir schienen in das Muster zurückverfallen zu sein, stundenlang zu reden, Geschichten auszutauschen und Dinge zu besprechen, die uns auf dem Herzen lagen. So einfach, so mühelos. Er hatte meine Meinung respektiert, als ich ihm Tipps gegeben hatte, wie er Hugos Training lenken könnte, ohne überheblich zu wirken.

Es fühlte sich wie eine echte Beziehung an. Nicht wie eine mit einem Ablaufdatum. Aber selbst, wenn ich bleiben wollte, ich hatte Verpflichtungen bei Thanos International, die es erforderten, dass ich nach Griechenland zurückkehrte.

Ich klemmte mir eine verirrte Strähne hinters Ohr und rückte die Handtasche auf der Schulter zurecht, bevor ich den Weg zu den international bekannten botanischen Gärten einschlug.

Ich schüttelte den Kopf. Hagen hatte Penny so sehr gewollt, dass er eine Hotelanlage gebaut hatte, die sich um alles drehte, was seine Starlight liebte.

Und Penny liebte Pflanzen. Die Frau war so besessen

davon, dass sie sich in Gefahr für Leib und Leben begab, um die richtige Sorte Holunderblüten für ihren einzigartigen Whiskey zu bekommen. Die Risiken, die sie für ihre Experimente eingegangen war, hatten mir über die Jahre regelmäßig Herzrasen beschert. Glücklicherweise hatte sich die Verrückte wenigstens einige meiner Freundinnen als Bodyguards einreden lassen. Freundinnen, die für verschiedene Sicherheits- und Spionageorganisationen weltweit arbeiteten. Wann immer sie nicht im Einsatz waren, begleiteten sie Penny, wenn sie den Drang verspürte, den Globus nach einzigartigen Pflanzen abzusuchen.

Wenn ich ehrlich sein wollte, war ich heilfroh, dass die Bürde, sich um sie zu sorgen, nun auf Hagen übergegangen war. Er würde sich um ihren Schutz kümmern, ob Penny wollte oder nicht. Als ehemaliger Vollstrecker der Mafia wusste er, wie wichtig Sicherheit war und wie man geliebte Menschen vor Gefahren bewahrte. Was keineswegs hieß, dass Penny hilflos war. Sie wusste sich auch selbst ihrer Haut zu wehren. Meine Freundinnen und ich hatten dafür gesorgt, dass Penny die neuesten und besten Selbstverteidigungsmethoden kannte. Sehr zu Hagens Unmut.

Ich grinste. Wahrscheinlich würde meine beste Freundin ihrem umwerfenden, ernsten Mann graue Haare bescheren.

Ich näherte mich den Türen zum Bereich mit den Gärten. Eine gut gekleideter Wachmann öffnete mir die Tür mit einem strahlenden Lächeln und begrüßte mich mit: »Willkommen.«

Ich grüßte zurück und bahnte mir den Weg zu den Orchideen. Unterwegs atmete ich tief ein und ließ die angenehmen Gerüche all der Blumen auf mich wirken. So sehr ich Pennys Spruch leugnen wollte, dass ein schöner Garten die Seele entspannen konnte, es stimmte. Hier herrschte unbestreitbar eine Atmosphäre der Ruhe.

Schließlich setzte ich mich auf eine Bank, stellte meine Handtasche ab, schlug die Beine übereinander und lehnte mich zurück. Ich betrachtete die vielfältigen, beschrifteten Pflanzen. Darunter entdeckte ich eine Blume namens *Starlight Sunburst*. Es schien sich um eine Kreuzung einer Orchidee und einer Gardenie zu handeln. Sie befand sich in ihrem eigenen Habitat, damit sie sich nicht mit einer der nach verschiedenen Regionen der Welt abgetrennten Pflanzen kreuzen konnte.

Gott, wie würde es sich anfühlen, einen Mann zu haben, der mich so sehr liebte, dass er Pflanzen mit meinem Namen importierte?

Ein Anflug von Schuldgefühlen überkam mich. Stavros hatte so viel für mich getan, indem er mir ein Leben geschenkt hatte, das ich mir nie hätte vorstellen können. Und Pierce ... Er hatte mich so sehr geliebt, dass es ihn zerstört hatte, als ich gegangen war.

Ich kniff mir den Nasenrücken. Ich durfte nicht in der Vergangenheit leben. Ich musste mich darauf konzentrieren, was derzeit vor sich ging. Das war kompliziert genug. Wir waren nicht nur Lover und Eltern, sondern auch Konkurrenten bei einem der größten Titelkämpfe, die je veranstaltet worden waren. Letzterer war tatsächlich noch die einfachste unserer Verstrickungen. Geschäftliches und Privates schienen sich nie in die Quere zu kommen. Als wir allein waren, gab es weder Thanos Sports noch Lykaios Promotions.

»Darf ich mich setzen?«, hörte ich jemanden neben mir
fragen.

Ich schaute auf und erblickte einen älteren Japaner. Sein
Gesicht war verwittert, sein Körper schlank, und er wirkte
wie jemand mit starkem Willen und Durchhaltevermögen.

»Natürlich.« Ich deutete auf den freien Platz neben mir.

Er setzte sich und streckte die Beine aus. Dann nickte er
zwei jungen Männern in Anzügen zu. Beide verneigten sich
sofort und entfernten sich, allerdings nur so weit, dass sie den
älteren Mann noch im Auge behalten konnten. Ich bemerkte
ein paar andere Männer, die in Position schlenderte und
bereit wirkten, den Japaner beim geringsten Anlass zu
Besorgnis zu beschützen.

Gleichzeitig fiel mir auf, wie sich meine Sicherheitsleute in
Stellung brachten, als wollten sie die anderen Männer
warnen, dass ich eigenen Schutz hatte.

Ich richtete die Aufmerksamkeit auf den Mann neben mir
und musterte ihn. Tätowierungen bedeckten seine Hände,
viele davon Muster, die ich auf verschiedenen asiatischen
Artefakten gesehen hatte. Dann ging mir ein Licht auf.

War das Draco Jackson, der Mafioso? Ich wusste, dass der
Mann Hagen und Penny im Auge behielt, aber worüber
könnte er mit mir reden wollen? Ja, ich war mit Lana
Kimura befreundet, seiner Enkelin. Aber das hatte sich
durch Penny so ergeben, und nur sehr wenige Leute wussten
davon.

»Dieser Ort ist beruhigend, finden Sie nicht auch?«,
fragte er.

»Ist er. Hagen hat etwas Bemerkenswertes geschaffen.
Man kann sich leicht in den Gerüchen und Anblicken der

einzigartigen Pflanzen verlieren. Ich kann's kaum erwarten, meinen Sohn hierher zu bringen.«

Scheiße, warum habe ich Christopher erwähnt?

»Sie haben einen Sohn?«

»Ja. Er ist das Licht in meinem Leben.«

»So sollte es sein. Ich habe fünf Söhne, fünfzehn Enkel und eine wunderschöne Enkelin. Obwohl es bisher niemand davon geschafft hat, mir Urenkel zu schenken.«

Ich lächelte bei mir und dachte daran, wie oft sich Lana darüber beschwert hatte, dass ihre Familie sie erdrückte. Bei unserer ersten Begegnung wusste ich nicht, wer ihre Familie war, und kannte sie nur als Pennys temperamentvolle Laborpartnerin an der University of Nevada. Erst als Penny mir davon erzählt hatte, wie sie, Lana und ein paar Freunde für ein Wochenende nach Miami gefahren und dort in Schwierigkeiten geraten waren, hatte ich erfahren, dass Lana die geliebte Enkelin des berüchtigten Draco Jackson war. Draco hatte die Mädchen persönlich zurück zur Schule begleitet und ihnen einen Vortrag über Anstand gehalten.

Es war ein verrückter Gedanke, mit der Enkeltochter eines berüchtigten Mafioso befreundet zu sein – einer Enkelin, die bei allem, was sie tat, penibel darauf achtete, gesetzestreu zu handeln. Vielleicht wollte sie gerade wegen der Eskapaden ihrer Familie die entgegengesetzte Richtung einschlagen.

»Ich wette, Ihre Enkelin hat Sie um den Finger gewickelt.«

Ein breites Grinsen trat in sein Gesicht und ließ ihn zwanzig Jahre jünger aussehen als seine angeblichen sechsundsiebzig Jahre. »Und wie. Wenn ich sie nicht so sehr lieben würde, hätte ich nicht zugestimmt, sie auf Bora Bora heiraten zu lassen. Sie hat Glück, dass die Lykaios-Brüder einverstanden sind und alles arrangiert haben, damit es reibungslos über die Bühne geht.«

Ich hätte zu wetten gewagt, dass er Zack auf die eine oder andere Weise unter Druck gesetzt hatte, damit er Lanas Hochzeit dort organisierte. »Ich bin sicher, es wird ein wunderschönes Fest. Ich liebe Bora Bora. Eine Hochzeit dort kann nur perfekt werden.« Und vermutlich war es meine Schuld, dass Lana auf Tahiti heiraten wollte.

Bei einem von Pennys Besuchen bei mir hatte sie Lana mitgebracht. Wir hatten viel über ihre Verlobung gesprochen, über die Anzahl der Leute, die man einladen musste, weil man sonst ihre Gefühle verletzen würde, und über Veranstaltungsorte, um so viele Gäste unterbringen zu können. Damals brachte ich die Idee einer Hochzeit in der Ferne ein. Dadurch würden nur die Leute kommen, die wirklich dabei sein wollten.

Wir hatten seither nicht mehr darüber gesprochen, aber ich hatte mittlerweile eine Einladung mit HPZ Bora Bora als Ort der Hochzeit erhalten.

»Sollte sie besser werden. Dieses Mädchen ist wahrscheinlich für mehr als die Hälfte meiner grauen Haare verantwortlich.« Er rieb sich den grau melierten Kopf. »Sie ist ein kleiner Freigeist.«

»Ich vermute, bei so vielen Männern um sie herum will sie ihre Unabhängigkeit behaupten.«

Er schnaubte. »Dann hat sie sich den falschen Mann zum Heiraten ausgesucht. Ihr Verlobter ist genauso versessen wie wir darauf, sie zu beschützen. Wenn ich nicht überzeugt davon wäre, dass der Mann sie liebt, hätte ich ihn nie für sie ausgewählt.«

Lanas Verlobter Travis ließ Lana den Freiraum, sie selbst zu sein, ohne sie zu erdrücken. Das bekam er besser hin als ihre Familie. Travis war ein international renommierter Kapitalgeber mit dem Ruf, Kontrolle und Ordnung zu mögen. Weich wurde er nur bei Lana, wie sie uns gern erzählte. Sie meinte oft scherzhaft, er wäre Wachs in ihren Händen.

»Manchmal ist das Gegenteil von einem selbst die perfekte Ergänzung.« Pierce und ich waren so grundunterschiedlich – eigentlich völlig gegensätzlich. Wenn er sich sprunghaft verhielt, war ich kontrolliert. Wenn ich mich fallen lassen wollte, zeigte er sich diszipliniert. Die letzten Tage mit ihm hatten mir vor Augen geführt, wie sehr das stimmte. Wir glichen uns gegenseitig auf eine Weise aus, die mir in unseren Jugendjahren nicht bewusst gewesen war.

»Stimmt. Meine Frau erinnert mich oft genug daran, wie unterschiedlich wir sind.« Er lachte. »Die Leute denken immer, ich wäre furchterregend, wenn ich wütend werde. Sie sollten mal meine Frau sehen, wenn das Temperament mit ihr durchgeht.«

Ich konnte mir nicht vorstellen, wie irgendjemand den berüchtigten Yakuza-Boss anbrüllte.

Draco drehte das Gesicht dem Glasgehäuse mit einer weißen Orchidee zu, mit Blütenspitzen, die aussahen, als wären sie in Blut getaucht. Zwischen seinen Brauen bildete sich eine Falte, und er ließ die Schultern hängen, als ginge ihm ein trauriger Gedanke durch den Kopf.

»Beunruhigt Sie etwas?«

Er schwieg einige Sekunden, bevor er antwortete: »Das

könnte man so sagen. Haben Sie je eine Entscheidung getroffen, die Sie bereuen?«

Sofort dachte ich an Pierce.

»Ja. Das tun wir doch alle.«

»Ich nicht. Wissen Sie, ich bin jemand, der Entscheidungen auf der Grundlage von Analysen und Kosten trifft. Aber in letzter Zeit habe ich festgestellt, dass meine Art, Dinge handzuhaben, zu unvorhergesehenen Konsequenzen geführt hat.«

Okay, allmählich wurde es unheimlich. Hatte ein Mann, der dafür bekannt war, kein Gewissen zu haben, mit Schuldgefühlen und Reue zu kämpfen?

»Möchten Sie mir erzählen, was passiert ist? Meine Freundin geht wahrscheinlich noch mindestens dreißig Minuten in ihrer Pflanzenwelt auf.«

Penny war an sich immer pünktlich, außer wenn es um Pflanzen und ihre Forschung ging.

Er legte den Kopf schief. Seine tiefdunklen Auen musterten mich.

»Vor vielen Jahren bin ich in dieses Land mit dem Traum gekommen, anders zu werden als alles, was ich mein Leben lang gekannt hatte. Ich habe hart gearbeitet, mich an die Regeln gehalten und mich mit der Welt so auseinandergesetzt, wie ich es für richtig gehalten habe. Aber meine Vergangenheit hat mich eingeholt. Und statt für das neue Leben zu kämpfen, das ich mir geschaffen hatte, habe ich die Traditionen meiner Familie und meiner Vergangenheit akzeptiert. Mit Hilfe von Leuten in meinem Heimatland bin ich hier in Las Vegas und in anderen Teilen des Landes ein sehr reicher und mächtiger Mann geworden. Schließlich habe ich eine für mich ausgewählte Frau geheiratet, eine Familie gegründet und sie auf althergebrachte Weise aufgezogen.«

Er hielt inne, als müsste er die Gedanken sammeln. Nach einigen Sekunden seufzte er und fuhr fort.

»Dann hat einer meiner Partner, ein Mann, dem ich mein Geld und meine Geschäfte anvertraut habe, meine Familie und mich betrogen. Sein Verrat hat nicht nur bei mir zu Verlusten geführt, sondern auch bei Hunderten anderen. Das hat mich gezwungen, die Sache selbst in die Hand zu nehmen und die Situation nach Art meiner Vorfahren zu lösen.

Meine Wut auf den Mann war so groß, dass ich jeden und jede verletzen wollte, die mit ihm etwas zu tun hatten, allein schon dafür, dass sie den Mann nur kannten. Dazu gehörten auch seine Freunde und seine Familie. Im Zuge meiner Vergeltung habe ich das Leben unzähliger Menschen zerstört. Ich habe es als den Preis für den Verrat an mir betrachtet. Ich kann zugeben, dass ich kein besonders versöhnlicher Mensch bin.

Erst jetzt, viele Jahre später, stelle ich fest, dass meine Handlungen mich einen Jungen kosten, den ich als meinen eigenen betrachtet habe. Einen Jungen, der in mir den Vater sah, den er nie hatte. Einen Jungen, den ich mir ursprünglich als Entschädigung von dem Mann geholt habe, der sich zwischen mich und meine Rache gestellt hat.«

Großer Gott. Er redete von Hagen.

Penny hatte mir erzählt, dass Hagen fast alle Verbindungen zu Draco gekappt hatte, und Draco hatte es nicht gut aufgenommen. Sie verriet mir nie wirklich Einzelheiten, nur so viel: Was Hagen, Pierce und Zack glaubten, dass zwischen ihnen und Collin passiert war, entsprach nicht der ganzen Wahrheit. Draco hatte das alles als Bezahlung für Collins Einmischung in Dracos persönliche Angelegenheiten eingefädelt. Nun füllten Dracos Worte die Informationslücken, die Penny mir gelassen hatte.

Mir fiel auf, dass er nicht bedauerte, dass er sich Hagen genommen hatte, sondern die Konsequenzen der ans Licht gekommenen Wahrheit.

»Gibt es keine Hoffnung auf Versöhnung?«

»Hoffnung gibt es immer. Aber der Junge ist ähnlich dickköpfig wie sein biologischer Vater und ich.« Sofort füllte sich mein Kopf mit so vielen Fragen, die ich beantwortet haben wollte, um Pierce und das zu verstehen, was er als Kind durchgemacht hatte. Aber konnte ich sie einem Mann stellen, der wie ein süßer alter Opa aussah, während er kaltherzig Macht wie eine scharfe Klinge benutzte? Ich war nicht so dumm, Draco für harmlos zu halten, ganz gleich, wie gebrechlich und ruhig er im Augenblick wirkte.

Ein Teil von mir wollte von Draco verlangen, mir zu sagen, ob er Collin auch bei Pierce und mir unter Druck gesetzt hatte. Aber mein rationaler Teil wusste, das konnte ich nicht tun. Außerdem war ich mir tief im Inneren sicher, dass Draco der Auslöser für all den Schmerz und das Leid gewesen war, das ich als Achtzehnjährige durchgemacht hatte.

Der Gedanke an die Vergangenheit ließ Wut in mir aufsteigen, aber sie beruhigte sich schnell wieder, als ich mir das schöne Leben vor Augen hielt, das ich mit Stavros gehabt hatte. Dazu wäre es ohne die Ereignisse der Vergangenheit nie gekommen.

»Glauben Sie, dass ein alter Mann, der sein Leben kompromisslos geführt hat, sich in den Augen derer rehabilitieren kann, die er verletzt hat?«, brach Draco das Schweigen. »Könnten Sie einem Mann verzeihen, der den Verlauf Ihres Lebens geändert hat, weil er Bezahlung für ein Verbrechen wollte, das Sie nicht begangen haben?«

Ich sah ihn an und schluckte. Fragte er mich gerade, ob ich ihm seinen Anteil daran verzieh, was Collin widerfahren war, oder meinte er es allgemein?

Verdammt, damit hatte ich nicht gerechnet, als hergekommen war. Nach dieser Unterhaltung würde ich mindestens fünf Drinks brauchen, um meine Nerven zu beruhigen.

In dem Moment fielen mir Stavros' Worte ein, als ich endlich aufgehört hatte, allem nachzutrauern, was ich mit Pierce verloren hatte. *Meine süße Amelia, am Schmerz und der Wut der Vergangenheit festzuhalten, schadet einem nur. Lass los, Schatz. Befrei dich davon.«*

Tränen brannten mir in den Augen.

Ich hatte nie einen Mann wie ihn verdient, doch ich dankte Gott dafür, dass er ihn in mein Leben gebracht hatte.

»Ich denke, wenn Sie es aufrichtig meinen, wird die Zeit alle Wunden heilen. Das bedeutet nicht, dass es keine Konsequenzen gibt oder dass Sie nicht eine Weile warten müssen, aber haben Sie Geduld. Ich bin überzeugt davon, dass sich am Ende alles regelt. Das hat mir mein verstorbener Mann beigebracht.«

Draco ergriff meine Hand und drückte sie. »Der Mann, den Sie geheiratet haben. Er war ein Glückspilz.«

Ich schüttelte den Kopf. »Nein. Ich war die Glückliche. Er ist der Grund, warum ich wieder hier in Las Vegas bin. Er hat mir geholfen zu erkennen, dass uns nicht unsere

Vergangenheit definiert, sondern wie wir mit der Gegenwart und der Zukunft umgehen.«

»Dann haben wir alle Glück. Sie tun der Seele eines alten Mannes gut. Vielleicht lerne ich eines Tages Ihren Sohn kennen.«

Ich lächelte. »Vielleicht.« Als ich aufschaute, erblickte ich Penny in der Ferne. Ihr Gesichtsausdruck widerspiegelte Besorgnis, während sie den Mann neben mir betrachtete.

»Meine Freundin ist hier.« Ich stand auf, bückte mich und küsste Draco auf die Stirn. »Danke, Mr. Jackson, dass Sie mir Gesellschaft geleistet haben. Lana kann sich glücklich schätzen, Sie zu haben, auch wenn Sie ein bisschen überfürsorglich sind. Wir sehen uns bei der Hochzeit.«

Überraschung huschte über seine Züge und wurde dann von einem breiten Grinsen abgelöst. »Sie haben die ganze Zeit gewusst, wer ich bin.«

»So ist es.«

»Tun Sie mir einen Gefallen. Behalten Sie das für sich. Eigentlich sollte ich nicht hier sein. Das würde den Brüdern nicht gefallen.«

»Ihr Geheimnis ist bei mir sicher.«

15

Amelia

»ERZÄHLST DU MIR, was das sollte?«, fragte Penny, als wir den Weg zur Freiluft-Lounge in der Nähe eines der neun Pools im *Ida* antraten.

Mich überraschte, dass sie mich nicht sofort mit Fragen löcherte, nachdem ich Draco verlassen und sie erreicht hatte. Sie hatte ganze fünf Minuten gewartet. Ich verstand ihre Sorge, aber das Gespräch hatte sich als aufschlussreicher als erwartet erwiesen. Es ergänzte die schrägte Geschichte meiner Beziehung zu Pierce um eine weitere Schicht.

Wusste er, was sich zugetragen hatte? Außerdem kam mir die Frage in den Sinn, wieso die Brüder weiterhin Geschäfte mit Draco tätigten. Andererseits kehrte man Geschäftsverbindungen mit der Mafia wohl nicht einfach so den Rücken zu, nur weil man sauer auf deren Boss war.

»Ich hab nur die Zeit im Garten totgeschlagen und mit einem einsamen alten Mann geplaudert. Du hast dich ja verspätet, weil du dich wieder mal zu sehr in deinen geliebten Pflanzen verloren hast.«

»Von wegen einsamer alter Mann. Ist dir klar, mit wem du geredet hast?«

»Ich hab's ziemlich schnell bemerkt. Du weißt schon, wegen den einschüchternden Muskelpaketen in Anzügen, die unscheinbar wirken wollten und dabei kläglich versagt haben.«

»Und?«

»Und was? Das Gespräch hat mir geholfen, ein paar Dinge zu verstehen.«

»Ich schwör dir, Amelia, wenn ich deswegen Ärger mit Hagen bekomme, trete ich dir in den Arsch.«

Ich grinste. »Ich würde zu gern sehen, wie du's versuchst, Mighty Mouse.«

Das war ein Dauerscherz in unserem Freundeskreis. Penny war die lebhafteste und zugleich die zierlichste von uns. Mit meiner Größe von eins dreiundsiebzig überragte ich sie deutlich.

»Wo waren deine Bodyguards?«

»Wie immer in der Nähe. Sie sind ständig bei mir.«

»Und sie hatten kein Problem damit?«

»Falls ja, waren sie so klug, sie nicht einzumischen, weil keine akute körperliche Gefahr für mich bestanden hat. Du weißt, dass ich praktisch andauernd in der Nähe von Sportlern bin, deren Hände registrierungspflichtige Waffen sind, oder?«

»Ich mein's ernst. Draco ist beängstigender als alles, was

dir je begegnen wird.«

»Wieso ist es bei dir in Ordnung, dass du mit ihm befreundet bist und ihm Whiskey spendierst, bei mir aber nicht?«

»Die Lage hat sich geändert. Ich hab mich für eine Seite entschieden und werde immer zu Hagen halten. Gott, ich glaube, da bahnen sich Kopfschmerzen an. Ich brauche jetzt einen Kurzen oder so.« Sie kniff sich den Nasenrücken. »Verdammt, ich hab bei Pierce noch kaum wiedergutgemacht, dass ich ihm das Wissen um seine Vaterschaft vorenthalten habe. Wenn er herausfindet, dass du mit Draco geredet hast, dreht er durch.«

»Erklärst du mir auch, warum? Ist ja nicht so, als wäre ich in die Geschäfte der Lykaios-Brüder eingeweiht.«

Penny warf mir einen finsteren Blick zu. »Treibst du es mit Pierce oder nicht?«

Ich zuckte zusammen und sah mich um. »Willst du es vielleicht noch ein bisschen lauter sagen? Ich glaube, es haben dich noch nicht alle im Casino gehört.«

»Das hast du verdient. Du bist wieder mit einem Mann zusammen, der mit Dracos Geschäften zu tun hat. Deine Sicherheit hat jetzt höhere Priorität als je zuvor.«

»Wir sind nicht wieder zusammen. Na ja, nicht offiziell«, antwortete ich, während ich die anderen Teile ihrer Aussage ignorierte. »Es ist kompliziert.«

Sie warf mir einen irritierten Blick zu, als wir uns der Mitarbeiterin am Eingang der Bar näherten. Wir folgten der langbeinigen Blondine zu unserem Tisch.

»Ich will damit nur sagen, dass sich Draco nicht bloß

zufällig im Garten herumgetrieben hat. Er ist gezielt auf dich zugegangen. Irgendetwas wollte er von dir.«

»Ja. Einen Rat darüber, ob ihm die Menschen, die er verletzt hat, je verzeihen können«, murmelte ich leise. Penny schnappte es trotzdem auf, erstarrte kurz und drehte sich mir zu.

»Sag das noch mal.«

»Du hast mich schon gehört.«

»Was hast du darauf erwidert?«

»Nur, dass er die Hoffnung nicht aufgeben soll. Weil die Zeit alles heilen kann.«

»Glaubst du das auch, oder ist das nur ein Ratschlag, den du an andere verteilst?«

»Was soll das heißen? Ich wäre nicht in Vegas, wenn ich Collin nicht verziehen hätte.«

»Ich rede nicht von Collin, und das weißt du auch. Bist du wieder mit Pierce zusammen, weil du hoffst, er wird dir verzeihen?«

Beinah hätte ich erneut geleugnet, wieder mit Pierce zusammen zu sein. »Vergebung gehört nicht zu den Dingen, über die wir uns unterhalten. Wir vermeiden es eher, über die Vergangenheit zu reden. Dort lauert eine Menge Schmerz auf uns. Außerdem kennen wir beide die Bedingungen unserer Vereinbarung. Nur so können wir sicherstellen, dass keiner von uns verletzt wird.«

»Wenn du das wirklich glaubst, dann glaubst du alles. Ihr zwei spielt russisches Roulette mit euren Herzen. Ihr seid verliebt ineinander und tut so, als wärt ihr es nicht. Das schreit geradezu nach Kummer.«

Wir unterbrachen unser Gespräch, als Henna und Anaya

von ihren Plätzen an einem Aussichtspunkt mit Blick auf den Strip von Las Vegas aufsprangen.

»Wird auch Zeit, dass ihr endlich kommt.« Anaya umarmte sowohl Penny als auch mich innig. »Mädel, ich weiß, dass man in Europa legal unter einundzwanzig trinken darf, aber hier nicht. Hagen könnte ernste Schwierigkeiten kriegen, wenn du erwischt wirst.« Penny warf erst Anaya einen finsteren Blick zu, dann Henna. »Und du lässt das zu?«

»Ach, halt die Luft an.« Henna reichte Anaya einen Zwanzig-Dollar-Schein. »Anaya hat gesagt, sie könnte dich auf die Palme bringen, und das hat sie. Manchmal bist du zu sittsam und verklemmt.«

»Sie hat dich eiskalt erwischt.« Ich fing zu lachen an. »Du musst im Schlafzimmer der Wahnsinn sein, dass du den Mann, den man als Meister der Sünde kennt, um den Finger gewickelt hast.«

»Da redet die Richtige«, konterte Penny. »Was für Spielchen treibst du denn mit dem Mann, der als Meister der Spiele bekannt ist?«

»Genau. Ich habe Gerüchte gehört, dass ihr zwei zusammen seid. Bitte sag, dass es stimmt.« Anaya faltete die Hände, als würde sie beten. »Heißt das, du stehst auf ...« Abrupt verstummte sie, zuckte zusammen und schauderte. »Vergiss es, auf den Teil will ich keine Antwort.«

Ich verdrehte die Augen und setzte mich auf den freien Platz neben Henna.

»Ich schon.« Henna nahm wieder Platz und lehnte sich zu mir. »Stehst du auf leicht pervers, oder ist es doch versauter?«

Eine Kellnerin stellte Drinks vor Penny und mir ab. Ich

schaute mit hochgezogener Augenbraue zu Penny. Sie zuckte mit den Schultern und lächelte.

Sie hatte den ältesten, knapp zwei Meter großen Lykaios-Bruder definitiv um den Finger gewickelt. »Ich plaudere nur über mein Privatleben, wenn du es auch tust«, sagte ich zu Henna.

Sie gab sich gern so, als wäre ihr Leben banal, aber ich wusste es besser.

»Welches Privatleben?« Sie ergriff ihren Cocktail und nippte daran. »Ich arbeite, schlafe und hänge mit euch Mädels ab, wenn ich einen freien Moment habe. Dir ist schon klar, dass ich noch mehr um die Ohren habe, seit ihr beschlossen habt, einen Kampf in Vegas zu organisieren, oder?«

»Blödsinn«, sagten Penny und Anaya unisono.

»Dann sagt mir, wann ich zuletzt was anderes nur zum Spaß gemacht habe, als mich mit einer von euch zu treffen?«

»Letzte Nacht beim Pokerspiel mit diesen Haien, die du so gern umwirbst«, antwortete Penny. »Das war Arbeit.« Henna runzelte die Stirn. »Ich muss die Wale umwerben, damit die Lykaios-Brüder nicht die Oberhand kriegen.«

»Das kauf ich dir nicht ab«, sagte ich, da ich wusste, was meine Freundin getrieben hatte. »Wer hat denn bis vier Uhr morgens gegen einen bestimmten Lykaios-Bruder gespielt?«

»Er hat eine Wette auf den Tisch gepackt. Ich konnte nicht ablehnen.« Hennas Augen wurden groß, als ihr klar wurde, was sie gerade gesagt hatte. »Woher ... Wer hat es dir gesagt? Oh Mist. Pierce. Es muss mehr als reiner Matratzensport dahinterstecken, wenn ihr tatsächlich miteinander redet.«

Eines Tages würde die knisternde Chemie zwischen Zack und ihr zu einer Explosion führen. Sie mochten auf gegenüberliegenden Seiten in der Welt der Casino-Imperien stehen, doch das würde sie nicht davon abhalten, die Laken in Brand zu setzen.

Anaya klatschte auf den Tisch und lenkte meine Aufmerksamkeit damit wieder auf sie. »Also treibst du es mit dem heißblütigen Meister der Spiele?«

Henna grinste. Sie wusste genau, dass somit wieder ich im Rampenlicht stand.

Aber ich ging über Anayas Frage hinweg und sagte: »Nur, damit ihr's wisst, er kann die Bezeichnung nicht ausstehen.«

»Du könntest wenigstens meine Neugier befriedigen. Ich bin die nächsten vier Monate weg. Ich brauche ein bisschen deftigen Klatsch, um mich über Wasser zu halten, bis ich wieder zu Hause bin.«

Ich zog eine Augenbraue hoch. »Dafür sind die Magazine da, die du so gern hortest.«

»Na schön.« Anaya verschränkte die Arme vor der Brust und tat so, als würde sie schmollen. »Trinken darf ich ja nicht. Also lasst uns irgendwas super Ungesundes zu essen bestellen und versprecht mir, dass ihr zusammen mit mir völlert, ohne darüber zu klagen, dass wir uns die Kalorien für eine ganze Woche auf einmal reinziehen.«

Gott, was liebte ich sie. Anaya war die kleine Schwester, die ich nie hatte, und ließ mich die Rolle ihrer Aufpasserin spielen.

»Ach, was hätte ich gern den Stoffwechsel einer Zwanzigjährigen«, meinte Penny und reichte mir eine Speisekarte.

16

Pierce

»ZAHL MICH AUS.« Hagen runzelte die Stirn und warf seine Karten auf den Tisch. »Ich schwör dir, ich werd ihr den Hintern versohlen.«

»Macht dir Penny das Leben schwer?«, fragte ich und legte meine Karten auf den Pokertisch.

Statt der wöchentlichen Besprechung mit Zack und Hagen hatten wir beschlossen, einen Pokerabend mit ein paar Freunden zu veranstalten – Ronak, Jackson und Arran. Alle waren zufällig wegen verschiedener Angelegenheiten in der Stadt, was uns die Möglichkeit bot, zusammen abzuhängen.

Ronak war aufstrebender Regisseur in Hollywood und hatte eine Vorliebe für Starlets. Jackson war der Mann mit dem Geld hinter vielen der HPZ-Immobilien. Im Wesentlichen unser Banker.

Und dann war da noch Arran. Er gehörte zu meinen engsten Freunden und war Leadsänger von Onyx Stone. Außerdem verkörperte er den Berühmtesten und Berüchtigtsten unserer Runde, bekannt für seine harten Texte, sein gutes Aussehen und seine hochkarätigen Romanzen.

Kennengelernt hatten wir uns am College, wo er Physik studiert hatte. Und wir waren Freunde geblieben, nachdem wir beide das Studium abgebrochen hatten, um verschiedene Karrieren zu verfolgen.

Ich hatte bisher fast zehntausend verloren, während Zack mit rund fünfundzwanzig im Plus war. Unfassbar, was für ein glückliches Händchen er hatte. Ich kannte nur zwei Leute, die es mit meinem kleinen Bruder aufnehmen konnten: Penny und Henna. Nein, das stimmte nicht – die Einzige auf Zacks Stufe beim Kartenspielen war Henna.

»Könnte man so sagen.« Hagen knirschte mit den Zähnen. »Unsere Frauen sind im *Nyx*.«

Unsere Frauen. Gefiel mir, wie sich das für Amelia anhörte. »Und inwiefern ist das schlecht?«, fragte Arran.

»Sie haben ihre Bodyguards abgeschüttelt und beschlossen, auf den VIP-Bereich zu verzichten, um sich auf der allgemeinen Tanzfläche zu vergnügen.« Hagen schob sich vom Tisch zurück und fuhr sich mit der Hand durch das kurze Haar.

»Du bist zu verdammt überfürsorglich bei deiner Starlight.« Zack schüttelte den Kopf. »Lass sie doch Spaß haben. Wir haben überall im Club unsere Leute. Die passen schon auf sie auf.«

»Die Frauen haben beschlossen, in die Käfige zu klettern

und den Leuten eine Show zu bieten.« Hagen zeigte das Display seines Handys in unsere Richtung.

»Mann, sehen die heiß aus«, merkte Jackson an und erntete dafür einen vernichtenden Blick von Hagen.

Es lief ein Video von Penny und Amelia, Rücken an Rücken. Sie hielten sich an den Gitterstäben des riesigen Vogelkäfigs fest, während sie sich räkelten und die von kurzen Röcken bedeckten Hintern aneinander rieben. Haufenweise Männern umringten sie, und die Frauen schienen die Aufmerksamkeit, die sie erregten, gar nicht zu bemerken.

Ich knirschte mit den Zähnen. Dafür würde ich mehr tun, als Ames Hintern mit der Klatsche zu bearbeiten, wenn wir allein wären. Sie stellte zur Schau, was mir gehörte.

Als das Video zum nächsten Käfig schwenkte, sprang Zack mit wutentbrannter Miene auf.

Man sah Henna, die sich auf Tuchfühlung mit einem der Tänzer des Clubs verrenkte. Seine Hand ruhte auf ihrem Hintern, und sie schienen mächtig Spaß zu haben.

Anaya wirkte als Einzige nüchtern. Sie saß auf der Bar, strampelte mit den Füßen und wiegte sich im Takt der Musik. Wenigstens besaß meine kleine Schwester genug Vernunft, nicht zu trinken, obwohl es die anderen sichtlich getan hatten.

Gott, ich hatte eine Schwester, die alt genug war, um Diskotheken zu besuchen. Aber halt – sie war erst zwanzig. Sie hätte gar nicht in den Club gelassen werden sollen.

Wenn Hagen nichts zu Penny sagen würde, dann würde ich es mit Sicherheit tun. »Gehen wir«, befahl Zack.

»Willst du immer noch behaupten, dass zwischen euch

beiden nichts läuft?«, fragte Ronak, als er aufstand. »Wenn ihr zwei es nicht treibt, bin ich der Kaiser von China.«

»Und ich 'ne Primaballerina«, fügte Jackson hinzu, bevor er mit Ronak abklatschte. »Arschlöcher«, brummelte Zack.

Arran trank seinen Scotch aus und erhob sich. »Hat jemand 'ne Baseballmütze? Ich kann echt keine Aufmerksamkeit dafür gebrauchen, dass ich den Brüdern Lykaios helfe, ihre Frauen in den Griff zu kriegen.« Arrans Bodyguard reichte ihm eine Mütze.

»Wo ist Adrian?«, fragte Hagen und begann, eine Nachricht in sein Handy zu tippen.

»Lass ihn da raus. Er kümmert sich um die Sicherheitsvorkehrungen für den Kampf. Dafür bezahlen wir ihn.«

»Er sollte auf seine Schwester aufpassen und sie und ihre Freundinnen aus Ärger raushalten.« Zack schnappte sich sein Telefon vom Rand des Pokertischs und steuerte auf die Tür der Lounge zu, in der wir uns befanden.

»Er ist nicht ihr Aufpasser.« Ich musste den Jungen verteidigen. Er war erst einundzwanzig und hatte keine Kontrolle über seine Schwester und ihre Freundinnen.

Zack musste noch eine Menge lernen, wenn er tatsächlich glaubte, Adrian hätte irgendeinen Einfluss auf diese Frauen. Der Arme mochte ihre Familie sein, aber er wäre geliefert, wenn er auch nur wagte, ihnen einen Rat zu erteilen.

Keine fünfzehn Minuten später trafen wir im Club ein. Drinnen war es gerammelt voll, draußen wartete eine Schlange von mindestens hundert Leuten darauf, hineingelassen zu werden.

Eine Gruppe gut gekleideter Frauen, die alle wie Models

aussahen, ging an Jackson vorbei und erregte seine Aufmerksamkeit. »Vielleicht solltet lieber ihr euch darum kümmern. Sind ja eure Frauen. Uns kennen sie gar nicht.«

Jackson grinste und steuerte auf die Tanzfläche zu.

Ronak schüttelte den Kopf. »Wir sollten bei ihm bleiben und aufpassen, dass er keinen Ärger kriegt. Ist das Mindeste, was ich für seine Hilfe bei meinem letzten Projekt tun kann.«

Ronak, Arran und seine Sicherheitsleute folgten Jackson in die Menge.

»Eines Tages wird es mir eine Freude sein, diese Arschlöcher leiden zu sehen.« Ich starrte Ronak finster hinterher. »Dafür müssten sie erst mal das Konzept von Beziehungen ernst nehmen.« Zack suchte die Menge ab.

»Soweit ich weiß, hattest du eine ganze Reihe von Frauen, mit denen du dich regelmäßig vergnügt hast«, merkte Hagen an, als er die Mädels ins Visier nahm.

Wir drängten uns durch die Masse sich verrenkender Körper und blieben ein paar Meter von dort entfernt stehen, wo Henna, Amelia und Penny tanzten.

Anaya entdeckte uns zuerst und sprang von der Bar.

Ich schüttelte den Kopf, und sie verzog das Gesicht zu einer Grimasse, als sie zu den Käfigen schaute.

Hagen und ich gingen unter dem Käfig mit Penny und Amelia in Stellung. Die beiden waren zu beschäftigt damit, aneinander zu tanzen, um uns zu bemerken.

Wären wir nicht von Menschen umgeben gewesen, hätte ich es ausgesprochen geil gefunden, dass sie sich in einem Käfig eingesperrt befand. Sie glich einer Göttin in zehn Zentimeter hohen High Heels und einem Minikleid, das ihre mörderisch wohlgeformten Beine voll zur Geltung brachte.

Beine wie geschaffen dafür, sich um meine Taille zu schlängeln, während ich die Besitzerin um den Verstand vögelte.

Schweiß glitzerte in ihrem wunderschönen Gesicht. Genauso hatte sie letzte Nacht ausgesehen, während ich es ihr besorgt hatte.

In den letzten Wochen hatte ich sie bei jeder Gelegenheit genommen, und sie war jeder meiner Forderungen mit einer eigenen begegnet. Sobald wir uns berührten, verlagerte sich die Dynamik. Sie gab sich mir hin und ließ mich ihr Vergnügen wie noch nie zuvor kontrollieren.

Im Augenblick verlor sie sich vollkommen sorglos im Rhythmus der Musik. Keine Spur mehr von der knallharten Geschäftsfrau und fürsorglichen Mutter. Keine Spur von der stets disziplinierten ehemaligen Spitzensportlerin.

Als hätte sie mich gespürt, öffnete sie die Augen. Unsere Blicke begegneten sich. Ich sah keine Überraschung darin, nur Lust, als hätte sie beim Tanzen an mich gedacht.

Die Vorstellung jagte ein Zucken durch meine Lenden. Wir hatten nicht geplant, uns in dieser Nacht zu treffen, aber ich wollte das Lokal auf keinen Fall ohne sie verlassen.

Amelia bewegte sich näher zu den Gitterstäben, schwang die Hüften und leckte sich die Lippen.

Wären wir unter uns gewesen, hätte ich ihr befohlen, sich für mich auszuziehen und dann diese Lippen über meinen Schaft zu stülpen, was sie zweifellos genießen würde.

Ich will dich, bildeten ihre Lippen.

Schmunzelnd zog ich eine Augenbraue hoch. Sie war betrunken und geil. Wie hatte ich bloß all die Jahre ohne diese Frau überlebt?

Mehrere Männer fingen zu johlen und zu pfeifen an, was mich aus meinen Gedanken riss. Bevor ich mich den Schwachköpfen zuwenden konnte, hörte ich ein unverkennbares Knurren.

Hagen packte einen der Männer am Kragen und schleuderte ihn zurück.

Oh Mist. Hagen bewahrte an sich in jeder Lage eiskalte Ruhe – außer wenn es um Penny ging. Wenn es sich um seine zierliche Verlobte drehte, glich er einem brodelnden Vulkan, der jeden Moment ausbrechen konnte. »Raus da«, brüllte Hagen und drängte sich die Plattform zu den Käfigen hinauf.

Ich eilte hinter ihm her, dicht gefolgt von Zack. Aus dem Augenwinkel bekam ich mit, dass sich Jackson, Ronak und Arran in unsere Richtung bewegten.

Verdammt, das würde übel werden, wenn ich nicht schleunigst alle von hier weg brachte.

Hagen riss die Tür des Käfigs auf, packte Penny an der Taille und warf sie sich über die Schulter.

Nach einem Klaps auf ihren Hintern stapfte er in Richtung der Büros des Clubs los.

»Meine Tanzpartnerin ist weg.« Amelia torkelte mit wackeligen Schritten auf mich zu. Ich packte sie an den Hüften und half ihr auf die Plattform herunter.

Sie lächelte mich an. »In dem Käfig ist es viel spaßiger als in 'nem MMA-Ring. Keine blauen Flecken beim Rauskommen.«

Für die Frau gab es seit Wochen nichts anderes mehr als den Kampf. Und selbst in einer Nacht, die sie sich zur Entspannung gönnte, dachte sie an MMA.

Ich hatte noch nie eine Frau kennengelernt, die so hart

arbeitete. Als sie mir erzählt hatte, dass sie ganz Thanos International leitete und Vorstandsvorsitzende war, hatte ich erst gedacht, sie scherzte. Ja, sie hatte einen CEO, der die verschiedenen Sparten leitete, aber ein so großes Konglomerat zu beaufsichtigen, war keine leichte Aufgabe. Wenn sie nicht gerade für ihre Athleten arbeitete, prüfte sie zu jeder Tageszeit Geschäftsunterlagen und beratschlagte mit den Leitern der verschiedenen Unternehmen von Thanos International. Und da sie fast jede Nacht bei mir verbrachte, blieb ihr sehr wenig Zeit zum Schlafen. Die Frau glich einer Maschine.

»Bereit, nach Hause zu gehen?«

»Kommt ganz darauf an. Stecke ich in Schwierigkeiten?« Sie lallte die Worte.

Ich wäre überrascht, wenn sie nicht in der nächsten halben Stunde einschliefe. »Ja. Du hast andere sehen lassen, was mir gehört.«

»So kurz ist mein Kleid auch wieder nicht.« Mit gerunzelter Stirn zupfte sie am Saum, während sie versuchte, an mir das Gleichgewicht zu halten. »Der Rock reicht fast bis zu den Knien. Na ja, bei Penny zumindest.«

Wieso um alles in der Welt sie in einem für Penny geschneiderten Kleid steckte, überstieg mein Vorstellungsvermögen. Abgesehen vom Hintern war Penny rundum zierlich. Amelia bestand nur aus Kurven und straffen Muskeln. Eine Frau, die dazu bestimmt zu sein schien, jede noch so versaute Fantasie zu befriedigen, die ich mir vorstellen konnte.

»Süße, mit diesen Beinen reicht dir das Kleid gerade mal bis zur Hälfte der Oberschenkel.«

Ich führte sie zu dem Gang, durch den Hagen mit Penny verschwunden war.

Zuerst stieß sie übertrieben die Luft aus, dann seufzte sie und legte den Kopf auf meine Schulter. »Da hast du wohl recht. Ich bin ja auch gute fünfzehn Zentimeter größer als sie. He, ich hab ein Geheimnis.«

»Verrätst du es mir?«

Sie nickte und hob den Kopf, um mir ins Ohr zu flüstern – mit alles andere als leiser Stimme. »Ich war bisher nur einmal betrunken, und das bei meinem Ausflug mit den Mädels nach Tahiti. In Griechenland gibt's haufenweise Regeln, und ich durfte nie mehr als zwei Gläser von irgendwas trinken. Selbst, wenn ich mit Freundinnen nach Ibiza gejettet bin, hab ich nie was getrunken. Weißt du, die Boulevardpresse versucht ständig, Fotos vom Clan der Thanos zu kriegen. Es ist, als würde man in einer Petrischale leben. Außerdem muss ich als Leiterin von Thanos International und Vorstandsvorsitzende ein seriöses Image bewahren. Das ist die Doppelmoral, wenn eine Frau das Sagen hat.«

»War dein Mann nicht für seine Partys bekannt?«

Dara winkte ab. »Das war in seiner Zeit vor mir. Hat meine Schwiegergroßmutter gesagt. Außerdem war Stavros ein Kerl. Und Kerle können sich praktisch alles erlauben, ohne dieselben Gegenreaktionen wie Frauen zu kriegen. Ist nicht wirklich fair.«

»Wie kannst du mit Penny befreundet sein und nicht trinken?«

»Ich hab nicht gesagt, dass ich nie trinke. Ich hab gesagt, ich war bisher nur einmal betrunken. Und heute hab ich rausgefunden, dass ich überraschenderweise viel mehr vertrage, als ich dachte.«

»Süße, momentan verträgst du gar nichts mehr. Lass uns gehen.« Amelia wehrte sich und zwang mich, stehen zu bleiben.

»Ich kann nicht ohne Henna und Anaya abrauschen. Das wär unhöflich. Wir feiern gerade.« Sie drehte den Kopf und schaute zurück zur Bar.

Zack hatte Henna und Anaya zur Rede gestellt. Beide Frauen ließen seinen Vortrag mit vor der Brust verschränkten Armen über sich ergehen.

»Und was genau feiert ihr?«

»Anayas Sommerpraktikum in Genf.«

»Wenn du Anaya feierst, warum ist sie dann nicht betrunken?«

Amelia sah mich an, als wäre ich begriffsstutzig. »Weil sie zu jung ist. Wir würden doch nichts tun, was verursachen könnte, dass der Club schließen muss.«

»Anaya ist auch nicht alt genug, um überhaupt im Club *sein* zu dürfen.«

»Na ja, sie hat versprochen, nichts zu trinken, also haben wir sie durch den Hintereingang reingeschmuggelt. Hoppla.« Sie klatschte sich die Hand auf den Mund. »Das sollte Hagen nicht erfahren. Lass nicht zu, dass Hagen es erfährt. Okay?«

Was hatte sie bloß für Drinks gekippt? Ich hätte nie gedacht, dass Amelia in betrunkenem Zustand albern sein würde.

»Ich denke, das weiß er schon.«

»Oh nein. Das heißt, wir stecken in der Tinte. Wirst du mich mit der Klatsche bearbeiten?« Das Funkeln in ihren

Augen verriet mir, dass sie es genießen würde, wenn ich entschiede, ihr den Hintern zu röten.

»Nicht heute Nacht.«

Sie runzelte die Stirn, wirkte enttäuscht.

»Dann bringst du mich wohl besser nach Hause.« Sie senkte den Kopf auf meine Brust und schloss die Augen. »Mmm. Du riechst gut.«

Das war mein Stichwort zu gehen. Ich hob die Hand, gab Zack und den Jungs ein Zeichen.

Zack nickte kurz, dann setzte er die hitzige Diskussion mit Henna fort. Anaya suchte meinen Blick und kam zu uns gelaufen.

Gott, sie sah Mama so ähnlich. Wieso zum Teufel war mir das nicht schon längst aufgefallen? »Pierce, kannst du mich bitte bei mir zu Hause absetzen? Die zwei streiten sicher noch eine Weile, und ich muss mich morgen früh mit meinem Berater treffen.«

Anaya rang die Hände.

Hatte sie Angst, ich könnte ablehnen?

Seitdem ich erfahren hatte, dass sie meine Schwester war, brachte es mich fast um, keine Beziehung zu ihr zu haben. »Gern. Hilf mir nur zuerst, dieses Ass hier ins Auto zu verfrachten. Sie schläft schon fast im Stehen ein.«

Etwa zehn Minuten später hatten wir es uns mit Amelia auf dem Rücksitz eines der SUV des *Ida* bequem gemacht. Anaya und ich hatten sie in die Mitte genommen.

»Nur, damit du's weißt, es war nicht ihre Idee zu trinken. Sie verträgt nichts. Ist schon immer so gewesen.«

»Hat sie mir schon gebeichtet.« Ich streichelte Amelias Rücken. »Wie viel hatte sie?«

»Zwei Martinis, aber ich bin mir nicht sicher, wie viele Gläser Firewater es danach waren. So zwischen fünf und fünfzehn, schätze ich.«

»Fünfzehn?«

»Na ja, so viele hatten Penny und Henna. Die zwei könnten glatt einen Seemann unter den Tisch trinken. Liegt vielleicht daran, dass die beiden jahrelang alle Whiskeys von Penny getestet haben.«

»Stört es dich, dass sich Henna und Penny so nahe stehen?«

Sie runzelte die Stirn. »Natürlich nicht. Ich bin vielleicht die kleine Schwester, aber sie haben mir nie das Gefühl gegeben, nicht dazuzugehören. Allerdings wünschte ich schon, ich hätte mehr Familie. Penny ist die einzige erweiterte Verwandte, die ich habe. Sonst wollte niemand etwas mit uns zu tun haben. Ist nicht immer einfach, dass es nur Henna, Mama und mich gibt. Du weißt schon, besonders nach allem, was Dad getan hat.«

Gott, wie musste es für sie gewesen sein, mit dem Stigma von Victor Anthonys Verbrechen aufzuwachsen? »Na ja, du hast ja auch uns. Hagen, Zack und ich werden immer für dich da sein.«

Sie schien verdutzt über meine Worte zu sein und starrte mich an. »Wegen Penny?«

»Nein, deinetwegen. Wir mögen dich. Außerdem wäre es schön, ein weiteres Genie greifbar zu haben, das Adrian Kipos das Wasser reichen kann.«

»Danke.« Sie schenkte mir mit wässrigen Augen ein Lächeln, und eine Sekunde lang dachte ich, Sehnsucht in ihrem Blick zu erkennen.

Konnte sie die Wahrheit kennen?

Selbst wenn es so wäre, schien es nicht der richtige Zeitpunkt zu sein, um sie zu fragen. »Erzählst du mir von diesem Praktikum?«

ICH TRUG Amelia in mein Penthouse und steuerte schnurstracks ins Schlafzimmer. Während der Fahrt hatte sie sich kaum gerührt.

In gewisser Weise war ich froh über die Gelegenheit, mit Anaya zu reden, während wir sie nach Hause brachten, auch wenn es nur zwanzig kurze Minuten waren. Sie wirkte so energiegeladen und unbekümmert, doch ich wurde das Gefühl nicht los, dass es sich dabei nur um eine Fassade handelte. Vereinzelt sah ich Emotionen aufflackern, die mir verrieten, dass sie nicht so vor Selbstbewusstsein strotzte, wie sie jedermann glauben lassen wollte. Das wurde besonders deutlich, als ich sie fragte, ob sie bereit für ihren Crashkurs in internationaler Wirtschaft wäre. Irgendetwas an diesem Praktikum warf in mir die Frage auf, was sie neben dem Lernen in Genf noch vorhatte.

Ich hielt den Mund, da ich kein Thema anschneiden wollte, in das ich mich eigentlich nicht einmischen sollte. Stattdessen würde ich Henna zu einem späteren Zeitpunkt darauf ansprechen.

Dann kam mir ein Gedanke. Ich hatte eine Halbschwester, die eine Halbschwester von Henna war, ihrerseits eine Cousine ersten Grades von Penny. Und obendrein heiratete mein Bruder Penny, wodurch wir alle auf so viele Arten miteinander verwandt waren, dass es den Verstand überstieg.

Ein Lachen rutschte mir heraus.

Verdammt, steckte ich in einer griechischen Seifenoper fest?

»Was ist so komisch?« Amelia hob den Kopf. Ihre Augen wirkten noch trüb vom Alkohol, aber wenigstens rollten sie nicht mehr nach oben.

»Du. Ich lasse dich nie wieder mit Penny ausgehen. Die Frau ist ein schlechter Einfluss.«

»Kannst du vergessen. Sie ist praktisch meine Schwester. Wenn sie feiern will, feiere ich auch.«

Sie rieb sich die Stirn, als ich sie in meinem Badezimmer auf den Waschtisch setzte. »Aber ich werd mich nicht mehr von ihr dazu überreden lassen, jedes Mal einen Kurzen zu trinken, wenn Henna von einem Kerl angebaggert wird. Die Frau zieht Männer an wie Honig die Fliegen.«

»Henna ist wunderschön.« Ich öffnete eine Schublade, nahm einen Waschlappen heraus und drehte den Wasserhahn am Waschbecken auf, um das Wasser warmlaufen zu lassen.

»Ich weiß.« Amelia lehnte sich zurück, bis ihr Kopf am gerahmten Spiegel über dem Waschtisch ruhte. »Sie hat die makellose Haut und die ausdrucksstarken Augen eines Bollywood-Stars, das Mode- und Körperbewusstsein eines Models und die Intelligenz eines jagenden Haifischs. Kein Wunder, dass sie Zack um den Verstand bringt.«

»Also hast du die Chemie bemerkt, ja?« Ich befeuchtete den Waschlappen mit warmem Wasser, fügte ein wenig Seife hinzu und begann dann, sanft das Make-up von Amelias Haut zu entfernen.

Wieso zum Geier hatte sie so viel Schminke im Gesicht? Sie war auch ohne schön. »Ist kaum zu übersehen. Obwohl es beide nicht zugeben würden. Ich glaube, es liegt an Collin.

Henna verehrt ihn, und Zack – na ja, jedermann weiß, wie Zack über ihn denkt. Er war nie gut darin, seine Emotionen zu verstecken, schon gar nicht, wenn es um Collin geht.«

»Zack ist Zack.« Nachdem ich ihr Gesicht fertig gesäubert hatte, legte ich den Waschlappen ab und holte eine Zahnbürste aus einer anderen Schublade.

Wir schwiegen, während ich ihr die Zähne putzte.

Ihr Kopf rollte zur Seite, dann stöhnte sie, als sie sich wieder zu mir drehte. »Pierce?«

»Ja.«

»Ich bin immer noch betrunken.«

»Ich weiß, Süße. Bleib hier. Ich hol dir etwas, damit du morgen früh keinen Kater hast.«

»Okay. Der Spiegel ist sehr gemütlich.«

Kopfschüttelnd ging ich rasch in die Küche, holte das Katergebräu, auf das Zack schwor, und brachte es Amelia.

Sie hatte keinen Muskel gerührt, seit ich gegangen war. »Rutsch runter und trink das.«

Sie rümpfte die Nase, als ihr der Geruch des Getränks in die Nase stieg. »Muss ich? Riecht furchtbar.«

»Ja, aber es wirkt.«

Sie schluckte es runter und schnappte wegen des widerlichen Geschmacks nach Luft. Ich reichte ihr ein Glas Wasser, damit sie sich den Mund ausspülen konnte.

»Wenn mich das nach jeder durchgefeierten Nacht erwartet, trink ich nie wieder was.«

»Gut. Jetzt will ich dir dieses Ding ausziehen, das du Kleid nennst.«

Ich half ihr beim Aufstehen und öffnete den Reißverschluss ihres Kleids, während sie die Stirn an meine Brust lehnte. Als der Stoff zu Boden rieselte, knirschte ich mit den Zähnen. Sie trug unter dem knappen Outfit nur einen kaum vorhandenen Tanga.

Mein bestes Stück zuckte, wünschte sich nichts sehnlicher, als Amelia umzudrehen und sich tief in ihr zu versenken.

Ich stieß den Atem aus und fädelt die Finger in ihr Haar, um sie an mich zu drücken. »Warum bist du so ruhig?«, flüsterte sie.

Wenn sie nur wüsste, wie weit entfernt von ruhig ich in Wirklichkeit war. »Wie sollte ich denn sonst sein?«

»Ich hab den Ausdruck in deinen Augen gesehen, als ich in dem Käfig war. Da war mir nicht sicher, ob du mich züchtigen oder ficken wolltest.«

Mein bestes Stück zuckte nicht mehr nur, sondern richtete sich vollständig auf. Der Gedanke, sie auszupeitschen und ihr dann den Höhepunkt zu verweigern, wäre eine verlockende Möglichkeit für die Zukunft.

»Lass uns jetzt nicht darüber reden. Du musst erst mal deinen Rausch ausschlafen.«

»Stecke ich in Schwierigkeiten?«

»Ja. Du hast deine Bodyguards abgeschüttelt.«

»Nein, hab ich nicht. Penny hat ihre abgeschüttelt – na ja, zumindest die von Hagen eingeteilten. Meine sind immer in der Nähe. Die meiste Zeit bemerkt sie bloß niemand.«

»Wie meinst du das, sie sind immer in der Nähe?«

»Stavros hat gleich nach unserer Hochzeit ein Team für

mich engagiert. Alles Agentinnen von verschiedenen Nachrichtendiensten. Wann immer sie nicht im Einsatz sind, beschützen sie mich abwechselnd. Mit den meisten bin ich gut befreundet. Ein paar von ihnen beschützen auch Penny. Glaubst du, ich würde sie ohne Aufpasser in die Dschungel Asiens reisen lassen, um dort blöde Holunderblüten zu suchen?«

Wie viel hatte diese Frau eigentlich um die Ohren? Zuerst hatte ich erfahren, dass sie eine Organisation im Wert von über hundert Milliarden Dollar leitete, wobei sie mit Frauenfeindlichkeit zu kämpfen hatte und versuchte, ein zurückhaltendes Leben zu führen, selten bis nie zu trinken. Nun fand ich auch noch heraus, dass sie ein eigenes Team von Spezialisten für verdeckte Einsätze als geheime Bodyguards hatte.

»Warum hast du nichts davon gesagt?« Ich führte sie zu meinem Bett.

»Weil sie wie Geister sein sollen. Die meiste Zeit merke ich selbst nicht, dass sie da sind.«

»Und sind sie auch mal wirklich nicht da?«

»Nur, wenn wir beide allein sind. Sie wissen, dass du eigene Sicherheitsleute hast.« Gott sei Dank für die kleinen Segen. Was Amelia und ich trieben, ging nur uns etwas an. »Pierce, Penny hat gemeint, ich rede zu viel, wenn ich betrunken bin.«

Das brachte mich zum Lächeln. Sie war von Natur aus ein ruhiger Mensch. Sie unaufgefordert so viel preisgeben zu hören, fand ich interessant und erfrischend.

»Allmählich merke ich das auch.«

Ich schlug die Decke zurück, half ihr auf die Laken und

rutschte vollständig angezogen neben sie. Amelia rückte das Kopfkissen zurecht und gähnte.

»Ruh dich aus, Süße.«

»Pierce«, murmelte sie und döste bereits ein. »Hasst du mich, wenn ich dir kein Baby schenken kann?« Ich musterte sie. Warum dachte sie ausgerechnet jetzt an ein Baby?

»Ich könnte dich nie hassen. Selbst wenn ich es wollte, könnte ich es nicht.«

»Also reicht dir Christopher, auch wenn du keinen Anspruch auf ihn erheben kannst?«

Es brachte mich regelrecht um, dass ich niemandem außerhalb meines kleinen Kreises die Wahrheit anvertrauen konnte. Und wenn ich ehrlich sein wollte, war ein mögliches weiteres Kind eher ein Mittel zum Zweck, um Amelia an mich zu binden.

»Ja.«

Sie legte mir die Hand auf die Wange. »Warum?«

»Weil sich das alles nur um dich dreht. Ich hab nie aufgehört, dich zu ...« Ich verstummte, als ihr die Augen zufielen und sie mit einem tiefen Atemzug in betrunkenen Schlaf fiel.

—

Amelia

MEIN TELEFON VIBRIERTE IRGENDWO in der Nähe meines Kopfs, und ich wollte nur noch sterben. Wer zum Teufel rief mich an?

Ich hielt Ausschau nach dem gottverdammten Gerät und ging schließlich mit den Worten ran: »Es sollte besser jemand tot sein oder im Sterben liegen.«

»*Amelia, Astros wird zu einem Problem*«, drang es auf Griechisch an mein Ohr. »Lucas?« Ich versuchte, den Nebel aus meinem Hirn zu vertreiben.

Wie viel hatte ich letzte Nacht getrunken? Mein gesamter Körper schmerzte, und auch mein Magen fühlte sich ziemlich flau an. Verdammt, so verschwommen, wie ich alles wahrnahm, war ich wahrscheinlich noch betrunken.

»*Ja, Amelia. Ich weiß, es ist bei dir erst vier Uhr morgens, aber wir müssen reden.*«

»*Wir haben doch für zehn einen Termin vereinbart, um die Vorstandssitzung zu besprechen. Ruf mich dann an. Jetzt muss ich schlafen.*«

»*Amelia! Wach auf. Wir müssen sofort reden.*«

Die Dringlichkeit in seiner Stimme riss mich aus meiner Benommenheit. Ich wischte mir mit der Hand übers Gesicht und rückte mit der anderen das Handy zurecht.

»*Na schön, gib mir eine Sekunde, um mein Gehirn anzuwerfen.*«

An der Stelle spürte ich eine Hand, die über meinen Bauch glitt und mich erstarren ließ.

»Mit wem redest du?«, fragte Pierce und sah mich mit verschlafenen blauen Augen an. Fuck. Ich hatte vergessen, dass ich Pierce einen Schlüssel gegeben hatte. Er muss reingekommen sein, nachdem ich zu Bett gegangen war. Moment mal – ich lag nicht in meinem eigenen Bett.

Als ich mich in dem schwach erhellten Raum umsah, wurde mir klar, dass ich mich in Pierce' Penthouse befand. Da fiel mir die vergangene Nacht ein und mein Anflug von hemmungslosem Geplapper.

Damit würde ich mich später auseinandersetzen müssen.

Ich hielt den Hörer vom Ohr weg, bedeckte das Mikrofon mit einer Hand und sagte: »Entschuldige. Ich wollte dich nicht wecken. Ich gehe nach nebenan. Schlaf weiter.«

Ich rutschte aus dem Bett und stöhnte, als mich ein Schwindelgefühl befiel. Verdammtes Firewater.

Nach ein paar Sekunden beruhigte sich mein Kopf. Ich trat den Weg in den Flur an und schloss die Tür hinter mir. Langsam ging ich auf das riesige Wohnzimmer zu, das vom Schein der Stadt unter mir erhellt wurde. Ich steuerte die überdimensionierte Couch neben dem Kamin an.

Nachdem ich die Beistelltischlampe eingeschaltet hatte, wickelte ich mich in eine Plüschdecke und ließ den Kopf zurückfallen. Ich fühlte mich lausig, und ausgerechnet jetzt wollte Lucas reden.

Ich liebte Stavros' Neffen und hatte es nie bereut, ihn als CEO von Thanos International eingesetzt zu haben. Er kannte das Geschäft besser, als ich es je kennenlernen konnte, da er damit aufgewachsen war.

Seinen ersten Job dort hatte er im Alter von vierzehn Jahren als Postjunge. Dass ich trotz unseres gleichen Alters seine Tante war, brachte mich immer wieder zum Lachen.

Im Grunde war Lucas von Stavros und Sylvia großgezogen worden. Stavros' Bruder konnte überhaupt nichts damit anfangen, ein Kind zu erziehen, und beschloss deshalb, seinen Sohn Stavros und Sara zu überlassen. Als Sara dann gestorben war, hatte Sylvia ihre Rolle übernommen.

»Okay. Jetzt können wir reden. Ich stelle auf laut. Bin zu müde, um das Telefon zu halten.«

»War das ein Mann in deinem Bett? Oder übst du die tiefe Stimme für mögliche Auftritte, falls es als Promoterin nicht klappt?«

In Lucas' Stimme schwang ein Anflug von Belustigung mit.

»Ich war gestern Nacht mit Penny aus und hab mich dabei nicht wie eine vorbildliche Thanos verhalten. Jetzt leide ich unter den Folgen und bin alles andere als gut drauf.«

In dem Moment wurde mir klar, dass Lucas etwas von Astros erwähnt hatte.

»Hast du was über Astros gesagt?«

»Ja. Wie von dir vorausgesehen war der Vorstand geteilt. Als ich deine Stimme geöffnet und verlesen habe, dass du gegen den Verkauf der Schiffswerft bist, ist Astros aus der Haut gefahren. Er hat behauptet, deine Stimmabgabe wäre ungültig, und du müsstest persönlich anwesend sein, damit sie zählt.«

»Das ist Blödsinn. Ich hab mich an das in der Firmensatzung festgeschriebene Verfahren gehalten.« Ich kniff mir den Nasenrücken.

»Das hat dich auch gerettet. Du hast das Verfahren so akribisch befolgt, dass Astros die Gültigkeit deiner Stimme nicht wirklich anfechten konnte.«

»Ist ja nicht so, als hätte ich dafür gestimmt, ihn aus dem Vorstand zu werfen.« Eine Position, die er nur aufgrund seiner Freundschaft mit Stavros hatte, nicht weil er irgendeinen Wert ins Unternehmen einbrachte.

»*Daraufhin hat er dem Vorstand gesagt, du würdest Stavros' Andenken besudeln, indem du dich mit deinem früheren Lover vergnügst.*«

»*Dieser Mistkerl. Allmählich fange ich an, ihn zu hassen, Lucas. Nicht ich hab den Ruf eines Schürzenjägers.*«

»*Das weiß ich, Cara. Aber du und Sylvia sind die einzigen Frauen, die das Unternehmen je geleitet haben. Bei dir legen sie andere Maßstäbe an als bei ...*« Abrupt verstummte er.

»*Als bei einem Mann. Das hab ich so was von satt. Erwarten sie von mir, dass ich für den Rest meines Lebens um Stavros trauere, in dem Single bleibe und allein lebe?*«

»*Ist es ernst mit Lykaios?*«

Ich zögerte mit der Antwort, bevor ich gestand: »*Ja.*«

»*Sie werden dich vor die Wahl stellen, und Astros wird dabei federführend sein.*«

»*Mit anderen Worten: Ich muss meine Loyalität gegenüber Stavros und seinem Erbe beweisen. Ich muss beweisen, dass ich des Namens Thanos würdig bin.*«

»*Mein Onkel hätte nicht gewollt, dass du so lebst. Es ist keine Schande, ihnen zu sagen, sie sollen sich verpissen. Ist ja nicht so, als könnten sie dich absetzen. Das kann nur Sylvia, und sie liebt dich.*«

Der Gedanke an meine Schwiegergroßmutter brachte mich zum Lächeln. Sie hatte die Familie nach dem Tod ihres Ehemanns zusammengehalten. Ich würde nie etwas tun wollen, das ihr Schande bereitete.

»*Lass uns erst sehen, welche Schritte Astros unternimmt, bevor wir anfangen, vom schlimmsten Fall auszugehen.*«

»*Cara, das ist der schlimmste Fall. Einiges davon, was er über dich gesagt hat, will ich nicht mal wiederholen. Er nutzt die*

Voreingenommenheit der älteren Vorstandsmitglieder gegenüber Frauen und setzt sie gegen dich ein.«

»Das biege ich schon hin. Du musst dich nur um die Aufgaben kümmern, die ich dir gegeben habe.«

Lucas seufzte. *»In Ordnung. Ist es wirklich so wichtig, dass Stavros' Vermächtnis makellos bleibt? Er war nicht perfekt, hatte selbst einen Ruf.«*

»Er war gut zu mir.«

»Cara. Du darfst eine Entscheidung über deine Zukunft nicht auf Stavros begründen. Wenn du zwischen deiner Beziehung zu Lykaios und dem Unternehmen wählen müsstest, wofür würdest du dich entscheiden?«

»Ganz gleich, wie sehr es mich schmerzen würde, ich würde mich für Stavros' Vermächtnis entscheiden.«

»Ich dachte mir schon, dass du das sagen würdest. Bevor ich dich in Ruhe lasse, will ich dir noch sagen, dass du ab nächster Woche nicht mehr die einzige Frau mit Zugang zur Männerdomäne der Zentrale sein wirst.«

Ich lächelte. *»Olivia hat den Job angenommen. Das freut mich sehr.«*

Olivia war die Tochter von Stavros' Cousine, witzig, klug und ehrgeizig. Außerdem war sie die erste Frau, die seit sechzig Jahren in die Familie Thanos hineingeboren wurde, was die rein männliche Herrschaft des Clans verwässerte.

Ein Gähnen entrang sich mir. *»Lucas, ich muss jetzt ein bisschen schlafen. Ruf mich an, falls sich irgendwas ändert.«*

»Wird gemacht.«

17

Amelia

»ZEIT ZUM AUFSTEHEN, Ame.«

»Nein, noch fünf Minuten.« Ich erwachte aus tiefem Schlaf. »Es ist schon nach zehn. Ich kann dir nicht länger beim Schlafen zusehen.«

Als ich mich bewegen wollte, stellte ich fest, dass ich es nicht konnte. Abrupt schlug ich die Augen auf und erblickte Pierce. Er saß mit einer neunschwänzigen Katze in der Hand zwischen meinen gespreizten Beinen.

Außerdem war er nackt und hatte eine stahlharte Erektion, die sich in Richtung seines Bauchnabels krümmte. Beim Anblick des beinah animalischen Ausdrucks in seinem Gesicht zog sich meine Scham zusammen.

Als ich ruckartig die Arme bewegte, spürte ich den Biss

von Metall an den Handgelenken. Er hatte mich an alle vier Ecken des Betts gefesselt. Weit gespreizt lag ich da, völlig dem ausgeliefert, was er vorhatte.

Ich spürte, wie mir Hitze ins Gesicht kroch. Dann setzte die Erkenntnis ein, dass mir die Konsequenzen dafür blühten, wie ich letzte Nacht über die Stränge geschlagen hatte.

Ich spürte, wie ich feucht wurde.

Mir entging keineswegs, dass ich mich auf die Züchtigung mehr freute, als ich sie fürchtete. »Stecke ich in Schwierigkeiten?«

Er hob die Peitsche an und strich mit den neun Enden an meinen Beinen auf und ab. Die Knoten im Leder verursachten mir eine Gänsehaut. Ich konnte das bevorstehende Brennen fast schon spüren.

»Warum könntest du in Schwierigkeiten stecken?«

»Das Kleid.«

»Wäre ein möglicher Grund.«

Die Lederstriemen glitten über meinen Bauch hinauf und umkreisten erst einen Busen, dann den anderen. Meine Atmung reagierte auf die Berührungen und wurde abgehackt.

»Weil ich mit Penny in den Käfig gestiegen bin? Meine Sicherheitsleute waren da. Uns hätte nichts passieren können.«

Verdammt, sie waren immer da. Ich konnte nicht mal furzen, ohne dass sie es mitbekamen. Scheiße, hatte ich Pierce von ihnen erzählt? Vielleicht war er darüber verärgert.

»Könnte auch ein Grund sein. Du hast andere einen Blick auf etwas werfen lassen, das mir gehört.«

»Woran liegt es dann?«

Statt zu antworten, schnippte er mit dem Handgelenk, und die Peitsche landete auf der Erhebung meiner linken Brust.

»Oh Gott!«, schrie ich auf, stieß den Atem aus und zuckte gegen die Fesseln, die meinen Körper auf der Matratze fixierten. Langsam sickerte das Stechen in meine Haut, bevor es zu einem herrlichen Kribbeln abklang.

Bevor ich gewappnet war, schlug er auf die rechte Brust und streifte meine Brustwarze. Sternchen blitzten in meiner Sicht auf, und ein bedürftiges Stöhnen drang mir über die Lippen.

Meine Mitte begann zu pulsieren, ein Gefühl von Euphorie breitete sich in meinem Geist aus.

Seine Lippen und seine Zunge liebkosten die gereizte Haut und verstärkten die Empfindungen.

»Willst du mehr?«, fragte er an meinem Nippel und saugte daran, bis er sich hart und sehnsüchtig aufrichtete.

Ich nickte stumm, konnte mein Verlangen nicht aussprechen.

Er zog den Griff der Peitsche durch meine feuchte Erregung, die aus mir sickerte, dann wandte er die Aufmerksamkeit dem anderen Nippel zu.

»Ich kann dich nicht hören.«

»Bitte, ich brauche mehr«, brachte ich irgendwie heraus.

»Das freut mich. Denn genau das kriegst du.«

Er fasste an seine Seite und ergriff etwas, das ich nicht sehen konnte. »Weißt du, was das ist?«

Er hielt zwei mit blauen und roten Steinen verzierte Klemmen zwischen den Fingern. Dazwischen erstreckte sich eine silberne Kette. In der Mitte baumelte ein Anhänger mit der Aufschrift *Eigentum*.

Nippelklemmen.

Die Steine sahen echt aus. Echte Saphire und Rubine. »Ja.«

»Ich hab sie für dich mit unseren Geburtssteinen anfertigen lassen.«

Ich musterte ihn und wusste nicht recht, was ich erwidern sollte. Was wir taten, genoss er nicht nur im Verborgenen. Es entsprach seinem Lebensstil. Einem Lebensstil, den ich geteilt hätte, wäre ich nicht gegangen.

Er ließ den Schmuck in die Vertiefung zwischen meinen Brüsten gleiten – das kühle Metall bildete einen scharfen Kontrast zu meiner erhitzten Haut.

Mit einer Hand kniff er mich beinah zu fest in die Brustwarze. Rasch ließ er wieder los und brachte eine Klemme so an, dass ich zwar den Schmerz spürte, aber nicht das Gefühl verlor. Er wiederholte den Vorgang am anderen Busen.

Die berauschende Mischung aus Schmerz und Erregung benebelte meinen Verstand. »Wunderschön.«

Sein erfreutes Brummen jagte mir ein Kribbeln über den Rücken.

»Etwas braucht dein Körper noch, bevor wir anfangen.«

Scharf atmete ich aus. »Was haben wir denn bis jetzt gemacht?«

»Vorspiel.«

Als ich mit einer frechen Erwiderung kontern wollte, zog er warnend eine dunkle Braue hoch.

Sein Zeichen dafür, dass es Konsequenzen nach sich ziehen würde, wenn ich noch ein Wort von mir gäbe. Und ich war überzeugt davon, dass sie Orgasmusverweigerung beinhalten würden. So hatte er in der Vergangenheit am liebsten zum Ausdruck gebracht, dass er verärgert war.

»Jetzt nur noch eins, um dich vorzubereiten.«

Er schob zwei mit Gleitgel beschmierte Finger in mich. »Gott, du bist so feucht, das hätte ich mir wahrscheinlich sparen können.«

Er zog sich zurück und ersetzte die Finger prompt durch einen festen, glatten Gegenstand. Der Dildo wurde in dem Moment eingeschaltet, als ich ihn in mir hatte.

»Oh.« Stöhnend bewegte ich die Hüften.

Die Vibration war auf niedrige Stufe eingestellt, darauf ausgelegt, zu erregen, zu quälen, aber nicht stark genug, um mich zum Höhepunkt zu bringen.

Er richtete sich auf und bewegte sich zur Seite des Betts. Sein wunderschöner nackter Körper präsentierte sich mir. Er ertappte mich dabei, wie ich ihn beobachtete, und schenkte mir ein lustvolles Grinsen.

»Fangen wir an.«

Er hob die Peitsche auf, und bevor ich mich auf etwas konzentrieren konnte, schlug er zu.

KLATSCH, KLATSCH, KLATSCH.

Scheiße, tat das weh. Tränen strömten mir aus den Augen, als sich Feuer über meinen Unterleib und meine Schenkel ausbreitete und meinen Körper mit heißem Verlangen erfüllte.

»Mehr«, bettelte ich. »Pierce, ich brauche mehr.«

»Bist du sicher?«

»Ja. Bitte hör nicht auf. Es ist so lange her.«

»Wie du willst.«

In den nächsten Minuten streichelte, peitschte und

zeichnete das Leder jeden Quadratzentimeter der Haut an Vorderseite meines Körpers. Kein Teil wurde verschont, auch nicht mein nackter Venushügel. Jedes Mal, wenn Pierce meine Muschi streifte, regelte er den Vibrator höher und trieb mich näher zur Ziellinie.

Mein Körper schrie unter der verruchten Mischung aus Schmerz und Lust. Es fühlte sich an, als stünde ich in Flammen, und ich wollte, brauchte mehr. Meine Nippel pulsierten, meine Pussy pochte, mein gesamtes Wesen sehnte sich nach Erlösung.

»Ich muss kommen. Bitte lass mich kommen.«
KLATSCH, KLATSCH, KLATSCH.

Ich rüttelte an den Handschellen und hatte keine Zweifel, dass meine Erregung das Laken unter mir durchnässte. Mein Innerstes zog sich um den vibrierenden Dildo in mir zusammen, doch egal, wie sehr ich es versuchte, ich konnte den Höhepunkt nicht erreichen.

Als ich schon dachte, ich würde überschnappen, ließ Pierce die Peitsche auf den Boden fallen und kroch auf allen vieren über mich. Seine mit einem Lusttropfen glänzende Erektion wippte zwischen uns. Sein hypnotischer blauer Blick begegnete meinem, als er eine Hand hob und sie mir auf die Wange legte.

»Wem gehörst du, Amelia?«

Mein Atem ging in flachen Stößen. Wenn er mich nicht gleich festhielte und es mir besorgte, würde ich den Verstand verlieren.

Mein Safeword lag mir auf der Zunge.

Er beugte sich herab und biss mir auf die Unterlippe. »Sag mir, wem du gehörst.«

»Jetzt gerade dir«, stieß ich atemlos hervor.

Ich wusste, es war die falsche Antwort, aber ich sagte es trotzdem. Immerhin würde ich zurück nach Griechenland müssen. Das war die einzige Möglichkeit, mich nicht wieder völlig in Pierce zu verlieren. Seine Berührungen berauschten mich, ließen mich so viel mehr wollen. Ich durfte keinem von uns beiden Hoffnung auf mehr machen, schon gar nicht nach dem Telefonat mit Lucas.

Wut und Schmerz traten in seinen Blick. »Nicht nur jetzt gerade. Für immer. Ich bin deine Sucht. Ich würde dich heimsuchen, dich vor Verlangen nach mir in den Wahnsinn treiben. Mich zu verlassen, kommt für uns beide nicht in Frage.«

»Pierce, nicht ...«

Ich sprach nicht weiter, als er die erste Klemme entfernte. Unwillkürlich schrie ich auf, als rasend Gefühl in meine Brustwarze zurückkehrte. Gleichzeitig zog sich mein Innerstes noch fester um den Vibrator zusammen.

Ein Taumel breitete sich in meinem Geist aus und verstärkte sich, als sich die zweite Klemme löste und ich dem Gipfel entgegenstürmte. Ich bäumte mich auf, schrie, warf mich hin und her, konnte mich nicht auf eine einzelne Empfindung oder den unkontrollierbaren Orgasmus konzentrieren.

»Pierce. Oh Gott! Pierce.«

Er kniete sich zwischen meine gespreizten Beine, zog den vibrierenden Dildo aus meiner triefenden Mitte und ersetzte ihn durch die Eichel seines steifen Schafts. Mein Körper schwebte noch in den Nachwehen der Entladung, die nicht ganz befriedigend gewesen war.

»Willst du das, Süße?«

»Ja. Ich brauche dich.«

»Wirklich?«

Meine Finger umklammerten die Handschellen, und ich warf den Kopf hin und her. »Ja. Bitte. Ohne dich reicht es nicht.«

Mein Geist, mein Herz und mein Körper vergingen sich nach ihm. Warum quälte er mich so?

Endlich versenkte er sich in mir. Mein Rücken wölbte sich durch, doch ich konnte nichts anderes tun, als seinen harten, unerbittlichen Sturmangriff hinzunehmen. Rhythmisch bewegte er sich in meinem prallen, sehnsüchtigen Kanal vor und zurück. Seine Oberschenkel rieben bei jedem Stoß an meinen, den Rest seines Körpers jedoch hielt er von meinem fern.

Ich sehnte mich nach mehr. Der Orgasmus von kurz zuvor war nur die Hälfte dessen gewesen, was ich brauchte. Ich wollte die Verbindung spüren, das Gleiten von Haut, die Wärme seines Körpers – den Geschmack seiner Lippen. Was wir jeden Tag geteilt hatten, seit all das begonnen hatte – außer heute.

»Bitte, ich brauche mehr. Ich brauche ...«

»Ich weiß, was du brauchst. Aber du bekommst es nicht. Ich will, dass du kennenlernst, wie sich das anfühlt. Ich will, dass du weißt, wie sehr es schmerzt, sich nach etwas zu sehnen, das so nah und doch unerreichbar ist.«

Damit stieß er weiter in mich, bearbeitete mich, bis ich den Gipfel erneut erklomm. Dann kamen wir gleichzeitig, riefen den Namen des anderen – und blieben dennoch unerfüllt zurück.

ICH NAHM KAUM WAHR, wie Pierce die Handschellen entfernte und danach das Gefühl in meine Glieder zurückmassierte.

Schweigend harrte ich aus, während er mich säuberte, eine Salbe auf meine Haut rieb und mich dann an sich zog.

So sollte es zwischen uns nicht sein. Die Perversion, die Spiele, der Schmerz – nur mit Gefühlen und Verlangen war es erfüllend. Was wir getan hatten, empfand ich als kalt, distanziert.

Ich drehte mich zur Seite.

»Es ist gar nicht darum gegangen, was im Club passiert ist, oder?«

Er hob den Arm, der sein Gesicht bedeckte, und sah mich an. »Nein.« In seiner Stimme schwang eine Resignation mit, die ich nicht nachvollziehen konnte. »Worum dann?«

»Sag du es mir.«

Ich stützte mich auf einen Arm und erwiderte: »Ich weiß es nicht.«

»Blödsinn.« Damit rollte er sich vom Bett und ging zum Badezimmer.

Ich folgte ihm. Unterwegs schnappte ich mir eines seiner Hemden von einer Stuhllehne und streifte es über. »Was zum Teufel soll das heißen?«

Er packte mich und drückte mich gegen die Wand. »Es soll heißen, dass du nur abwartest, bis du gehen musst. Du rechnest damit, dass es enden wird. Das hast du heute Morgen am Telefon gesagt. Ehrlich bist du zu mir nur während den Sessions und in betrunkenem Zustand gewesen.«

»Du hast mein Gespräch mit Lucas mitgehört?«

»Ich bin dir gefolgt, aber du hast es nicht bemerkt.« Fuck. Das hatte ich vergessen. Er beherrschte Griechisch fließend.

»Hast du Thanos so sehr geliebt, dass du eine Gruppe von Männern, die dich anscheinend verachten, dein Leben bestimmen lässt? Du gibst uns keine echte Chance.«

»Es ist kompliziert. Was ich schützen muss, ist …«

»Ich will's nicht hören.«

Er ließ mich los, ging weiter in das riesige Badezimmer und steuerte auf die Dusche zu. Nachdem er das Wasser aufgedreht hatte, trat er zurück und lehnte die Stirn an die Steinwand.

»Was spielt es schon für eine Rolle? Ich hätte es besser wissen müssen. Immerhin hab ich dich zu der Sache gezwungen. Ein Kind für ein Kind. Ich bin der Mistkerl, der dir den Deal angeboten hat.«

Innerlich zog sich mir alles zusammen.

»Du bist frei. Ich zwinge dich nicht mehr, mir noch ein Kind zu schenken. Ich zwinge dich nicht, etwas für mich zu sein, das du nicht sein willst. Alles, worum ich dich bitte, ist, dass du mir irgendeine Beziehung zu Christopher erlaubst. Ich denke, es ist besser, wenn wir uns voneinander fernhalten, außer, es lässt sich nicht vermeiden, dass wir uns sehen.«

Taubheit breitete sich durch mich aus. So sollte es nicht enden. Das war das Letzte, was ich wollte.

»Pierce«, sagte ich im Flüsterton. »Ich will nicht, dass endet, was wir haben.«

»Gott, Amelia. Ich versuche, das Richtige zu tun. Ich lass nicht zu, dass du mich noch mal zerstörst.« Er umklammerte die Steinkante der Duschkabine. So krampfhaft, dass seine Knöchel weiß hervortraten.

Langsam trat ich hinter ihm und ließ die Hände über seinen Bauch gleiten. Ich spürte, wie sich die Muskeln anspannten, als ich den Körper an ihn drückte und die Lippen auf seine Wirbelsäule senkte, direkt unter der Tätowierung, die seinen oberen Rücken bedeckte.

»Ich will dir nicht wehtun. Ich will mit dir zusammen sein.«

»Wie lange?«

»So lange ich kann.« Mehr konnte ich nicht versprechen.

»Was ist mit Christopher? Er wird bald hier sein. Was sollen wir ihm sagen?«

»Vorerst mal nicht, wer du wirklich bist.« Pierce' Haltung versteifte sich, also fuhr ich rasch fort: »Wenn er alt genug ist, um mit der Wahrheit umzugehen, sagen wir es ihm. Er verehrt dich geradezu als Helden. Er will unbedingt deinen Rekord schlagen. Lass uns zusammen essen gehen, sobald er in der Stadt ist. Dann kannst du ihn kennenlernen.«

»Und Stavros' Anspruch auf Christopher? Und dich?«

»Vorerst bleibt es so, wie es ist. Aber in Zukunft ... ich weiß es nicht.«

Bedauern breitete sich in mir aus, weil ich wusste, dass ich Pierce mehr wollte, als ich Stavros je gewollt hatte. Auf logischer Ebene wusste ich, dass Stavros nie über seine erste Frau hinweggekommen war. Er hatte auch mich geliebt, aber auf andere Weise.

In dem Moment drehte sich Pierce um und nahm mich in die Arme. Er hielt mich fest, als ich die Traurigkeit aus mir herausließ.

»Werde ich immer mit einem Toten konkurrieren müssen?«

Wie sollte ich ihm erklären, dass er keine Konkurrenz hatte, weil er in meinem Herzen immer an erster Stelle gestanden hatte? Ich hob den Kopf, um sein atemberaubendes Gesicht zu betrachten. »Pierce. Stavros ist nicht hier. Ich bin bei dir.«

»Wirklich?«

»Ja.« Ich stellte mich auf die Zehenspitzen und küsste den skeptischen Ausdruck von seinen Lippen.

Kaum hatten sich unsere Münder berührt, entfachte ein Feuer. Wir schmeckten, genossen uns gegenseitig, verschlangen uns regelrecht. Unsere Zungen duellierten sich, konnten nicht genug voneinander bekommen.

»Pierce«, stieß ich in einer Atempause hervor und holte mir prompt einen Nachschlag.

Ich liebte den Geschmack seines Kusses, der mich berauschte.

Ein Stöhnen grollte aus seiner Brust, als er die Hände um meinen Hintern legte und mich gegen seine wachsende Erektion hob. Instinktiv schlang ich die Beine um ihn und bewegte so die Hüften, dass seine Eichel durch meine feuchte Spalte rieb.

Er trug mich in die Duschkabine und drückte mich mit dem Rücken an die gefliese Wand. Der dampfende Wasserstrahl strömte über unsere Körper. Ohne meine Lippen freizugeben, senkte Pierce mich auf die Füße.

Er riss mir das durchnässte Hemd vom Leib. Sein Verlangen fühlte sich beinah überwältigend an, und mir kam nicht mal in den Sinn, seinen Ansturm zu bremsen.

Sein Mund wanderte leckend und knabbernd meinen Hals hinab zu meinem Busen und weiter, bis er tiefere Gefilde erreichte. Pierce leckte sich über die Lippen, bevor er sich nach vorn bewegte. Seine Zunge schob sich zwischen meine unteren Lippen. Er hob meine Beine an, hievte sie auf seine Schultern und labte sich weiter an mir. Seine Zunge umkreiste und leckte an meiner Lustperle, bis sie prall und sehnsüchtig wurde.

Ich hatte keine Kontrolle und wollte nichts anderes, als ihm das Kommando über meinen Körper zu überlassen. Mit einer Hand hielt ich mich am Duschkopf fest, die andere fädelte ich in Pierce' Haar.

Das Wasser prasselte auf meine Haut, was die Erotik nur zusätzlich verstärkte. Das zarte Pulsieren tief in meinem Innersten steigerte sich, kennzeichnete den Beginn meines Orgasmus.

Kaum hatte Pierce die Finger in mich geschoben und nach oben zu dem versteckten Nervenbündel am Eingang gewölbt, explodierte ich.

»Oh Pierce!« Ich krallte mich erbarmungslos in seinen dichten Ebenholzsträhnen fest, während Wellen der Ekstase über mich hinwegfluteten.

Langsam richtete sich Pierce auf. Er hielt mich immer noch hoch und brachte mich über seiner prallen Eichel in Stellung.

Als er zustieß, sah er mir tief in die Augen.

In dem Moment veränderte sich etwas zwischen uns. Als würden die Vergangenheit, die Gegenwart und die Zukunft miteinander verknüpft.

Ich schlang die Arme um seine Schultern und zog ihn

näher, küsste ihn mit allen Emotionen und aller Liebe, die ich für ihn empfand. Er reagierte auf dieselbe Weise. Dann bewegten wir uns synchron und liebten uns wie noch nie zuvor. Als wir diesmal kamen, war es inniger, leidenschaftlicher, emotionaler und erfüllend.

18

Amelia

EINIGE WOCHEN nach meiner betrunkenen Partynacht mit den Mädels und meinem Streit mit Pierce saß ich auf den Bänken in der Lykaios Trainingsanlage. Ich sah einen Ordner mit Angeboten für Werbespots durch, die Thanos Sports vor dem Kampf vergab, der in etwas mehr als fünf Wochen steigen würde. Ich hatte mehrere betreuungsintensive Sponsoren an der Hand, von denen ich wusste, dass sie unterschreiben würden. Allerdings erforderten sie mehr Energie, als ich erübrigen konnte.

Außerdem war Pierce nicht in der Stadt, und ich war sexuell frustriert.

»Und ist es was Ernstes, oder gibst du dich nur deinem Verlangen hin?«, fragte Apollo, als er auf mich zukam.

Er wischte sich das verschwitzte Gesicht mit dem

Handtuch um seinen Schultern ab und legte ein aufgeschlagenes Klatschmagazin vor mich. An prominenter Stelle zeigte ein Foto Pierce und mich beim Abendessen vor zwei Tagen. Sein Gesicht befand sich meinem zu nah für ein rein platonisches Treffen, obwohl man sonst nichts davon erkennen konnte, was sich unter dem Tischtuch abspielte.

Die Schlagzeile lautete: »Eindeutig mehr als Freunde.«

Ich konnte beinah spüren, wie Pierce' Finger langsam durch den Tanga meinen feuchten Schritt gestreichelt hatten. Während des gesamten Abendessens geilte er mich ununterbrochen auf, ging aber nie über die langsame, sinnliche Folter seiner Hand hinaus. Vor lauter Drang, zu kommen, hätte ich beinah den Verstand verloren. Dann hatte mich der Mistkerl zurück in mein Penthouse gebraucht und nur ein Wort gesagt: »Ausbildung.« Damit schlug er mir die Tür vor der Nase zu und ließ mich allein zurück, vom verzweifelten Drang erfüllt, zu kommen.

Unterschwellig hatte ich den Drang verspürt, die Sache selbst in die Hand zu nehmen. Allerdings hatte ich gewusst, dass es mir nicht die Erleichterung verschaffen würde, nach der ich mich sehnte, ganz gleich, wie oft ich es mir besorgt hätte. Im Augenblick befand sich der Arsch für ein wichtiges Meeting in New York, und ich war bei der Arbeit und brauchte es dringend.

Pfeif auf die Ausbildung. Ich hasste die Ausbildung.

Während ich beruhigend durchatmete, fuhr ich das Foto mit einer Fingerspitze nach und antwortete: »Es ist kompliziert.«

»Komm mir nicht mit dem Blödsinn. Dafür kenne ich dich schon zu lange. Ich hab die subtilen Veränderungen letzten

Monat bemerkt. Was immer da läuft, reicht viel tiefer als alles, was ich bei dir je erlebt habe. Und das schließt deine Beziehung zu Stavros ein.«

Kurz schloss ich die Augen, konnte die Wahrheit von Apollos Worten nicht leugnen.

Aber was sollte ich darauf erwidern? Dass es um mehr ging, als ein simples Verlangen zu befriedigen? Dass mich die unstillbare Sehnsucht erfüllte, mit Pierce Lykaios zusammen zu sein, es mit ihm zu treiben, ihn zu lieben? Ich musste irgendwie von ihm loskommen, bevor ich in mein sittsames, konservatives Leben in Griechenland zurückkehren würde. Ein Leben, vor dem mir mit jedem verstreichenden Tag mehr und mehr graute.

Wie sollte ich so tun, als hätte ich nicht das Bedürfnis nach Unterwerfung, Züchtigung und dem Lustschmerz, den mir Pierce' Hände bereiteten? Oder nach der Freiheit, ihn meine Welt kontrollieren zu lassen? Wie sollte ich in ein Unternehmen zurückkehren, in dem jede Entscheidung, die ich traf, wegen meines Geschlechts in Frage gestellt wurde? Wo ich eine eigene Firma gründen musste, an der mir wirklich etwas lag, um gegen die verqueren Ansichten der Leute um mich herum zu rebellieren.

Irgendetwas hatte sich zwischen Pierce und mir seit dem Streit in seinem Penthouse grundlegend verändert. Unser Privatleben hatte den Weg an die Öffentlichkeit gefunden.

Die Welt wusste, dass wir zusammen waren. Und die Spiele, die wir trieben, ließen sich nicht mehr verbergen. Aber wenn wir keine Aufmerksamkeit darauf lenkten, würde niemand erfahren, dass ich den Lebensstil führte, den ich zweifellos schon früher gehabt hätte, wenn Pierce und ich damals zusammen geblieben wären.

»Bekomme ich noch eine Antwort?« Apollo klang etwas irritiert. »Er war meine erste Liebe. Ein Teil solcher Gefühle stirbt nie.«

»Das ist viel mehr als eine wiederauflebende Jugendromanze. Ich bin nicht blind.« Er verschränkte die muskelbepackten Arme vor der Brust und blickte finster auf mich herab. »Ihr zwei habt viel zu viel an Vorgeschichte. Und keine glückliche. Ich will nicht, dass dir das Herz gebrochen wird.«

»Wenn du mir jetzt einen Vortrag über mein Liebesleben halten willst, dann setz dich. Sonst bekomme ich Genickstarre.« Er warf sein Handtuch auf die Metalltribüne, stieg auf die erste Reihe und ließ sich rittlings auf der Bank nieder.

»Ame.« Er fuhr sich mit der Hand durch das kaum vorhandene Haar. »Wie zum Teufel sag ich das jetzt am besten?« Ich runzelte die Stirn. »Spuck einfach aus, was immer dir auf der Zunge liegt.«

»Was, wenn er sich an dir rächen will, weil du Stavros geheiratet hast?«

»Du denkst, er will mich dazu bringen, mich in ihn zu verlieben, und mich dann abservieren?«

»Zutrauen würde ich es ihm. Ich kenne seine Geschichte. Er wäre fast untergegangen, nachdem du ihn verlassen hattest. Hat seine Karriere als Sportler verloren und musste auf Entzug.«

Ich wollte nicht zu lange über seine Worte nachdenken. Mich plagten so schon genug Schuldgefühle wegen der

Vergangenheit, vor allem, nachdem ich fast dasselbe aus Pierce' Mund gehört hatte.

»Ich bin nicht verantwortlich für die Handlungen anderer. Damals war ich achtzehn. Ich bin kaum mit meinen eigenen Entscheidungen klargekommen.«

»Verdammt, Amelia, ich will ihn doch nicht verteidigen. Ich will dir nur die Augen dafür öffnen, dass er vorhaben könnte, es dir heimzuzahlen.«

»Ist zur Kenntnis genommen.«

»Da ist noch was, von dem ich mir nicht sicher bin, ob du es weißt.« Er wetzte auf der Bank, als wäre ihm unangenehm, was er sagen wollte.

»Raus damit.«

»Der Mann steht auf allen möglichen perversen Scheiß. Er hält sich damit zwar bedeckt, aber jeder, der ihn kennt, weiß von seinen Neigungen. Er steht auf Schmerz und Kontrolle. Verdammt, ihm gehören BDSM-Clubs. Bist du sicher, dass du damit klarkommst?«

Schlagartig stieg mir Hitze in die Wangen. Wie viele Leute wussten von Pierce' Vorlieben im Schlafzimmer oder von den Clubs? Ein Anflug von Eifersucht verursachte mir ein Kribbeln im Nacken, als Visionen von all den Frauen, die ich im Verlauf der Jahre an seinem Arm gesehen hatte, vor mir vorüberzogen.

Ich verdrängte meine Verärgerung und sah Apollo in die Augen, als ich sagte: »Was glaubst du, mit wem es angefangen hat? Wir waren gegenseitig die Ersten für uns.«

Meine Antwort ließ ihn zusammenzucken. »Damit hab ich jetzt nicht gerechnet. Fuck.« Er rieb sich die Augen. »Manches will ich echt nicht im Kopf haben. Und dazu gehören Bilder von dir, wie du gefesselt, geknebelt und geschlagen wirst.«

»Du wolltest es wissen«, konterte ich und stellte mir dabei genau das vor, was Apollo gesagt hatte. Prompt spürte ich, wie sich mein unbefriedigtes Inneres zusammenzog.

Verdammt noch mal, Pierce. Dafür lass ich dich bezahlen.
»Stimmt. So leid es mir jetzt tut, das wollte ich.«

In der Ferne hörte ich, wie Neyas Trainer ihr Hinweise zurief.

Ich legte meine Unterlagen beiseite, stützte die Arme auf die Knie und das Kinn auf die Hände. So konzentrierte ich mich auf den Sparringkampf zwischen Neya und einem ihrer Trainer. Sie bewegte sich besser, als ich es mir in meiner Jugend je hätte vorstellen können. Diese junge Frau lebte den Traum, den ich früher hatte.

»Das kann dich doch nicht wirklich schockieren. Du warst mit Stavros und mir in diesem Club in Paris. Ich hab meine Interessen nie vor dir versteckt.«

»Schätze, ich hab dich immer in die Schublade der neugierigen Beobachterin gesteckt, nicht in die einer Teilnehmerin. Ich hab Stavros geliebt. Möge Gott seiner Seele gnädig sein. Der Mann war trotz seines Rufs als Playboy aus seiner prä-amelianischen Zeit ein herzensguter Mensch.«

Über die letzte Äußerung musste ich unwillkürlich schmunzeln. Stavros hatte eine berüchtigte Vergangenheit mit angeblichen Partys und Orgien gehabt. All das war nur eine Fassade für den ausgesprochen zurückhaltenden Mann, der dieses Image seiner selbst als Schutzschild nutzte, um Außenstehende fernzuhalten.

»Soll ich dich in dieselbe Schublade stecken, Apollo? Beobachter, bis du die richtige Domina triffst?«

Seine Augen wurden groß.

»Ich weiß sehr gut, worauf ihr beide steht.« Ich deutete in Neyas Richtung.

Hinter vorgehaltener Hand galt sie als bekannte Domina in Barcelona. Das erklärte vielleicht die ständige Spannung zwischen ihr und Apollo. Vielleicht würden sie der Anziehungskraft eines Tages nachgeben und das Team von seinem Elend erlösen.

»Über mein Sexleben reden wir hier nicht.«

»Was willst du wirklich wissen, Apollo?«

»Liebst du ihn?«

Kurz schloss ich die Augen. »Ja. Ich hab nie damit aufgehört. Jetzt, wo wir wieder zusammen sind, ist es intensiver als je zuvor.«

»Tja, Scheiße auch. Was hast du jetzt vor?«

»Inwiefern?«

»Kommst du nach dem Kampf mit uns zurück oder bleibst du hier?«

Seine Frage rüttelte mich auf. Damit hatte ich von ihm eindeutig nicht gerechnet.

»Wie kommst du darauf, dass ich bleibe? Ganz gleich, wie sehr ich wünschte, es wäre anders, meine Beziehung mit Pierce ist nur vorübergehend.«

Wenn ich nur auch mein Herz davon überzeugen könnte.

»Mal abgesehen von der Sache zwischen dir und Lykaios hab ich dich noch nie so ausgeglichen wie hier erlebt. Es ist, als wärst du zu Hause. Griechenland war nie der richtige Ort für dich.«

»Ich bin in Griechenland geboren. Ich bin Griechin.«

»Aber du bist hier aufgewachsen. Du bist so amerikanisch wie ein Hamburger. Wenn es passt, dann passt es einfach.«

Apollo hatte recht. Ich war zu Hause. Mir war bloß nicht bewusst gewesen, wie sehr ich die USA und insbesondere Las Vegas City vermisst hatte, bis ich zurückgekehrt war.

In den letzten Wochen hatte ich schnell die Verbindung mit der Stadt, dem Lebensstil und einigen meiner alten Freunde aus Jugendtagen wiederhergestellt. Sogar neue Geschäftskontakte hatte ich dadurch geknüpft.

Manche hatten vorgeschlagen, ich sollte expandieren und den Lykaios-Brüdern auf dem Gebiet der Sportveranstaltungen das Wasser abgraben. Die Idee an sich fand ich gut, denn ich hatte mindestens genauso viele Kontakte wie sie. Nur müsste ich dafür Christopher entwurzeln.

Alles, was er je gekannt hatte, war Griechenland. Er würde sich hier genauso anpassen müssen wie ich. Außerdem war da noch Stavros' Familie, die Christopher vergötterte. Könnte ich ihnen den Jungen wegnehmen?

Und Christopher verkörperte nicht das einzige Hindernis. Auch meine Eltern lebten in Griechenland. Ich würde dafür sorgen müssen, dass sie mir folgen konnten. Und es galt, Thanos International zu berücksichtigen. Eigentlich wollte ich mit dem Konzern aufrichtig nichts zu tun haben. Aber Stavros hatte ihn für Christopher in meiner Obhut hinterlassen.

Gott, ich war so am Arsch.

»Da ist noch was, worüber ich mit dir reden wollte.« Apollos Stimme unterbrach meinen Gedankengang.

»Schieß los.«

»Ich will zurücktreten.«

Was? Er steckte an dem Tag wirklich voller Überraschungen. Aber das konnte nur ein Scherz sein. Er lebte für MMA. Als ich jedoch seine Züge musterte, wurde mir klar, dass er es todernst meinte.

»Wann hast du die Entscheidung getroffen?«

»Ich hab noch gar keine Entscheidung getroffen. Ich denke nur schon eine Weile darüber nach.« Er schaute zu Neya hinüber. »Ich werde älter, und ich möchte lieber auf dem Höhepunkt abtreten.«

»Also bist du so zuversichtlich, Hugo zu schlagen?«

Er schenkte mir das großspurige Grinsen, das die Zeitschriften so gern fotografierten. »Der Junge ist gut. Wahrscheinlich holt er sich eines Tages meinen Rekord, aber noch ist er nicht so weit. Das weiß er so gut wie ich.«

Ich zog eine Augenbraue hoch. »Warum hast du dem hier dann zugestimmt? Schon klar, das Preisgeld für den Kampf ist astronomisch. Aber du kannst für den Rest deines Lebens wie König Midas von deinen Werbeverträgen und früheren Preisgeldern leben, ohne die Börse für diesen Kampf je anzurühren.«

»Ich habe meine Gründe. So wie du für die Entscheidungen, die du triffst.« Apollo legte die Hand auf meine und drückte sie. »Amelia, ich will, dass du glücklich bist.«

»Das will ich auch.«

»Macht Lykaios dich glücklich? Glaubst du, er würde gut zu Christopher sein?«

»Ja. Auf beide Fragen.«

»Worauf wartest du dann?«

»Es ist schon komplizierter, als einfach eine Tasche zu packen.«

»Schon klar. Ich möchte nur, dass du es dir gut überlegst.«

»Was soll sie sich gut überlegen?«, ertönte eine tiefe Stimme, gefärbt von Irritation. Sofort drehte ich mich zu Pierce um.

<hr>

Pierce

ICH KONNTE NICHT VERBERGEN, dass Wut in mir hochkochte, als ich sah, wie Apollo die Hand meiner Amelia hielt. Niemand außer mir fasste sie so intim an. Die Medien verglichen die beiden gern mit Geschwistern, aber pfeif auf den Mist. Er hatte die Hände an ihr, als hätte er jedes Recht, sie zu berühren. War das ihre Rache dafür, dass ich sie unbefriedigt zurückgelassen hatte?

War ja nicht so, als würde darunter nur sie leiden. Es hatte mich alle Willenskraft gekostet, die Tür vor ihr zu schließen. Wir wurden beide auf die Probe gestellt. Eigentlich sollte das Spiel, das ich mit Amelia begonnen hatte, nur ein paar Stunden dauern.

Ich hatte vorgehabt, sie zum Abendessen auszuführen, sie bis an den Rand des Wahnsinns zu erregen, sie dann in ihrem Apartment abzusetzen und ihr zu befehlen, es sich nicht selbst zu besorgen.

Aber statt sie dann wie geplant mit dem Mund auf ihrer wunderschönen Pussy zu wecken, saß ich wenig später im Nachtflug an die Ostküste.

Ich war noch kaum losgefahren, als Hagen anrief und mir mitteilte, ich müsste nach New York fliegen, um einen Großbrand bei den Verhandlungen um ein Formel-1-Rennen zu löschen, das ich veranstalten wollte. Mir blieb keine andere Wahl, als hinzufliegen, denn die meisten der großen Nummern des Deals würden bei dem Meeting persönlich anwesend sein.

Ich hatte mich bemüht, das Drama so schnell wie möglich zu schlichten. Am Ende hatte es mich etwas mehr als achtundvierzig Stunden gekostet, alles ins Lot zu bekommen und den Deal zu besiegeln.

Mittlerweile war ich zurück und musste mit ansehen, wie meine Frau einen anderen Mann liebevoll und zärtlich berührte. »Pierce. Ich hab nicht mit dir gerechnet. Ich dachte, du wärst für den Rest der Woche in New York.«

Überraschung und dann ein Anflug von Schuldbewusstsein huschten über Ames Gesicht. Was mir verriet, dass ich ein Gespräch unterbrochen hatte, das niemand hören sollte.

Tja, Pech gehabt.

»Die Verhandlungen haben vorzeitig geendet.« Ich sah ihr in die Augen und spürte, wie sich die Dynamik zwischen uns verschob. Gleich darauf schaute sie weg.

Sie wetzte unbehaglich hin und her, was mir ein kleines Gefühl der Befriedigung verschaffte. Genau. Sie wusste, dass sie in Schwierigkeiten steckte.

Wir hatten weder den Streit von vor zwei Wochen noch

irgendeine der nach wie vor offenen Fragen seither aufgegriffen. Stattdessen hatten wir uns in eine Beziehung vertieft, von der wir beide wussten, dass sie enden würde. Der Sex, die Spiele, das Verlangen – so hatte ich das alles noch nie zuvor erlebt. Es gab keine Scheu in Hinblick auf irgendetwas, das ich von ihr wollte.

Wenn ich Amelia befahl, auf die Knie zu sinken, tat sie es. Wenn ich sie gegen eine Wand drückte und ihren Rock anhob, war sie feucht und bereit, mich aufzunehmen. Wenn ich ihr befahl, sich zu bücken, damit ich ihr den Hintern versohlen konnte, stellte sie es nicht in Frage.

»Mr. Lykaios. Schön, Sie zu sehen.« Neya kam mit einem Lächeln herüber, als hätte sie die ansteigende Spannung gespürt.

Apollo stand auf und kam über die Tribüne, als wollte er die MMA-Kämpferin vor mir beschützen. Neya jedoch wich ihm aus und streckte mir die Hand entgegen. »Sind Sie hier, um bei unseren Talenten zu wildern?«

Ich schüttelte ihr die Hand und erwiderte ihr Lächeln. »Ich bin nur an einem Talent interessiert: der Chefin hier. Ich bin hergekommen, um sie nach Hause zu bringen. Wir haben noch Unerledigtes aufzuarbeiten.«

Ich hörte, wie scharf eingeatmet wurde, und hätte beinah gelächelt.

Apollo bemerkte Amelias Reaktion und richtete die Aufmerksamkeit auf sie. »Bist du sicher, dass du schon gehen willst? Oder wollen wir noch über die Sponsoren reden?«

Sie schaute zwischen Apollo und mir hin und her, während sie mit der Antwort zögerte.

Für wen entscheidest du dich, Amelia? Für ihn oder für mich?

Nach wenigen Augenblicken seufzte sie und schüttelte den Kopf. »Ich fahre mit Pierce nach Hause.«

»Ganz sicher?« Apollo versperrte mir die Sicht auf Ame, was mich die Hände zu Fäusten ballen ließ.

Ich wusste, dass ich es auf keinen Fall mit diesem Ungetüm von einem Mann aufnehmen konnte. Trotzdem würde ich es versuchen, wenn er es noch einmal wagte, sich zwischen Amelia und mich zu stellen.

Sie stand auf, sammelte ihre Unterlagen ein und stopfte sie in ihre Umhängetasche. Dann ging sie um Apollo und Neya herum und legte mir die Hand auf die Brust. Sofort durchströmte mich ein Anflug von Ruhe und dämpfte meine Verärgerung über den Kampfsportler.

Während sie mir in die Augen sah, antwortete sie Apollo. »Ich bin mir sicher. Ich muss das Penthouse für Christopher und meine Eltern vorbereiten. Sie kommen morgen an.«

Als sie Christopher erwähnte, klang meine Irritation weiter ab. In etwas mehr als vierundzwanzig Stunden würde mein Sohn auf amerikanischem Boden eintreffen.

Amelia wusste genau, wie sie mich dazu bringen konnte, klar zu denken. Hatte sie eigentlich irgendeine Ahnung, wie sie sich auf mich auswirkte?

»Schönen Abend noch«, sagte Neya und lenkte meine Aufmerksamkeit zurück auf sie.

Ihre Finger streiften Apollos Arm. »Apollo und ich schließen nachher ab.«

Der Tonfall ihrer Worten ließen mich eine gleichgesinnte Seele und die subtile Autorität erkennen, die sie gegenüber dem riesigen Kämpfer ausstrahlte.

Na, wenn das mal nicht interessant war. Genauso

interessant wie Apollos Reaktion auf ihre Berührung. Wie benebelt starrte er Neya an.

Meine Verärgerung verflüchtigte sich weiter.

»Können wir gehen?« Ich nahm Amelia die Tasche ab und legte eine Hand auf ihr Kreuz.

Schweigend rückten wir ab. Das einzige Anzeichen für ihre Anspannung bildeten ihre flachen Atemzüge. Sie leckte sich über die Lippen, und ich sah vor mir, wie Amelia sie über meinen Schaft stülpte.

Verdammt, wenn ich nicht schleunigst wegkäme, würde mir mein steinharter Ständer ein Loch in die Hose stanzen.

Als wir um die Ecke bogen, die zum Mitarbeiterparkplatz führte, ergriff Amelia das Wort. »Apollo ist wie ein Bruder für mich, mehr nicht.«

»Ich hab dich nicht danach gefragt.« Als ich die Tür aufschob, wurden wir sofort vom grellen, goldenen Licht der untergehenden Sonne erfasst.

»Ich weiß, was du denkst. Du bist eifersüchtig auf ihn. Ich wollte nur klarstellen, wo wir stehen.«

Und ich würde klarstellen, wo wir standen, sobald wir allein wären.

Kaum hatte sich die Tür hinter uns geschlossen, packte mich Amelia und drückte mich gegen die Ziegelsteinmauer des Gebäudes. Die Luft wurde mir aus der Lunge gepresst, und ich ließ ihre Tasche fallen. Meine erste Reaktion bestand darin, den Spieß umzudrehen. Aber das Feuer und die Wut in ihrem Blick ließen mich innehalten.

»Ich lasse dich in unserer Beziehung vieles kontrollieren, aber da hört es auf. Wenn es um mein Geschäft oder den Umgang mit meinen Athleten geht, hast du kein

Mitspracherecht. Ich musste mich die letzten zehn Jahre lang mit zerbrechlichen männlichen Egos herumschlagen, und ich habe keine Lust, deines der Liste hinzuzufügen. Unabhängig davon, was ich dich in der Vergangenheit glauben lassen habe, ich habe dich weder jetzt noch irgendwann betrogen. Ist das klar?«

Heilige Scheiße. Diese Seite von ihr gefiel mir. In der Öffentlichkeit trat sie immer so kontrolliert auf. Außerhalb unserer privaten Zeit ließ sie kaum Emotionen durchschimmern. Nun ja, abgesehen von ihrem Besuch im Club vor ein paar Wochen.

Ich legte die Hände um ihre Taille. »Kristallklar.«

Wir starrten uns gegenseitig an. Gott, war sie schön. Ich brauchte sie wie die Luft zum Atmen. Wie hatte es sich bloß ergeben, dass sich der Wunsch, sie zu vernichten, in den Wunsch gewandelt hatte, sie für immer zu behalten?

Während die Sekunden verstrichen, veränderte sich die Chemie zwischen uns. Amelias bernsteinfarbene Augen wurden groß und ihre Atemzüge flacher, während sich ihre Haut rötete.

Ich nahm ihr Gesicht in die Hände und strich mit dem Daumen über ihre Unterlippe. »Willst du spielen, Süße?«

»Ja.«

Beinah hätte mich der Drang überwältigt, sie gleich hier an dieser Mauer zu vögeln, doch das wäre zu riskant, zu gefährlich. Zudem waren wir nicht wirklich unter uns. Wir würden nur unseren Sicherheitsleuten eine überaus unerwartete Show liefern.

»Lass dein Auto hier. Wir nehmen meines.«

Amelia

KEINE ZEHN MINUTEN später trafen wir im Apartmentbereich des *Cypress* ein. Die kurze Fahrt verlief ruhig. Unterschwellig lagen Sex und Begierde in der Luft. Meine Unterwäsche war durchnässt, meine Brustwarzen hatten sich so hart aufgerichtet, dass sie beinah schmerzten.

Ich hatte keine Ahnung, was über mich gekommen war, aber das Temperament war einfach mit mir durchgegangen. Dass sich Pierce dort, wo ich der Boss war, wie ein Höhlenmensch aufgeführt hatte, fügte ihn der Liste der Arschlöcher hinzu, mit denen ich mich tagtäglich herumschlagen musste. Deshalb musste ich Grenzen setzen und ihm verdeutlichen, dass er mich nicht herumschubsen konnte.

Was mich überraschte, war, dass Pierce nicht wütend auf mich zu sein schien, sondern so aufgegeilt, als könnte er es nicht erwarten, mich bei der nächstbesten Gelegenheit zu ficken. Wären wir nicht an einem so öffentlichen Ort gewesen, der hätte mich an die Mauer gedrückt und es mir auf der Stelle besorgt, daran bestand für mich kein Zweifel.

Pierce legte die Hand auf mein Kreuz, als wir das Gebäude betraten. Wir ernteten neugierige Blicke von Umstehenden, als sie uns erkannten. Die Leute fanden es schwer zu glauben, dass wir ein Paar verkörperten und Geschäftliches nichts mit unserem Privatleben zu tun hatte.

Die Boulevardpresse erfand gern Artikel darüber, dass wir uns gegenseitig benutzen wollten, um den Kampf zu manipulieren, aber das ließ sich leicht ignorieren. Schwieriger war das bei den grummelnden Stimmen im Vorstand von Thanos International.

Wie vorherzusehen sorgte Olivia für Aufruhr. In weniger als zwei Wochen hatte sie dem Unternehmen neue Richtlinien aufgezwungen, um gegen frauenfeindliche Tendenzen bei der Besetzung höherer Posten anzugehen und um für Gleichberechtigung bei der Zusammenarbeit mit Unternehmen zu sorgen, die von Frauen geführt wurden. Dann hatte ich den Vorstand durch das öffentliche Interesse am Wiederaufleben meiner Beziehung mit Pierce zusätzlich verärgert. Man hielt mein Verhalten für fragwürdig und nicht repräsentativ für die Werte des Unternehmens. Ich hätte gewettet, dass sie glatt ausrasten würden, wenn sie wüssten, womit sich Pierce und ich hinter verschlossenen Türen vergnügten.

Ich freute mich schon auf den Tag, an dem Olivia eine Möglichkeit finden würde, die ganzen Arschlöcher rauszuwerfen. Sie ging bei ihrer Mission skrupellos vor und war fest entschlossen, etwas zu verändern.

Als wir den Aufzug betraten, kehrten meine Gedanken zu dem Mann an meiner Seite zurück. Mit einem gierigen Ausdruck beobachtete er mich.

Meine Haut begann zu kribbeln.

Er drängte mich an die Kabinenwand zurück und zwang mich, zu ihm aufzuschauen.

»Heute Nacht habe ich das letzte Mal uneingeschränkten

Zugriff auf dich. Und ich habe vor, alles aus jeder Minute herauszuholen.«

Er hatte recht. Sobald Christopher und meine Eltern eingetroffen wären, würden sich die Dinge zwischen uns dramatisch verändern. Meine Prioritäten würden sich von der Arbeit und Pierce auf Christopher verlagern. Alles andere würde hintanstehen.

»Verstehst du, was ich sage?« Seine Finger fuhren in mein Haar. Ich leckte mir die mittlerweile trockenen Lippen und nickte.

»Ich brauche die Worte. Was verstehst du?«

»Du wirst mich auf jeder Fläche in meinem Apartment ficken, und ich kann von Glück reden, wenn ich morgen noch laufen kann.«

Ein verruchtes Grinsen krümmte seine Lippen und ließ ihn wie den Jungen von vor so langer Zeit aussehen. »Genau.« Das Bimmeln des Fahrstuhls zeigte an, dass wir meine Etage erreicht hatten. Wir stiegen aus und folgten dem kurzen Korridor zu meinem Penthouse. Ich erblickte eine meiner Bodyguards, eine zierliche Brünette, die für Interpol arbeitete. Sie zog eine Augenbraue hoch und entfernte sich diskret aus dem Blickfeld.

»Seit du mir von ihnen erzählt hast, habe ich's mir zum Spiel gemacht, nach ihnen Ausschau zu halten«, sagte Pierce über meine Schulter, während ich meine Schlüsselkarte gegen die polierte Metallplatte an der Tür drückte.

»Wie viele hast du schon gesichtet?«

»Bis jetzt fünf. Die Brünette sehe ich am häufigsten. Wie viele sind es insgesamt?«

»Zwölf. Patricia siehst du deshalb am öftesten, weil sie den Sommer über frei hat. Sie leitet mein Sicherheitsteam.«

»Die Frau sieht kaum groß genug aus, um ein Kind zu heben.«

Ich warf ihm über die Schulter einen finsteren Blick zu. »Verwechsle nicht Größe mit Können. Mit drei schnellen Bewegungen hätte sie dich auf dem Boden, bevor du überhaupt mitbekommst, dass sie sich gerührt hat.«

»Das glaub ich dir. Vor allem, da ich mit eigenen Augen gesehen hab, was Penny mit Hagen angestellt hat, als sie wütend auf ihn war. Sie hat gesagt, was sie kann, hat sie von dir und ihren Bodyguards gelernt.«

»Ich musste ja dafür sorgen, dass sie sich verteidigen kann, wenn sie auf der Suche nach ihren Blumen um die Welt reist.«

Wir traten über die Schwelle meines Apartments, und die Stimmung wechselte sofort von der ungezwungenen Unterhaltung zu prickelnder Vorfreude.

»Du weißt, was zu tun ist.« Seine samtene Stimme glitt über mich hinweg und bescherte mir eine wohlige Gänsehaut.

Ich wollte ihn so sehr, brauchte ihn. Aber an diesem Abend brauchte ich eine innigere Verbindung.

Er meinte gern, ich hätte ihn geerdet, als wir jünger waren. Dabei war es Pierce, der mir mich geerdet hatte, als ich es brauchte, um mit dem Stress der Welt um mich herum fertig zu werden.

»Pierce?«, sagte ich. Er legte meine Tasche auf einem Tisch im Flur ab und kam auf mich zu. »Ja, Ame?«

Er beobachtete mich wie ein Raubtier seine Beute.

»Können wir die Spiele für heute Nacht bleiben lassen? Ich

möchte, dass du mich liebst.« Seine Züge wurden sanfter. »Auf jeden Fall.«

Nur Zentimeter vor mir blieb er stehen, nahm mein Gesicht in die Zähne und zog mich zu sich. Dann küsste er mich so sanft, so zärtlich, genau, wie ich es in dem Moment brauchte.

Als er sich zurückzog, murmelte er: »Nur, damit das klar ist, jedes Mal mit dir ist Liebe im Spiel. Selbst, wenn wir es hemmungslos Treiben, sind immer Emotionen dabei.«

Er hob mich in seine Arme, als wäre ich eine zierliche, leichte Frau statt einer alles andere als kleinen, durchtrainierten Kämpferin, und trug mich ins Schlafzimmer.

Wir küssten uns, während wir uns gegenseitig auszogen – berührten uns, streichelten jeden Quadratzentimeter Haut, der entblößt wurde. Ich wurde berauscht davon, fühlte mich zart und geschätzt.

Er senkte mich aufs Bett und ließ sich zwischen meinen Beinen nieder. Als er in mich glitt, empfand ich es als intimer als alles, was wir bisher miteinander geteilt hatten. Wie eine Verschmelzung unserer Seelen bei einem langsamen Tanz der Leidenschaft und des Verlangens.

Liebe und Ekstase überwältigten mich, als mein Körper zum zweiten Mal über den Gipfel schoss und Pierce mir eine Sekunde später folgte.

Wie sollte ich je wieder ohne ihn leben können?

»Sch-sch.« Pierce wischte die Feuchtigkeit von meinen Wangen. »Geht mir genauso. Wir kriegen das hin. Jetzt schlaf, Süße. Morgen kommt unser Sohn.«

19

Pierce

»MEIN GOTT«, murmelte ich, als ich kurz nach neun Uhr morgens die starke Luftfeuchtigkeit beim Betreten der Buchanan Schwimmhalle auf dem Campus der University of Nevada betrat. Ich wollte einen Blick auf Jennifer Ellis werfen, eine vielversprechende Athletin mit unglaublichem Talent, aber begrenzten Mitteln.

Als Studienanfängerin sprengte sie mit ihren Zeiten die Rekorde anderer Sportlerinnen in der Geschichte des Schwimmprogramms der Universität. Sie stand sogar kurz davor, ein paar meiner Bestzeiten zu unterbieten. Wenn ich sie unter Vertrag nehmen könnte, hätte ich die aussichtsreichste Anwärterin für die nächsten Olympischen Spiele.

Außerdem würde die Arbeit mich davon ablenken, dass

ich an diesem Abend meinen Sohn treffen würde. Der Plan sah vor, bei Amelia Pizza zu essen und dann für Videospiele hinunter in die Spielhalle zu gehen.

Ich war noch nie im Leben so nervös gewesen. Nicht mal bei meinem ersten Wettkampf bei den Olympischen Spielen.

»Pierce, mein Freund.«

»Carl. Wie läuft's?« Ich schüttelte dem Cheftrainer des Damenschwimmteams die Hand.

»Gut. Ich wette, du bist hier, um Jen beim Training zuzusehen.«

»Ist wohl das Mindeste, was ich tun kann, bevor ich ihr anbiete, sie zu sponsern.«

Seine dunklen, fast schwarzen Augen leuchteten. »Da musst du dich vielleicht hinten anstellen. Sie wird in diesem Moment von der Konkurrenz bezirzt.«

Ich verspürte einen Anflug von Verärgerung. Wer zum Teufel wusste von ihr? »Von wem?«

Carl schmunzelte. »Von einem Neunjährigen, der sich echt auskennt, jeden Schwimmwettbewerb mitverfolgt und eines Tages deinen Rekord brechen will. Seine Worte, nicht meine.«

Ich lächelte. Konnte sich definitiv lohnen, ein Kind kennenzulernen, das schon in so jungen Jahren derart hohe Ziele hatte. Vielleicht könnte ich ihm die richtige Richtung für sein Training weisen. Falls der Junge es ernst nahm. Ich würde mit den Eltern reden müssen.

Auf dem Weg die Stufen zu den Schwimmbecken hinunter blieb ich abrupt stehen.

Jennifer saß mit den Füßen im Wasser und unterhielt sich mit einem dunkelhaarigen Jungen mit blauen Augen. Sie lachten und planschten.

Auf der Tribüne stand erschrocken Marie Nephus auf. Amelias Mutter schaute zwischen Christopher und mir hin und her, wusste nicht recht, was sie tun sollte. Sie wusste, dass Amelia und ich unsere Beziehung wiederaufgenommen hatten. Und ich war mir sicher, dass Amelia sie auch in die Pläne für den Abend eingeweiht hatte. Nicht sicher war ich mir, ob sie versuchen würde, Ame zu überreden, nach Griechenland zurückzukehren, oder ob sie meine Beteiligung an Christophers Leben akzeptieren würde. Phillip, Maries Ehemann, berührte ihre Hand und flüsterte etwas. Sie setzte sich wieder, beobachtete mich aber mit Argusaugen.

Dann bemerkte mich Christopher. Seine Augen wurden so groß wie die seiner Großmutter, aber aus seinen sprach Aufregung statt Beklommenheit.

»Du bist es wirklich.« Der Junge sprang auf und rannte auf mich zu, bevor er ein paar Meter vor mir abbremste.

Jennifer folgte ihm.

»Mr. Lykaios. Freut mich, Sie kennenzulernen. Chris ist ein großer Fan von Ihnen.«

»Freut mich auch, euch beide kennenzulernen.«

Ich schüttelte Jennifer die Hand, bevor ich vor Christopher in die Hocke ging.

Er musterte mich, legte dabei den Kopf erst nach links, dann nach rechts schief. »Ich kenne dich«, sagte er mit ausgeprägtem griechischem Akzent.

»Wirklich? Was hast du über mich gehört?«

»Du bist Pierce Lykaios.« Er zog eine Figur aus der Hosentasche. Ein Kloß bildete sich in meinem Hals. »Mein Papa hat gesagt, das wärst du und ich müsste superhart trainieren, um so zu werden wie du.«

Ich wollte den Mann hassen, der meinen Platz eingenommen hatte. Aber wie konnte ich das, wenn er so mit meinem Sohn über mich gesprochen hatte?

»Du willst Schwimmer werden?«

Ein geradezu beleidigter Blick trat in seine Züge. »Ich *bin* Schwimmer.«

»Ich muss dich unbedingt mal in Aktion sehen.«

Er lächelte.

»Mr. Lykaios, würden Sie mich entschuldigen?«, ergriff Jennifer das Wort. »Ich muss den Trainer was über die Zeiten für diese Woche fragen.«

»Nur zu. Ich lerne inzwischen den Jungen hier kennen, der mal meine Rekorde einstellen wird.«

»Bis später, Kleiner.« Jennifer zerzauste Christopher die Haare, bevor sie in Richtung der Umkleideräume davon ging. Christopher und ich blieben allein zurück. Marie beobachtete uns und wirkte dabei aufgewühlt.

»Ich weiß ein Geheimnis«, sagte Christopher. »Aber ich darf's niemandem außer dir sagen.«

»Okay, lass hören.« Ich bewegte das Ohr zu seinen Lippen.

Er schüttelte den Kopf und spähte zu seinen Großeltern.

Was ich interessant fand. Ich bot ihm die Hand an und hatte mit Tränen zu kämpfen, als er sie ergriff.

Würde mein nächstes Kind mit Amelia wie Christopher oder wie seine Mutter aussehen? Schuldgefühle fuhren mir in den Magen. Ich hatte Amelia im Grunde zu unserer Vereinbarung erpresst. Sie hatte gedacht, sie müsste einwilligen, um sich mein Schweigen zu sichern. Aber ich hätte nie eine meiner Drohungen wahr gemacht. Ich hatte lediglich eine Möglichkeit gebraucht, sie bei mir zu behalten, und damals fiel mir nur Nötigung ein.

Mittlerweile hatte ich Amelia aus der Abmachung entlassen. Es stand ihr frei, zu bleiben oder zu gehen. Außerdem war es mehr als eine Abmachung, das wussten wir beide, wenngleich wir keine Ahnung hatten, wie es ausgehen würde.

Ich wollte, dass sie blieb und mir den Vorzug gegenüber ihrem Bedürfnis gab, den Namen Thanos zu schützen. Aber vorerst verdrängte ich den Gedanken und konzentrierte mich auf den Jungen vor mir.

»Lass uns da rübergehen.« Ich zeigte zu einer Reihe von Bänken in der Nähe der Umkleideräume. Als wir hingesetzt hatten, sagte ich: »Also, was ist das Geheimnis?«

»Versprichst du, dass du's weder Mama noch *Yia Yia* erzählst? Papa hat gesagt, es würde sie traurig machen, wenn sie das Geheimnis erfahren.«

Was um alles in der Welt hatte er vor, mir anzuvertrauen? Thanos war seit zwei Jahren tot. Was für Geheimnisse konnte er einem damals Siebenjährigen erzählt haben?

»Okay. Ich versprech's.«

Er reichte mir die Figur des Poseidon. »Papa hat mir verraten, dass der hier meinem Vater gehört hat. Er hat gesagt, eines Tages würde ich ihn kennenlernen.«

Meine Kehle fühlte sich wie zugeschnürt an, und mein Magen krampfte sich zusammen. »Wie kommst du darauf, dass ich dein Vater bin?«

»Das gehört doch dir, oder?«

Ich betrachtete die Figur und konnte beinah vor mir

sehen, wie Mama sie Christopher gegeben hatte. »Ja, es ist meine.«

»Dann bist du mein Vater. Stimmt's? Papa hätte mich nie angelogen.« Oh Mist. Es gab keine Möglichkeit zu antworten, ohne Probleme zu verursachen. »Ich ... es ist ...«

»Ich weiß, dass Mama und du euch lieb gehabt haben, bevor sie Papa kennengelernt hat. Ich hab die Artikel in Zeitschriften und Zeitungen darüber gesehen. Sie wird immer traurig, wenn jemand über ihr Leben in Amerika spricht. Genau, wie sie traurig wird, wenn jemand über Papa redet. Er ist im Himmel. Hast du das gewusst?«

Ich schluckte und nickte. »Ja.«

»Er fehlt mir.«

»Das ist ganz normal. Du hast ihn ja auch sehr lieb gehabt.« Ich fuhr mit dem Daumen über die Delle an Poseidons linkem Arm.

»Er hat früher mit mir Drachen steigen lassen. Lässt du irgendwann mal mit mir Drachen steigen?«

»Fest versprochen.«

In dem Moment kam Marie auf uns zu, und ich wusste, dass meine unbeaufsichtigte Zeit mit Christopher endete.

Ich gab Christopher die Holzfigur zurück. »Ist wohl an der Zeit, zurück zu deiner Oma zu gehen.«

»Versprichst du, dass du das Geheimnis niemandem verrätst?«

»Versprochen.«

Bevor ich wusste, wie mir geschah, hatte Christopher die Arme um meinen Hals geschlungen. »Danke, Dad. Ich kann dich doch so nennen, oder?«

»Äh ...Was hältst du davon? Wenn wir allein sind, kannst

du mich gern Dad nennen, aber wenn jemand in der Nähe ist, auch deine Mutter, dann nennst du mich Pierce, okay.«

Er überlegte kurz, bevor er zustimmend nickte.

»Bis dann, Pierce.« Christopher grinste. »Ich kann's kaum erwarten, Mama zu erzählen, dass wir uns kennengelernt haben.«

In mir zog sich alles zusammen, als ich mir ausmalte, wie Ame auf die Neuigkeit reagieren würde. Ich drehte mich um, griff mir mein Jackett von der Bank – und sah mich plötzlich Marie Nephus gegenüber.

»*Ich würde gern mit Ihnen sprechen, Mr. Lykaios*«, sagte sie auf Griechisch.

Wenn sie die Sprache wechselte, hatte sie offenbar etwas zu sagen, das andere nicht hören sollten.

»*Bitte nennen Sie mich Pierce.*«

»*Lassen Sie mich gleich auf den Punkt kommen. Benutzen Sie Amelia nicht, um an Christopher heranzukommen. Sie hat schon genug mitgemacht.*«

Ich schaute zu Christopher hinüber, der wieder mit Jen plauderte, während sein Großvater auf ihn aufpasste.

»*Ich habe nicht die Absicht, sie zu verletzen.*«

Marie verschränkte die Arme vor der Brust. »*Was für Absichten haben Sie dann? Ich weiß, dass sie das Bett mit Ihnen teilt. Auch wenn sie denkt, sie könnte es vor mir verheimlichen, weiß ich Bescheid.*«

Tja, Mist. Wie sollte ich einer überaus konservativen älteren Dame gestehen, dass ich ihre Tochter bei jeder Gelegenheit vögelte?

»*Ich habe vor, sie zu heiraten.*«

Überraschung weitete ihre Augen. »*Weiß sie das?*«

Ich nickte. »*Sie muss nur noch davon überzeugt werden.*«

»*Ihr Leben ist sehr kompliziert. Ihr ist nie etwas einfach in den Schoß gefallen, auch wenn es von außen so ausgesehen haben mag. Sie musste sich an eine Welt anpassen, die nicht für sie bestimmt war. Und sie musste die Rolle einer anderen Frau ausfüllen. Stavros hat sie geliebt, so gut er konnte, aber nicht so, wie sie es gebraucht hätte.*«

»*Warum erzählen Sie mir das?*«

»*Weil es weniger als einen Tag gedauert hat, um zu sehen, wie meine alte Amelia zu mir zurückgekehrt ist. Die Amelia, die fast gestorben wäre, als sie gezwungen war, Sie zu verlassen. Die Veränderung kann ich nur auf Sie und die Rückkehr nach Las Vegas zurückführen.*«

»*War sie so unglücklich in ihrer Ehe?*«

»*Nein. Das würde sie nie sagen. Aber sie war nicht die Amelia, die ich großgezogen hatte. Sie hat sich von anderen so formen lassen, wie sie dachte, sein zu müssen. Und dass ausgerechnet mit dem Erben der Dynastie Thanos verheiratet war, hat es noch schwieriger gemacht. Als sie nach Stavros' Tod seine Rolle übernehmen musste, war das mehr, als sich irgendjemand auf die Schultern hieven sollte.*«

Wollte sie deshalb unsere Beziehung fortsetzen, nachdem ich sie befreit hatte?

»*Was ich wissen will, ist, ob Sie meine Tochter so lieben, wie sie es verdient. Nicht als das Mädchen, das sie vor zehn Jahren war, sondern als die Frau, die sie heute ist.*«

»*Ich habe nie aufgehört, sie zu lieben. Was sie mich jetzt fühlen lässt, ist mehr, als ich je für möglich gehalten hätte.*«

Meine Worte schienen die Anspannung um ihre Augen zu lockern. »*Wenn das so ist, gebe ich Ihnen einen Rat. Geben Sie*

Amelia nicht auf. Sie ist nicht so stark, wie alle glauben. Sie hält sich deshalb zurück, weil sie nichts anderes kennt.«

»Würden Sie wieder hierherziehen, wenn Sie die Möglichkeit dazu hätten?«

Sie lächelte. *»Ohne zu überlegen. Collin hat unsere Familie verletzt, aber ich habe ihm verziehen, als er für mein Mädchen über seinen Schatten gesprungen ist.«*

Collin. Der Mann schien immer da zu sein. Wie sollte ich jemandem verzeihen, der mich aus dem Haus geworfen, von meiner sterbenden Mutter ferngehalten und meine Beziehung zu Amelia ruiniert hatte?

»War es so einfach, ihm zu vergeben?«

»Ja. Er hat Verantwortung für sein Handeln übernommen, hat niemandem außer sich selbst die Schuld gegeben. Und wir kennen die Wahrheit, wer ihn zu seinen Entscheidungen gezwungen hat. Der Mann war genauso sehr ein Opfer wie wir alle.«

In dem Moment hörte ich Christopher nach Marie rufen. »Yia Yia, Pappous *sagt, es ist Zeit zu gehen.«*

»Ich komme«, antwortete sie, bevor sie sich wieder mir zudrehte.

»Werden Sie Ame von meiner Begegnung mit Christopher erzählen?«, fragte ich.

»Nein, das ist Ihre Aufgabe. Immerhin sind sie beiden Ihre Familie.«

Amelia

»ICH MUSS DIR WAS SAGEN«, waren Pierce' erste Worte, als ich ans Telefon ging.

Ich fühlte mich nervöser als je zuvor im Leben. Seit ich an diesem Morgen aufgewacht war, konnte ich nur daran denken, wie Christopher auf Pierce reagieren würde, wenn er zum Abendessen kommen würde.

»Pierce. Bitte sag, dass du heute kommst.«

Ich sah, wie Christopher beim Spielen mit Lego-Steinen den Kopf hob. Ich hatte ihm erzählt, dass Pierce Lykaios mit uns zu Abend essen würde, als er von der Schwimmhalle nach Hause gekommen war. Prompt hatte er mich mit Küssen überhäuft. Eigentlich sollte ich wohl froh sein, dass er Pierce als Sportler wie einen Helden verehrte. So würde es ihm leichter fallen, die Wahrheit zu akzeptieren, wenn er sie letztlich erführe.

»Ja, ich komme. Tatsächlich bin ich schon unterwegs. Ich wollte nur noch was mit dir besprechen, bevor ich da bin. Kannst du in ein Zimmer gehen, in dem Christopher dich nicht hört?«

Okay, das klang bedeutungsschwer.

»Klar. Warte, ich geh ins Arbeitszimmer.« Ich drehte mich zu Christopher um. »Schatz, Mami muss kurz telefonieren. Wenn du mich brauchst, ich bin im Zimmer neben deinem Schlafzimmer.«

Abwesend nickte er, während er seine griechischen Götterfiguren auf seiner Lego-Konstruktion platzierte.

Ich ging den kurzen Flur hinunter und schloss die Tür hinter mir, bevor ich mich auf den Stuhl hinter meinem Schreibtisch setzte.

»Schieß los.«

»Christopher weiß Bescheid.«

Mir sträubten sich die Nackenhaare. »Was soll das heißen, er weiß Bescheid?«

»Genau, was ich gesagt habe. Er weiß, dass ich sein Vater bin. Ich bin heute ihm und deinen Eltern über den Weg gelaufen. Er hat mit einer Athletin geredet, die ich unter Vertrag nehmen will.«

Warum hatte Mama nichts davon erwähnt, als ich sie gefragt hatte, wie ihr erster Tag in den USA verlaufen war? Sie hatte nur gelächelt und gemeint, Christopher hätte einige seiner Lieblingsschwimmer getroffen und die restliche Zeit gespielt. Tja, gelogen hatte sie damit wohl nicht. Aber sie hatte mir auch nicht die ganze Wahrheit erzählt. Darüber würde ich später noch ein Wörtchen mit ihr reden müssen.

»Hast du es ihm gesagt?«

»Nein. Das war Stavros.«

»Äh ... Kannst du das noch mal sagen?«

»Offenbar hat Stavros ihm verraten, dass ich ...« Pierce stieß gedehnt den Atem aus. »Dass ich sein Vater bin. Dass der Poseidon, den er mit sich herumträgt, seinem Vater gehört hat.«

»Aber warum sollte er das getan haben?« Und warum hatte Stavros mir nichts davon gesagt? Ich rieb mir die Schläfe.

»Keine Ahnung. Vielleicht wollte er die Tür für mich offen halten.«

»Gott. All die Jahre hat mein kleiner Schatz das Geheimnis für sich behalten.«

»Er will nicht, dass du es erfährst. Ich musste ihm

versprechen, dir nichts zu sagen. Er hat gemeint, es macht dich traurig, dich an die Vergangenheit zu erinnern.«

Ich seufzte. »Es geht nicht um die Vergangenheit, sondern darum, was zwischen uns passiert ist.«

»Das ändern wir jetzt.«

Ich presste die Augen zu, wollte verzweifelt glauben, dass es stimmte.

»Warum erzählst du es mir? Du hättest es dabei belassen können, dass es zwischen Christopher und dir bleibt.«

»Weil ich keine Geheimnisse zwischen uns haben will. Du und Christopher, ihr seid meine Familie. Ich würde dich nie verletzen, indem ich dich so hintergehe.«

Familie.

Ich schluckte, als ich an all die so ungewissen Entscheidungen über die Zukunft dachte. »Ich hab Angst, dass ich diejenige sein könnte, die dich verletzt.«

»Lass uns das besprechen, wenn wir uns gegenüberstehen. Ich parke gerade ein. Wir sehen uns in fünf Minuten.«

***

Genau fünf Minuten nach dem Ende meines Gesprächs mit Pierce klingelte es an der Tür. Schmetterlinge erwachten in meinem Bauch. Warum fühlte ich mich so nervös? Wie die Sechzehnjährige bei unserem ersten Date vor so vielen Jahren.

»Ich geh schon.« Christopher rannte zum Penthouse-Eingang, streckte sich nach dem Griff und öffnete die Tür mit einem Ruck. Er hopste buchstäblich auf und ab, als er Pierce erblickte.

»Du bist gekommen!«

»So ist es.« Pierce trat ein, ging in die Hocke und stellte einen Karton auf dem Boden ab, bevor sich Christopher in seine Arme warf.

In Pierce' Gesicht trat ein Ausdruck, der mich beinah zum Wimmern gebracht hätte, bevor er die Arme um seinen Sohn schlang.

Pierce schaute zu mir auf. Seine Lippen bildeten: *Danke.* Gott, und ich hatte ihn von seinem Sohn ferngehalten.

»Ist das für mich?« Christopher löste sich von Pierce und beäugte die eingepackte Schachtel. »Ja, ist es. Hier, bitte.« Pierce reichte ihm das Päckchen und stand auf. »Vorsichtig. Ist ziemlich schwer.«

Christopher schwankte tatsächlich ein wenig, als er das Geschenk aufhob. Was um alles in der Welt konnte sich unter dem Geschenkpapier verbergen? Mit dem Päckchen in den Armen wollte er sich davonmachen, aber ich packte ihn und zog ihn zurück.

»Nicht so schnell. Wie sagt man?«

»*Efcharistó poly* ... äh, danke, meine ich.«

Pierce schenkte ihm ein Lächeln, das mein Herz zum Schmelzen brachte. »*Parakalo.*«

Christophers Augen wurden groß, dann verzogen sich seine Lippen zu einem Grinsen wie dem von Pierce. »Du sprichst Griechisch?«

»Ja. Meine Eltern waren beide aus Griechenland.«

»Du meinst *Pappous* Collin und *Yia Yia* Rhea.« Pierce erstarrte eine Sekunde lang, dann jedoch nickte er. »Ja.«

»Ich mag *Pappous* Collin. Er kauft mir Eiscreme und erzählt mir Geschichten.«

»Schatz, warum gehst du nicht dein Geschenk auspacken, während ich Pierce bei uns begrüße?« Christopher nickte und lief mit der Schachtel, die fast so groß war wie er selbst, zum Couchtisch. Innerhalb von Sekunden war die Verpackung Geschichte, und er quiekte aufgeregt, als er den Karton öffnete und die riesige Bedienungsanleitung zusammen mit verschiedenen Tüten voll Teilen herausholte.

Es handelte sich um den Millennium Falcon von Lego.

»Echt jetzt?« Ich zog eine Braue hoch, als ich in Pierce' kobaltblaue Augen blickte.

»Du stehst auf *Star Wars*. Also bin ich davon ausgegangen, dass es bei deinem Kind nicht anders sein würde.«

»Das hab ich nicht gemeint. Das Set ist achthundert Dollar wert.«

»Lass mich ihn nur heute verwöhnen. Ist immerhin das erste Mal, dass ich ihn treffe.« Er nahm mein Gesicht in die Hände und strich mit dem Daumen über meine Unterlippe. »Darf ich dich küssen? Ich bin mir über die Regeln noch nicht ganz im Klaren.«

Ich legte die Hand an meiner Wange auf seine. »Ich auch nicht.«

»Dann lass uns das tun, was sich richtig anfühlt.« Seine Lippen streiften meine. Als er sich zurückzog, strich er mir eine verirrte Strähne hinters Ohr. »Hi.«

Ich lachte darüber, wie albern ich mich fühlte, streckte mich auf die Zehenspitzen und gab ihm noch einen kurzen Kuss. Als ich mich umdrehte, stellte ich fest, dass Christopher uns fasziniert beobachtete.

Nach ein paar Augenblicken fragte er: »Willst du Mama heiraten?« *Das hat er jetzt nicht gerade gesagt!*

»Christopher. Das ist nicht ...«

Pierce schnitt mir das Wort ab. »Ja, will ich. Aber ich brauch vielleicht deine Hilfe, um sie zu überreden.«

Lieber Gott, das hat er jetzt nicht gerade gesagt!

»Okay.« Christopher nickte. »Aber ich muss dich warnen. Mama ist stur wie ein Maultier. Na ja, das sagt zumindest *Yia Yia*.«

»Und damit hat sie so was von recht«, erwiderte Pierce mit einem Anflug von Humor in der Stimme, als er meine Taille drückte.

Vor Verlegenheit schoss mir Hitze in die Wangen. Die beiden waren unbestreitbar Vater und Sohn. »Hilfst du mir vor dem Essen, mit dem Set anzufangen?«

Beim Anblick der Freude in den Gesichtern der beiden fühlte sich mein Herz an, als könnte es bersten.

20

Pierce

»Lykaios hier.« Ich ging ans Telefon, ohne darauf zu achten, wer anrief, als ich beim *Cypress* vorfuhr.

Ich kam zu spät zum Abendessen mit Amelia und Christopher, weil ich noch ein paar Besprechungen in letzter Minute hatte. Der Rummel um den großen Kampf drängte sich zunehmend in mein Leben.

Im letzten Monat war für mich alles in Erfüllung gegangen, was ich mir je hätte wünschen können. Ich lernte gerade meinen Sohn und Amelia besser kennen und hatte mich bereits an die Dynamik unserer einzigartigen Beziehung gewöhnt. Nur selten verbrachte ich die Nacht bei Amelia, und wenn ich es tat, schlich ich morgens davon, bevor Christopher aufwachte. Ich wollte nicht, dass er je dachte, ich würde seine Mutter mehr wollen als ihn.

»Pierce, mein Sohn. Ich muss mit dir reden.« Mein Körper versteifte sich, als ich Collins Stimme in der Leitung hörte. Warum rief er mich an? Ich hatte keinen Kontakt zu ihm aufgenommen, seit ich von Hagen die Wahrheit über die Vergangenheit erfahren hatte. Die einzige Verbindung zwischen uns war seine Beziehung zu Amelia.

»Collin. Was kann ich für dich tun?«, fragte ich, stieg aus dem Auto und reichte den Schlüssel dem Mann vom Parkservice.

»Ich bin bestimmt der Letzte, von dem du hören willst, aber ich musste dich anrufen.«

Ich trat den Weg in die Lobby des Wohnbereichs an und steuerte auf die Aufzüge zu. Als ich den Rufknopf drückte, fragte ich: »Was ist los?«

»Ich habe gerade erfahren, dass Astros Dukas Informationen über Christophers Vaterschaft an die griechische Presse weitergegeben hat.«

Das Blut gefror mir in den Adern.

Ich wartete, bis sich die Kabinentüren schlossen, bevor ich antwortete. »Woher kann er wissen, dass ich Christophers Vater bin?«

»Offenbar hat er Haarproben von Christopher gesammelt und sie mit einem Cousin ersten Grades von Stavros vergleichen lassen. Die Ergebnisse haben keine familiäre Beziehung ergeben. Jetzt setzt er die Familie Thanos unter Druck, das Testament von Stavros Thanos anzufechten.«

»Verdammt noch mal.«

»Ich habe alles in meiner Macht Stehende getan, um zu verhindern, dass es herauskommt, aber ich hatte kein Glück.« Collin seufzte. »Ich hab sogar Draco um Hilfe gebeten.«

»Du hast *was?* Warum tust du so was?«

Nach allem, was Hagen mir erzählt hatte, wäre Draco wohl so ziemlich der Letzte, an den sich Collin je wenden würde. Er musste wirklich verzweifelt gewesen sein.

»Weil der Junge mein Enkel ist.« In seinem Ton schwang Empörung mit. »Du bist mein Sohn, und Amelia betrachte ich genauso sehr als Tochter wie Henna und Anaya.«

Als er Anaya erwähnte, beruhigte ich mich etwas. Collin hatte bewiesen, dass er alles tun würde, um die zu beschützen, die ihm am Herzen lagen. Sogar, sie sich zum Feind zu machen.

»Was soll ich tun?«, fragte ich Collin.

»Du musst es Amelia sagen. Sie hat erwähnt, dass sie mit dir zu Abend essen würde. Ich hab sie überredet, Christopher bei Marie zu lassen. Sie sehen sich eine neue Kindersendung an, die heute Abend Premiere hat.«

»Fuck.« Frustriert fuhr ich mir mit der Hand durchs Haar. »Das hat uns gerade noch gefehlt.«

Dieser Mistkerl Dukas musste das von langer Hand geplant haben. Er hatte mich verärgert, als er bei unserer Sponsorenparty hereingeplatzt war. Und was ich aus Amelias Gespräch über ihn belauscht hatte, weckte in mir den Wunsch, mich so um ihn zu kümmern, wie Hagen es früher getan hätte – mit Fäusten und Einschüchterung. Und ich würde keinerlei Gewissensbisse dabei haben.

»Wissen die amerikanischen Medien schon Bescheid?« Ich lief in den beengten Verhältnissen der Fahrstuhlkabine auf und ab, während ich zu Amelias Stockwerk hinauffuhr.

Sobald ich könnte, würde ich meinen Medienmanager anrufen, um ein Team für den unvermeidlichen Shitstorm zusammenzustellen, der garantiert über uns hereinbrechen würde.

»Es wird bestimmt bald herauskommen. Ich weiß nur deshalb schon jetzt davon, weil ich in Griechenland noch Freunde mit Verbindungen zu verschiedenen Nachrichtenagenturen in Europa habe. Sie wollten mich davor, was auf uns zukommt.«

»Mist.« Ich schlug so heftig gegen das polierte Aluminium der Kabinenwand, dass ich eine Delle hinterließ.

»Genau«, stimmte Collin mir zu. »Ich hole Christopher und die Familie Nephus zu mir nach Hause. Dort ist es am sichersten. Du behältst Amelia bei dir. Ich will nicht, dass sie von den Aasgeiern der Medien überrumpelt wird. Hier bei uns sind sie noch zehnmal aggressiver als in Europa.«

»Verstanden. Jetzt hab ich nur noch das Problem, sie zu überreden, die Füße still zu halten. Gerade du müssest wissen, wie sie sich in alles reinkniet. Und da der große Kampf so kurz bevorsteht, hat sie noch mehr als sonst um die Ohren. Außerdem werde ich göttliches Eingreifen brauchen, damit sie mir nicht in den Arsch tritt.«

»Das kommt davon, wenn man sich in eine heißblütige Griechin verliebt. Ich weiß das.« In Collins Stimme lag eine Wehmut, die ich vorher nicht gehört hatte. Unwillkürlich sehnte ich mich nach einer Zeit zurück, von der ich manchmal glaubte, ich hätte sie mir bloß eingebildet.

Ich schüttelte den Gedanken ab. Darauf konnte ich mich im Augenblick nicht einlassen.

»Danke.«

»Gern geschehen, mein Sohn.«

Als ich auflegte, verspürte ich Dringlichkeit, Beklommenheit und Hoffnung zugleich. Ersteres, weil ich Amelia praktisch einsperren musste. Und meines Wissens hatte sie so schon leben müssen, um in die Welt der Reichen und Eliten zu passen.

Die Hoffnung begründete sich damit, dass es die erste Unterhaltung mit Collin seit einer Ewigkeit war, bei der ich keine Wut auf ihn verspürt hatte. Es war ein gewöhnliches Gespräch gewesen, wie es jeder erwachsene Mann mit seinem Vater haben konnte.

»Scheiße«, murmelte ich, als ich aus dem Aufzug stieg.

Ich holte tief Luft, wappnete mich für das bevorstehende Gespräch und klopfte an Amelias Tür.

Kaum hatte sie sich geöffnet, wusste ich, dass es zu spät war. Amelia stand totale Verzweiflung ins Gesicht geschrieben. Sie war blass. Ihre sonst so strahlenden Augen waren rot gerändert und wirkten niedergeschlagen.

Ich ging zu ihr, legte die Arme um sie und drückte sie an mich.

»Der Pressesprecher von Thanos International hat mich gerade benachrichtigt. Astros ... er ... Ich hasse diesen Drecksack.« Sie fing zu weinen an. »Er hat mich als Hure hingestellt, die nur auf Geld aus war. Er hat gesagt, das wäre meine Strafe dafür, dass ich dir Christopher vorenthalten habe.«

Ich hob sie hoch und trug sie zur Couch, drückte unterwegs ihren Körper an meinen. »Nein, Süße. Das ist das Werk eines Mannes, der glaubt, er könnte etwas von dir gewinnen.«

»Oh Gott.« Sie hob das Gesicht und bedeckte den Mund

mit den Fingern. »Wenn Stavros nur nicht Astros dieses dumme Versprechen gegeben hätte.«

»Welches Versprechen?«

»Kurz nach dem Tod von Stavros' erster Frau Sara hat er mit Astros die Vereinbarung getroffen, ihm seine Anteile an Thanos International zu überlassen.«

Wieso zum Teufel hatte der das getan? Dahinter musste sich eine Geschichte verbergen. »Das ergibt keinen Sinn. Warum hat er das getan?«

»Weil Sara die Liebe seines Lebens war und er ohne sie nie Kinder bekommen wollte. Und nach seiner Krankheit konnte er es ohnehin nicht mehr, selbst wenn er es sich anders überlegt hätte.«

Nach einem Schniefen fuhr sie fort: »Als ich ihn geheiratet habe und Christopher sein Erbe wurde, ist Stavros davon ausgegangen, Astros würde verstehen, dass er der Vereinbarung in tiefer Trauer zugestimmt hatte.«

»Anscheinend nicht.«

Amelia ließ den Kopf an meine Brust sinken und seufzte.

»Ich habe die letzten zehn Jahre damit verbracht, allen zu beweisen, dass sie sich in mir irren. Hast du eine Ahnung, wie es ist, in einer solchen Familie eine Außenseiterin zu sein? Wenn Stavros' Großmutter und ein paar seiner Cousinen nicht gewesen wären, bin ich nicht sicher, ob ich es ausgehalten hätte, nach seinem Tod in Griechenland zu bleiben.«

Amelia schien immer so stark zu sein und alles unter Kontrolle zu haben. Zu erfahren, dass sie das Gefühl gehabt hatte, nicht dazuzugehören, ließ mich stinksauer werden.

»Glaubst du, er könnte hinter Stavros' Tod gesteckt haben?«

Kurz versteifte sich ihr Körper, was meinen Verdacht bestätigte.

»Das habe ich mich immer gefragt, aber es hat nie Beweise dafür gegeben. Der betrunkene Kapitän, von dem Stavros' Boot gerammt wurde, hatte schon mehrfach Unfälle unter Alkoholeinfluss. Was spielt es überhaupt für eine Rolle? Selbst wenn es so wäre, würde es Stavros nicht zurückbringen.«

»Wenn bewiesen werden könnte, dass Astros die Finger im Spiel hatte, kann er strafrechtlich verfolgt werden.«

»Aber der Schaden für Christopher, die Familie und mich wäre katastrophal. In Griechenland laufen die Dinge nicht so wie hier.«

»Der Mann ist gefährlich.«

»Das weiß ich. Ich hab es immer gewusst. Glaubst du, ich habe Agentinnen von Mossad, MI6, Interpol und CIA nur dafür als Bodyguards, falls mir zufällig Draco Jackson einen Besuch abstattet?«

Moment. Draco?

»Was?« Ich konnte das Knurren in meiner Stimme nicht unterdrücken. »Du hast dich mit einem Mafioso getroffen und es nicht für nötig gehalten, mir davon zu erzählen?«

Amelia verzog das Gesicht. »So schlimm ist er gar nicht. Er ist irgendwie süß.«

»Amelia. Draco Jackson ist nicht süß. Er ist ein kaltherziger Mistkerl, der meine Familie zerstört hat.«

»Ich will seine Handlungen nicht verteidigen. Ich meine nur ...«

Ich fiel ihr ins Wort. »Über Draco unterhalten wir uns ein

anderes Mal. Vorerst müssen wir uns überlegen, wie wir mit Astros verfahren.«

»Da gibt's nichts zu überlegen.« Sie stemmte eine Hand in die Hüfte. »Ich weiß schon, wie ich damit umgehen werde.«

In dem Moment bemerkte ich das Handgepäck im Flur. »Wo willst du hin?«

»Nach Griechenland.«

Mir rutschte das Herz zu den Knien.

»Wie meinst du das? Du kannst nicht einfach eine Woche vor dem Kampf alles stehen und liegen lassen und verschwinden. Du wirst das Wiegen verpassen.«

Sie überging meinen Einwand und sagte: »Das Gepäck habe ich schon zum Flugzeug schicken lassen. Wir heben heute Abend gegen sieben ab. Ich habe es so eingerichtet, dass Mama und Papa tagsüber auf Christopher aufpassen. Übernachten kann er bei dir. So könnt ihr euch ohne mich in der Nähe besser kennenlernen. So siehst du auch, wie es mit einem fast Zehnjährigen ist, wenn sich nicht nur alles um Spaß und Spiel dreht.«

Ich lauschte ihrem Geschwafel. Das konnte unmöglich ihr Ernst sein.

»Verstehe ich das richtig? Du willst gegen die Boulevardpresse ankämpfen, indem du nach Griechenland fliegst, wo sich die Medien wie Aasgeier auf dich stürzen werden?«

»Ich hab keine andere Wahl. Ich muss mich *Yia Yia* Syl stellen, muss Schadensbegrenzung für Thanos International betreiben.«

»Wer ist Syl?« Sie konnte damit nicht Sylvia Thanos meinen.

»Stavros' Großmutter. Sie war immer gut zu mir und verdient eine Erklärung. Und sie liebt Christopher mehr, als du dir vorstellen kannst. Die Neuigkeiten brechen ihr wahrscheinlich das Herz. Stavros wollte, dass sie es nie erfährt.«

Amelia musste doch wissen, dass die Matriarchin des Thanos-Imperiums im Ruf stand, skrupellos und gerissen zu sein. Adrian Kipos hatte sie für mich recherchiert. Daher wusste ich, dass sich Sylvia gern sanftmütig präsentierte und die Welt glauben ließ, sie wäre eine nette Dame, die nur kochen und mit ihren Urenkeln spielen wollte.

In Wirklichkeit jedoch war Sylvia wahrscheinlich gefährlicher als Draco. Sie war im Alter von dreißig Jahren mit zwei kleinen Kindern Witwe geworden. Statt zu trauern, hatte sie das Schifffahrtsimperium ihres Ehemanns übernommen, eine von Männern dominierte Branche. Bei Verträgen wandte sie dieselben Taktiken wie ihre männlichen Kollegen an. Dazu gehörten auch fragwürdige Geschäfte. So konnte sie das Vermögen ihrer Familie in zehn Jahren verdreifachen.

Als sie sich zur Ruhe setzte und ihre Firma an ihre Söhne übergab, hatte sie einen Konzern im Wert von mehreren Milliarden aufgebaut. An Sylvia Thanos war rein gar nichts zart oder zerbrechlich.

Amelia schien keine Ahnung zu haben, dass diese Frau, die sie so respektierte, einen noch beängstigenderen Ruf als Draco hatte.

Unfassbar. Die Entschlossenheit in Amelias Zügen verriet mir, dass sie nicht auf Vernunft hören würde. »Was ist mit uns?«

»Was meinst du damit, was mit uns ist?«

»Genau, was ich gesagt habe. Du und ich. Wo stehen wir?«

»Wir sind ein Paar und Christophers Eltern.«

»Ich will mehr.«

Sie schloss die Augen. Eine Träne löste sich dadurch. »Pierce, das ist alles so kompliziert.«

»Nein, es ist ziemlich einfach. Ich möchte, dass du, Christopher und ich eine Familie werden. Spielt keine Rolle, ob du noch mal schwanger wirst oder nicht. Als ich dich damals zum ersten Mal in der Sporthalle gesehen habe, ich siebzehn, du noch kaum sechzehn, da wusste ich, dass ich die Eine gefunden hatte, die für mich bestimmt ist. Das hat sich nicht geändert.«

Ihr Telefon piepte.

»Ich muss los.« Sie stand auf, wischte sich mit dem Handrücken übers Gesicht und schnappte sich ihr Handgepäck. »Über die Zukunft reden wir, sobald ich zurückkomme, versprochen.« Sie kam auf mich zu, stellte sich auf die Zehenspitzen, küsste mich auf Lippen und setzte sich dann zur Tür in Bewegung.

»Du musst nicht gehen. Wir können das von hier aus regeln.«

»Ich hab keine andere Wahl. Ich muss retten, was von Stavros' Vermächtnis noch zu retten ist. Er hat so viel mehr verdient als diesen Skandal. Stavros war ein anständiger Mann. Er hat mir ein Leben geschenkt, nachdem meine Welt zusammengebrochen war.«

Ihre Worte fuhren mir wie ein Messer in den Bauch. Ich würde immer mit einem Toten konkurrieren müssen.

»Wirst du mich je so lieben, wie du Thanos geliebt hast? Oder mache ich mir nur was vor?«

Bei der Frage erstarrte sie. Ihre Finger verkrampften sich um den Türgriff. »Das ist der springende Punkt. Ich habe Stavros nie so geliebt, wie ich dich geliebt habe. Wie ich dich liebe. Du hast mir einen Teil meines Herzens gestohlen, den ich nie zurückbekommen habe. Jetzt bitte ich dich, auf unseren Sohn aufzupassen und auf mich zu warten.«

Amelia

MEINE HÄNDE ZITTERTEN, als sich mein Hubschrauber der riesigen Villa näherte, die meiner Schwiegergroßmutter gehörte. Eigentlich hätte das Anwesen mit seiner gigantischen Größe und den Säulen im Parthenon-Stil protzig wirken müssen. Stattdessen fügte es sich ins Bild der Insel, auf der es sich befand, als wäre es eigens für die Klippen und die restliche Umgebung entworfen worden. Und genauso gut passte es zu der legendären Frau, die es bewohnte.

Wie würde sie reagieren, wenn sie mich sah? Würde sie mich dafür hassen, dass ich Stavros mit dem Kind eines anderen im Bauch geheiratet hatte? Würde sie Christopher verstoßen?

Mein Junge liebte seine *Progiagiá*. Wann immer er an sie dachte, lächelte er.

Ich musste klug vorgehen. Wie würde ich reagieren, wenn

ich aus der Boulevardpresse erführe, dass der Junge, den ich als Urenkel betrachtete, in Wirklichkeit gar nicht mit mir verwandt war?

Ich wartete auf die Freigabe, bevor ich aus dem Helikopter stieg. Der Wind von den Propellern wehte mir Strähnen aus dem Zopf, und ich wusste, dass keine Hoffnung bestand, sie zu bändigen. Ich hätte daran denken sollen, ein Kopftuch zu tragen.

Ein Diener kam auf mich zu und bedeutete mir, ihm zu folgen.

Wir folgten dem Weg zum Haus und betraten es durch einen Nebeneingang. Kaum hatte ich die Schwelle passiert, stieg mir der durchdringende Geruch von Gewürzen in die Nase.

Sylvia musste in der Küche sein. Ganz gleich, wen sie bewirtete, sie organisierte immer ein Fest nicht nur für die Geschmacksknospen, sondern für alle Sinne.

»Cara, was bin ich froh, dass du hier bist«, begrüßte mich eine vergnügte Stimme auf Griechisch. Wenige Sekunden später kam eine attraktive Frau mit silbrigem Haar in einem von einer großen Schürze bedeckten Designer-Outfit durch eine Tür an der Ecke.

Sylvia umarmte mich innig, küsste mich auf beide Wangen und zog sich dann zurück, um mein Gesicht zu mustern.

»Yia Yia, *wie geht's dir?«*

»Besser als dir.« Mit einem tadelnden *Ts-ts-ts* rieb sie die dunklen Ringe unter meinen Augen. *»Komm. Ich möchte, dass du erst isst, danach kannst du mich über den ganzen Unsinn aufklären, den ich gehört habe.«*

Das ließ mich zusammenzucken.

Die Matriarchin des Thanos-Imperiums war stärker und lebenssprühender als jede andere Neunzigjährige, die ich je kennengelernt hatte. Verdammt, sie besaß mehr Energie als Frauen, die halb so alt waren wie sie. Aber sie war auch jemand, vor der man sich besser hütete, wenn sie wütend wurde.

»Ich bin mir nicht sicher, wo ich beginnen soll.« Das stimmte.

Sie führte mich in die Küche. *»Am Anfang.«* Sie verstummte kurz. *»Du hast Christopher nicht mitgebracht?«*

Kopfschüttelnd sagte ich*: »Er ist in den USA geblieben, bei meinen Eltern und ...«* Kurz verstummte ich und holte tief Luft. *»... und Pierce.«*

»Gut. Dafür muss er nicht hier sein. Aber ich will ihn sehen, bevor die Schule anfängt. Und jetzt lass uns essen.«

In den nächsten Minuten füllten wir unsere Teller, bevor wir uns auf der Terrasse mit Blick auf das Mittelmeer niederließen. Obwohl die Frau nie ein Leben ohne ein exorbitantes Vermögen und scharenweise Diener erfahren hatte, gehörte sie zu den bodenständigsten Menschen, die ich kannte. Sie nahm die Dinge lieber selbst in die Hand, als sich Tag und Nacht von anderen bedienen zu lassen.

Vielleicht verehrte ich sie deshalb so sehr. Sie hatte von Anfang an gewusst, dass ich nicht aus wohlhabenden Verhältnissen stammte. Trotzdem hatte sie mich von der Sekunde an, als Stavros uns einander vorgestellt hatte, als ihresgleichen behandelt.

Wir begannen zu essen wie so viele Male im Verlauf der Jahre. Aber statt dabei wie sonst gesellig zu schweigen, konnte ich vor Anspannung nicht damit warten, es hinter mich zu bringen.

Ich legte die Gabel auf meinen Teller und sagte: *»Es tut mir leid.«*

»Wofür entschuldigst du dich?« Sie legte den Kopf schief und musterte mich. *»Wenn, dann sollte wohl eher ich um Verzeihung bitten. Ich habe zugelassen, dass dieser schreckliche Astros in unserem Leben geblieben ist. Ich wusste, dass er sich nur wegen Stavros' Geld und Beziehungen mit ihm angefreundet hat. Meine Vermutung, dass er in der Boulevardpresse aufdecken würde, wer Christophers Vater ist, hat sich bestätigt. Abschaum, das ist er. Gut, dass sich mein Freund Draco um ihn kümmern wird.«*

Ich starrte sie an, als hätte sie den Verstand verloren. Ich konnte sie unmöglich richtig verstanden haben. Wusste sie etwa über Christopher Bescheid? Moment, hatte sie gerade *Draco* gesagt?

»Ich bin mir nicht sicher, ob ich verstehe, was hier los ist. Du kennst Draco Jackson?« Ich ergriff ein Glas Wasser und hob es mir an die Lippen, trank einen Schluck.

»Ja. Genau, wie ich Collin Lykaios kenne. Er hat Tania, der ältesten Tochter meiner Schwester, den Hof gemacht, bevor er Rhea geheiratet hat. Wäre Tania nicht mit dem Gärtner durchgebrannt, wäre Collin bei ihr geblieben, davon bin ich überzeugt. Andererseits hätte er dann nie Rhea kennengelernt, und wir hätten meinen Christopher nicht.« Sie schwenkte die Hand. *»Das ist eine Geschichte für ein andermal. Wo war ich?«*

»Draco.«

Christopher musste seine kurze Aufmerksamkeitsspanne und sein ausschweifendes Dauerreden zweifellos von ihr haben. Sie mochten nicht blutsverwandt sein, aber die viele Zeit, die sie zusammen verbrachten, musste auf ihn abgefärbt haben.

»Ah ja. Ich kenne Draco schon seit zehn Jahren. Anfangs mochte ich ihn nicht. Er wollte dich und Stavros verletzen, indem er mir verraten hat, dass du mit dem Kind eines anderen schwanger warst. Als ihm klargeworden ist, dass ich genauso niederträchtig sein kann wie er, vor allem, wenn es um meine Familie geht, hat er entschieden, es wäre besser, mich als Freundin statt als Gegnerin zu haben. Jetzt hilft er mir, ein Auge auf einige meiner Interessen zu haben. Im Gegenzug lasse ich meinen Einfluss spielen, um ihm die Behörden vom Hals zu halten.«

Ich hatte größte Mühe zu verdauen, was ich da hörte. Suchend ließ ich den Blick über den Tisch wandern, bis ich den Wein entdeckte. Ich schenkte mir ein großes Glas ein und trank es ansatzlos in einem Zug leer.

Als der Alkohol seine beruhigende Wirkung zu entfalten begann, fragte ich: »Yia Yia, *soll das heißen, du hast gewusst, dass Stavros nicht Christophers Vater war?«*

»Stavros war sein Vater! Mein Junge hat Christopher von dem Moment an geliebt, als der Arzt ihn ihm in die Arme gelegt hat.« Zur Betonung ließ sie die Faust auf den Tisch niedersausen. Ich zuckte zusammen.

»Du hast recht.« Ich lege die Hand auf ihre. *»Er war Christophers Papa und wird es immer sein.«*

»Jetzt schweig, damit ich dir meine Geschichte erzählen kann.« Ich hielt meinen Mund und nickte zustimmend.

»Ich habe gewusst, dass Stavros unfruchtbar war. Was glaubst du wohl, wer für seine Pflege in Thailand bezahlt und seine Krankheit geheim gehalten hat? Mein Geld und meine Macht haben das Schweigen aller erkauft, die mit ihm Kontakt hatten.«

Heilige Scheiße. Wer war diese Frau? Und was hatte sie mit der süßen *Yia Yia* gemacht, die ich seit einem Jahrzehnt kannte? Es war, als hätte ich eine Mafiakönigin in der Verkleidung einer international erfolgreichen Geschäftsfrau und zurückhaltenden Thanos-Matriarchin vor mir.

»Sieh mich nicht so an. Denkst du, nur Mafiosi können skrupellos sein? Ich würde einem Mann die Kehle aufschlitzen, ohne mit der Wimper zu zucken, wenn er jemanden bedroht, den ich liebe.

Zurück dazu, was ich eigentlich sagen wollte. Als Stavros dich kennengelernt und geheiratet hat, wusste ich, dass Collin Lykaios von Draco gezwungen wurde, das Ende deiner Beziehung mit seinem Sohn zu veranlassen. Collin wollte alles tun, um seine Familie zu beschützen, sich sogar zum Feindbild für sie machen, wenn dadurch nur ihre Sicherheit gewährleistet wäre. Er ist wirklich ein besserer Mensch, als die Welt glaubt. Ich bin so froh, dass du ihm verziehen hast.« Sie tätschelte meine Hand. *»Er hat ein bisschen Glück verdient. Erst betrügt ihn seine Frau, dann muss er auch noch dafür bezahlen, dass er ihr Kind und seine eigenen Kinder beschützt.«*

Großer Gott. Ich musste in einem Paralleluniversum gelandet sein.

»Woher weißt du das alles?« Ich konnte mir die Frage nicht verkneifen.

»Collin und ich sind über die Jahre in Verbindung geblieben. Tatsächlich hatte er von mir Geld, um nach Amerika zu ziehen und seine Casinos zu eröffnen. Nur weil Tania eine Idiotin war, musste ja ich keine sein. Ich habe Potenzial in dem Jungen gesehen. Er hat mit nichts angefangen und etwas aus sich gemacht.«

»Was hat das alles mit Stavros und mir zu tun?«

»Collin und ich haben es eingefädelt, dass du Stavros kennengelernt hast. Na ja, eigentlich habe ich ihm den Anstoß dazu gegeben. Kurz vor dem Jahrestag von Saras Tod wollte ich ihn

ablenken, also habe ich ihm Karten für deinen Taekwondo-Kampf besorgt. Er war ein großer Fan von Kampfsport, und da die Spiele in dem Jahr in Europa stattgefunden haben, hat er sich darauf gefreut, hinzugehen. Was danach passiert ist, hat sich von selbst besser entwickelt, als ich es je hätte planen können.«

Ich klang defensiv, als ich sagte: *»Bei der Olympiade ist nichts zwischen uns passiert. Erst einen Monat später haben wir uns wiedergesehen und sind durchgebrannt.«*

»Das weiß ich. Du bist keine Frau für zwei Männer gleichzeitig. Obwohl ich deine Beziehung zu Collins Sohn als Teenager nicht gutheißen kann.« Missbilligend schüttelte sie den Kopf.

Oh verdammt. Am liebsten wäre ich im Erdboden versunken. Sie wusste, was Pierce und ich damals getrieben hatten. Und ich wollte gar nicht fragen, aus welcher Quelle. Offenbar sehr sie einfallsreicher, als ich mir je hätte vorstellen können.

»Yia Yia, wie geht es jetzt weiter? Wegen mir stellt die Presse Christophers und meinen Platz in der Thanos-Familie in Frage.«

»Wen kümmert schon, was andere denken? Ihr zwei gehört zu mir, und ich warne jeden davor, etwas anderes zu behaupten. Besonders dieses Wiesel Astros. Ich hätte ihn schon vor Jahren loswerden sollen, als er angefangen hat, um Stavros herumzuscharwenzeln. Der Idiot dachte wahrscheinlich, ich würde die dumme Vereinbarung einhalten, die er mit Stavros getroffen hat, nachdem er Sara und meinen neugeborenen Diséngonos verloren hatte. Der Drecksack hat einen trauernden Mann ausgenutzt. Er ist ein Feigling.« Sie spannte die Kiefermuskulatur an und hob die Faust. *»Wenn ich ihn je wiedersehe, weide ich ihn mit bloßen Händen aus.«*

»Bitte reg dich nicht so auf. Denk an deinen Blutdruck.«

Obwohl ich versuchte, sie zu beruhigen, wusste ich, dass es zwecklos war.

»Hör auf, mich zu bemuttern. Jetzt sag mir: Wirst du dich an die Presse wenden oder nicht?«

»Was soll ich sagen?«

»Dass dein Junge das Glück hat, von zwei Vätern innig geliebt zu werden. Von einem, der aus dem Himmel über ihn wacht, und von einem, der ihm ein Vater sein wird, wie ihn jeder Junge gern hätte. Du kannst auch hinzufügen, dass Lykaios dich liebt.«

Meine Lippen bebten bei ihren Worten. »Er liebt mich wirklich.«

»Weiß er, dass du ihn auch liebst?«

Ich schaute weg, starrte auf das himmelblaue Wasser und sagte: »Nein. Äh ... Ja. Es ist nur so, dass er mir wohl nicht glaubt.«

»Dann musst du ihn überzeugen. Hör auf zu versuchen, dich in diese Form von der perfekten Thanos-Frau zu pressen, die du dir einbildest und glaubst, sein zu müssen. Du warst immer so perfekt, wie du warst. Wären meine anderen Schwiegerenkelinnen nur halb so anständig wie du, wäre ich eher geneigt, sie hierher einzuladen.«

Mein Herz schwoll an. Ich liebte diese Frau so sehr. Sie kannte meine Unsicherheiten und wusste genau, was sie sagen musste, um sie zu überbrücken.

»Ich will, dass du glücklich bist, Amelia. Du hast meinem Stavros einige der glücklichsten Jahre seines Lebens geschenkt. Das Mindeste, was ich mir dafür wünschen kann, ist dasselbe für dich. Verpass nicht deine zweite Chance. Ich habe Collins Jungen unter die Lupe genommen. Er ist ein bisschen temperamentvoll, aber ein guter Mann. Und obendrein hübsch anzuschauen, wenn ich das so sagen darf.«

Unwillkürlich lachte ich.

»Ich hab dich lieb, Yia Yia.«

»Natürlich. Und jetzt versprich mir etwas.«

Ich wartete darauf, dass sie fortfuhr.

»Sobald du Collins Sohn geheiratet hast, besuchst du mich mindestens zweimal im Jahr von Amerika aus. Und wag es ja nicht, woanders als hier auf der Insel zu heiraten.«

»Alles, was du willst, Yia Yia.«

21

Amelia

»Ms. Thanos, Ihr Auto steht auf dem Rollfeld und bringt Sie wie angewiesen zu Mr. Lykaios«, sagte ein Mann in einem dreiteiligen Anzug und zeigte zu dem Wagen, der nur wenige Schritte von Sylvias Privatjet entfernt parkte.

»Danke«, sagte ich, während ich wartete, dass sich die Tür des Jets öffnete.

Sofort schlug mir die unerträgliche, trockene Hitze von Las Vegas entgegen. Schlagartig bildete sich auf meiner Stirn ein Schweißfilm.

Gott, es war erst neun Uhr morgens, trotzdem musste es bereits über fünfunddreißig Grad haben. So schnell wie möglich eilte ich die Stufen hinunter und stieg in den wartenden SUV. Mit einem tiefen Seufzer lehnte ich den Kopf zurück.

Die letzten fünf Tage waren turbulent gewesen.

Tagsüber hatte ich mich um die Geschäfte von Thanos International und Thanos Sports gekümmert. Abends hatte ich mit Sylvia die Zukunft geplant und die Frau hinter dem Imperium besser kennengelernt.

Mir schwirrte immer noch ein wenig der Kopf von allem, was ich dabei erfahren hatte – über Sylvia selbst und über die Geschichte des Mannes, der mein Herz in Händen hielt. Darüber würde ich mit Pierce reden müssen.

Es durfte keine Geheimnisse zwischen uns geben, wenn die Hoffnung bestehen sollte, dass unsere Beziehung funktionieren würde.

Als ich angerufen hatte, um mich nach Christopher zu erkundigen, hatten mir sowohl Mama als auch Pierce versichert, sie hätten in den Staaten alles unter Kontrolle, sowohl Christopher als auch die Vorbereitungen auf den Kampf, und ich sollte mich darauf konzentrieren, in Griechenland alles zu regeln. Auch Penny und Henna, bei denen ich nachfragte, stießen ins selbe Horn und gaben mir nur so viel an Informationen, dass ich mich nicht sorgen musste.

Ich war dankbar, dass ich Emery hatte. Er hielt mich über Telefon, E-Mails und Textnachrichten auf dem Laufenden. So verhinderte er, dass ich vor lauter Fragen über Apollo und meine anderen Athleten durchdrehte. Außerdem nahm er mir die Schuldgefühle darüber, dass ich das Wiegen verpasst hatte. Ihm zufolge versuchten die Nachrichtenagenturen, die freundschaftliche Rivalität zwischen Apollo und Hugo zu einem Krieg der Kontinente aufzubauschen. Keiner der beiden Kämpfer hatte dem widersprochen, da es mehr Medienpräsenz und Zuschauer bedeutete.

Wenigstens konzentrierten sich die amerikanischen Medien größtenteils auf den Kampf statt auf mein Privatleben.

Die europäische Presse hingegen suchte mich pausenlos heim, seit meine Ankunft bekannt geworden war. Aber durch meine Bodyguards und zusätzliche Sicherheitspersonal, das Sylvia und Pierce arrangiert hatten, kam ohne Genehmigung niemand näher als drei Meter an mich heran.

Manchmal fand ich das übertrieben, andererseits war es besser, als von Reportern überrannt zu werden. Wann immer es jemand in Rufweite zu mir schaffte, wurden mir Fragen gestellt, die ich nicht beantworten wollte, obwohl die Reporter darauf bestanden, die Öffentlichkeit hätte ein Recht darauf. In den USA galten die Pressevertreter als besonders forsch, deshalb fragte ich mich, womit sich Pierce herumschlagen musste.

Aber er konnte mit allem zurechtkommen. Ich hatte ihn mehr vermisst, als ich erwartet hatte. Und umso mehr, nachdem ich meine Pläne für die Zukunft akzeptiert hatte.

Pierce gab mir das Gefühl, geborgen zu sein, geliebt zu werden, ihm zu *gehören*.

Der letzte Teil brachte meinen Körper zum Kribbeln. Ein überraschendes Gähnen rutschte mir heraus, gefolgt vom Knurren meines Magens.

Gott, ich war schläfrig, hungrig und geil.

Die Fahrt zum Hotel würde noch gute dreißig Minuten dauern. Ein kleines Nickerchen schien angebracht zu sein, zumal ich gegen die beiden anderen Probleme nichts unternehmen konnte.

Also wickelte ich meinen Sweater um mich, schloss die Augen und döste sein.

⸻

Pierce

ICH LIEF AUF UND AB, während ich auf Amelia wartete. Diese Woche hatte sich wie die längste meines Lebens angefühlt. Ja, ich war dankbar, dass ich Zeit mit Christopher allein verbringen konnte. Das hatte mir die Gelegenheit verschafft, den Kleinen kennenzulernen. Wie sich herausstellte, war mir der Junge ähnlicher, als ich es je für möglich gehalten hätte. Er kannte keine Angst, und wenn er zornig wurde, ließ er ein Temperament aufblitzen, das meinem als Kind um nichts nachstand. Ich wusste, dass ich ihn überrascht hatte, als ich ihn für seinen Wutanfall ausschimpfte, nachdem Marie ihn eines Abends nach Hause gebracht hatte.

An dem Tag änderte sich Christophers Ansicht darüber, worin die Rolle eines Vaters bestand. Ihm wurde klar, dass er mit mir Spaß haben konnte, dass ich ihn aber auch zurechtweisen würde, wenn es gerechtfertigt war.

Ich hätte mir nie vorstellen können, wie überwältigend und großartig es sich anfühlen würde, Vater zu sein. Es gab mir eine Perspektive dafür, wie verheerend es für Collin gewesen sein musste, Hagen, Zack und mich zu verletzen, um uns zu schützen.

Mein Umgang mit Christopher und seine unverfälschte Liebe zu Collin hatten mich auch dazu gebracht, meinen Vater anzurufen und ihn zu fragen, ob er sich treffen wollte. Statt freudig anzunehmen, wie ich es erwartet hatte, lehnte er mit der Begründung ab, dass er fürchtete, ich könnte sonst Probleme mich Zack bekommen. Aber ich hatte die Emotionen und die Sehnsucht nach einer Verbindung zu mir in seiner Stimme gehört.

Gott, ich durchlebte buchstäblich ein griechisches Drama. Ich fuhr mir mit der Hand durchs Haar.

Beim Klingeln an der Tür schnellte mein Puls in die Höhe, und alle Gedanken außer an die Frau auf der anderen Seite der Tür verpufften. Ich wollte sie, brauchte sie dringender als je zuvor in meinem Dasein.

Kaum hatte ich geöffnet, packte ich sie und drückte sie gegen die nächstbeste Wand. »Wow – auch hallo.« Der Atem drang als raues Keuchen aus ihr.

»Beantworte mir eine Frage. Willst du reden oder ficken?«

Die Röte ihrer Haut und der Ausdruck in ihren großen, karamellfarbenen Augen verrieten es mir, trotzdem wartete ich auf ihre Antwort.

»Scheiße. Ich will ficken.«

»Ausgezeichnet.« Meine Finger krallten sich in ihr Haar, mein Mund presste sich auf ihren. Sie schmeckte nach den süß-sauren Bonbons, die sie gern tütenweise aß.

Ihre Zunge schob sich an meinen Lippen vorbei, vertiefte den Kuss und fachte das Verlangen, das ohnehin schon in meinem Blut schwelte, zu einem tosenden Inferno an. Ich legte die Hände auf ihren Hintern, hob sie gegen meinen pochenden Ständer, trug sie zum Esstisch und setzte sie auf der Kante ab.

»Was hast du vor?«, fragte sie zwischen zwei Küssen.

Ihre Finger packten das T-Shirt, in das ich geschlüpft war, als ich den Anruf erhalten hatte, dass sie ins Penthouse kommen würde.

»Wonach sieht's denn aus? Ich will frühstücken.« Amelia berührte mein Gesicht. »Okay.«

Ich legte eine Hand an ihren Hals und ließ sie hinunter zu ihren wunderschönen Brüsten mit den hart aufgerichteten Nippeln wandern, dann tiefer, bis ich den Saum ihrer Bluse erreichte. Ich schob sie ihr über den Kopf und warf sie hinter mich. Als Nächstes kam ihr BH an die Reihe, gefolgt von ihrer Hose und Unterwäsche. Als ich sie herrlich nackt vor mir hatte, band ich mit zwei Stoffservietten ihre Fußgelenke an die Tischbeine. So hatte ich einen ungehinderten Blick auf ihre sehnsüchtige Muschi.

Langsam drückte ich sie auf den Tisch zurück und ging dazu über, jeden Quadratzentimeter ihrer weichen Haut zu lecken, zu saugen und zu liebkosen. Dabei mied ich absichtlich die eine Stelle, an der Amelia meine Berührungen am meisten wollte. Als ich fertig war, krümmte sie sich vor Verlangen. Ihre Beine zerrten an den Fesseln, ihre Pussy schrie nach Aufmerksamkeit.

»Willst du mehr?«

»Ja. Bitte, Pierce. Ich will kommen. Es ist sieben Tage her. B-Bitte«, stammelte sie stöhnend, warf den Kopf hin und her und umklammerte meine Schultern.

»Wie willst du kommen, Süße? Mund, Finger oder

Schwanz?« Ich blies auf ihre nasse, pralle Spalte, was sie erschaudern ließ.

Fuck. Ich konnte ihr Verlangen riechen. Es war eine berauschende Mischung, von der mir beinah schwindlig wurde. Mein Körper brannte darauf, sich bis zum Anschlag in ihrer feuchten Hitze zu vergraben.

Sie wölbte sich mir entgegen. Ihre Brust hob und senkte sich heftig. »Ja, ja, ja.«

Ich saugte mir einen Nippel in den Mund und biss auf die beerenförmige Spitze. »Ja *was*, Süße?«

»Alles ... alles. Ist mir egal, tu einfach irgendwas«, verlangte sie, fädelte die Finger in mein Haar und packte mit hartem, forderndem Griff zu.

Ich fing ihre Hände ab und drückte sie auf den Tisch. »Halt dich an der Kante fest und lass nicht los.«

Ihre Nägel bohrten sich in das polierte Holz. Für mich bestand kein Zweifel, dass die teuren Möbel dauerhafte Spuren abbekommen würden.

Ich glitt an ihrem Körper hinab und sank auf die Knie. Wie gebannt starrte ich auf die köstlichen Säfte, die ihr Geschlecht bedeckten, und leckte mir über die Lippen. Dann beugte ich mich vor und leckte genüsslich von unten nach oben darüber.

Sofort wölbte sich ihr Rücken durch, und ein Wimmern entrang sich ihrer Kehle. Ich wiederholte die Bewegung zwei weitere Male, bevor ich die Zunge in ihrer herrlichen Spalte versenkte. Ihr Geschmack berauschte mich. Wieder und wieder, tiefer und tiefer stieß ich zu und verfiel in einen Rhythmus, der sie um den Verstand bringen und zur heiß ersehnten Entladung treiben würde. Eine Sekunde, bevor der Orgasmus in ihr explodierte, kniff ich sie in die Venusperle, um ihr den zusätzlichen Lustschmerz zu schenken, der ihren Höhepunkt noch verstärken würde.

»Pierce. Oh Pierce.«

Als sie langsam vom Gipfel zurück herabschwebte, schob ich die Hose runter und ging an ihrer noch zuckenden Pforte in Stellung. Ein Zischen rutschte mir heraus, als ich in sie eindrang und sie mit flachen Stößen dehnte, bis sich ihre pulsierende Öffnung an meinen Umfang gewöhnte.

Sie hob die Hüften meinen Bewegungen entgegen, presste sich an mich und versuchte, mich in sie zu saugen.

»Fick mich härter, Pierce.«

Ihr Verlangen löste etwas in mir aus und entfesselte all meine aufgestaute Begierde nach dieser wunderschönen Frau. Ich packte ihre Schenkel, zog sie ein Stück vom Tisch und beschleunigte den Takt. Wie ein Irrer besorgte ich es ihr. Es brachte mich beinah um den Verstand, wie sich ihre inneren Muskeln bei jedem Stoß anspannten und wieder lockerten. Es gab für mich keine perfektere Frau, und ich wollte unmissverständlich klarstellen, dass sie wusste, wem sie gehörte.

»Ich lasse dich nie wieder gehen«, sagte ich zwischen zwei Stößen. »Warum redest du? Besorg's mir einfach.«

Als ich innehielt, schrie sie auf: »Nein!«

»Wenn du nicht willst, dass ich aufhöre, dann hör zu.« Ich versenkte mich wieder in ihrer feuchten Hitze.

»Du gehörst mir, Amelia. Die Zeit und die Entfernung haben daran nichts geändert. Aber diesmal« – ich zog mich zurück und rammte mich in sie, brachte sie zum Keuchen – »folge ich dir um die Welt.«

Stoß.

»Und lasse dich nie wieder gehen.«

Stoß.

»Du gehörst mir.«

Stoß, Stoß.

Mit zusammengebissenen Zähnen versuchte ich, meinen Orgasmus zurückzuhalten. Wir würden beide nicht kommen, bevor sie akzeptierte, was ich empfand.

»Verstehst du das?«

»Ja«, schrie sie. »Ich gehöre dir. Ich hab immer dir gehört.«

Nach ihrem Zugeständnis bearbeitete ich zwischen uns mit den Fingern ihren Kitzler, bis sie erneut explodierte und mich damit zu meinem eigenen Orgasmus trieb. Ich entlud mich tief in ihr, rief ihren Namen und wusste, dass dieser Frau mein Herz gehörte.

Als sich mein Puls allmählich beruhigte, band ich sie los und trug ihren befriedigt erschlafften Körper ins Schlafzimmer. Nachdem ich sie gesäubert hatte, kroch ich hinter sie ins Bett und zog sie an mich.

»Also bleibst du, oder wird das hier eine Fernbeziehung?«

Ich meinte ernst, was ich gesagt hatte. Und wenn ich ihr um die Welt folgen müsste, was wir hatten, würde nicht enden. Und eines Tages würde sie mich heiraten, ob mit einem weiteren Kind oder ohne.

Während ich auf ihre Antwort wartete, wurden mir plötzlich ihre tiefen Atemgeräusche bewusst, und ich erkannte, dass sie fest schlief.

22

Amelia

ZWÖLF STUNDEN nach dem bewusstseinsverändernden Sex in Pierce' Penthouse betrat ich den Aufenthaltsbereich. Dort warteten Apollo und unser Team auf seine Ankündigung. Die Halle war bis auf den letzten Platz ausverkauft, und die Pay-per-View-Einnahmen würden einen historischen Rekord aufstellen. Mir wurde regelrecht schwindlig beim Gedanken daran, wie viel Geld an diesem Tag den Besitzer wechselte. Die Augen der Welt waren auf Las Vegas gerichtet, insbesondere auf den Ring in der Mitte der Lykaios Arena.

Bisher herrschte ein ausgeglichenes Verhältnis von Siegen und Niederlagen. Etwa die Hälfte der Vorkämpfe hatten Pierce' Athleten für sich entschieden, ungefähr die andere Hälfte meine. Einige wenige Siege hatten sich Kämpfer anderer Agenturen geholt. Besonders erfreulich für mich war, dass Neya mit ihrer Gegnerin praktisch den Staub aufgewischt hatte. Die Kampfrichter hatten ihr den Sieg einstimmig zuerkannt, und hinter den Kulissen wurde über die Organisation eines Damenkampfs als Hauptattraktion gemunkelt.

Ich wusste, dass es lange dauern würde, bis ein solcher Kampf dieselbe Börse einbringen würde wie bei Männern, aber es wäre ein Schritt in die richtige Richtung.

»Bin froh, dass du es zum Kampf geschafft hast«, sagte Apollo, als ich auf ihn zuging. »Für eine Frau, die sonst gern früh dran ist, kommst du ziemlich knapp.«

Apollo saß auf einer Bank und beugte und streckte die getapten Finger. Ungeachtet des Selbstbewusstseins, das er der Welt gern präsentierte, war er nervös. Ich hatte noch keinen Kampf von ihm erlebt, bei dem es anders gewesen wäre.

Ich bückte mich und küsste ihn auf die Stirn. »Du kennst mich doch. Ich muss immer einen schicken Auftritt hinlegen.«

Nachdem ich Emery und den Rest des Trainerstabs begrüßt hatte, wandte ich die Aufmerksamkeit wieder Apollo zu.

Als sich unsere Blicke begegneten, deutete er in Richtung der Frauenumkleideräume. »Wie geht's ihr?«

»Schwebt auf Wolke sieben. Von ein paar Tritten werden vielleicht blaue Flecken zurückbleiben, aber gegen die würde ein ausgedehnter Urlaub wahre Wunder wirken. Vielleicht begleitest du sie ja. Du könntest auch Erholung gebrauchen.«

»Nach dem Kampf heute bin ich im Ruhestand, wäre also gut möglich.«

»Bist du immer noch überzeugt von deiner

Entscheidung?« Ich wollte mich vergewissern, dass er sich der Ankündigung, die er nach dem Kampf machen wollte, absolut sicher war.

»Bist du denn überzeugt von *deiner* Entscheidung?«, konterte Apollo.

Ich lächelte. »Aber so was von. Ich muss den Versuch aufgeben, mich in eine Form zu zwängen, die für eine andere Frau gedacht ist. Und ... ich muss mir die Entscheidungen verzeihen, die ich als verängstigter Teenager getroffen habe.«

»Wird auch höchste Zeit.«

»Da gebe ich dir uneingeschränkt recht.« Ich schenkte ihm ein Lächeln.

»Also war dein Besuch bei Sylvia wohl produktiv.«

»Mehr, als du ahnen kannst. Hinter der Fassade der süßen, alten Dame verbirgt sich eine Frau, die keinerlei Skrupel hat, jemanden restlos fertig zu machen, der sich mit ihrer Familie anlegt.«

Apollo schnaubte. »Das hast du jetzt erst herausgefunden? Sie ist genauso furchterregend, wie sie liebevoll sein kann.«

»Du fehlst ihr. Das erwähnt sie immer wieder. Ich würde sie unbedingt besuchen, sobald du zurück bist.«

»Gehört zu den ersten Dingen, die ich geplant habe. Außerdem würde sich niemand bei klarem Verstand die Gelegenheit entgehen lassen, ihr fantastisches Essen zu genießen.«

»Vor allem du nicht, nachdem du die letzten Monate so streng auf deine Ernährung achten musstest.«

Die Musik setzte ein, und ich hörte Hugos Einzugslied. Dabei musste ich an Pierce denken.

Ich hatte mich aus dem Bett geschlichen, bevor er

aufgewacht war, weil ich wusste, dass er reden wollen würde. Dafür war ich noch nicht bereit. Bevor wir das unvermeidliche Gespräch führten, musste ich sicherstellen, dass mein Plan funktionieren würde.

»Zeit, loszugehen, Champ.« Emery klopfte Apollo auf den Rücken.

Als der Kämpfer aufstand, schlang ich die Arme um seine Taille. »Bleib konzentriert. Kein Kampf ist eine sichere Bank. Und lass dich nicht, ich wiederhole, *nicht* verletzen. Dafür bist du zu wichtig für mich.«

Als ich ihn losließ, erfüllte mich das Kribbeln der Erwartung, eine Mischung aus einem mulmigen Gefühl und Erregung. Fast so wie vor meinem Antreten bei der Olympiade vor so vielen Jahren. Damals war ich als vermeintliche Außenseiterin in den Kampf gegangen und hatte ihn als Goldmedaillengewinnerin beendet.

»Bereit, dabei zuzusehen, wie unser Junge Hugo zerlegt?« Neya trat hinter mich. »Die Bodyguards haben unsere Plätze gesichert.«

»Na, dann lass uns gehen.«

Das Gebrüll, als wir uns durch die Arena bewegten, war ohrenbetäubend. Kameras, Lichter und Musik überwältigten die Sinne. Als ich vor meinem Platz stand, suchte ich die Menge nach Pierce ab. Er befand sich auf der anderen Seite des Rings bei Hagen, Penny und Zack. Penny schmiegte sich an Hagens Seite, er hatte besitzergreifend die Hand um ihre Taille gelegt.

Dann bemerkte ich Draco. Drei seiner Enkel umgaben ihn. Rechts davon hielt ein ernst wirkender, aber gutaussehender Mann Lana ähnlich fest wie Hagen seine Starlight. Lana winkte, blies mir Küsse zu und hopste buchstäblich auf und ab. Pierce bemerkte die Interaktion zwischen uns und schüttelte den Kopf. Als er die Aufmerksamkeit auf mich richtete, zog er die Augenbraue hoch, und ich zuckte mit den Schultern.

Ich würde ihm wohl sagen müssen, dass ich Lanas Freundin war und wir demnächst zu einer Hochzeit nach Bora Bora fliegen würden.

»Wie geht es dir, *kopella mou?*«, hörte ich Collin sagen, als er seinen Platz neben mir einnahm. »Ich habe gehört, dass du ein paar interessante Tage hinter dir hast. Du warst in Griechenland, nicht wahr?«

Seine Augen funkelten glücklich, als er mich anlächelte. Dann trübte sich seine Miene ein wenig, als er zu seinen Söhnen hinüberschaute.

»So ist es.« Ich hängte mich bei ihm ein. »Ich will dir jetzt etwas sagen und werde es danach nicht mehr erwähnen.«

»Nur zu.« Sein Tonfall klang besorgt. »Es ist nichts Schlimmes. Ich wollte mich nur bedanken.«

»Wofür?«

»Für alles, was du für deine Kinder geopfert hast – und für die Kinder, die gar nicht deine waren. Dafür verdienst du so viel.« Seine Augen wurden feucht, aber er schaute schnell weg zum Ring. »Sylvia redet zu viel.«

»Nur, wenn sie etwas zu sagen hat. Du sollst nur wissen, dass es völlig in Ordnung ist, sich selbst zu verzeihen. Das hab ich gelernt.«

Er hob sich meine Hand an die Lippen und küsste meine Knöchel. »Ich ziehe es in Betracht, sobald meine Jungs es verstehen. Vor allem Zacharias.«

Das konnte noch eine Weile dauern. Ich wusste, dass die Wunden bei jedem der Brüder tief saßen, doch besonders bei Zack.

»Tja, in der Zwischenzeit hast du einen Enkel, der seinen *Pappous* Collin vergöttert. Er möchte, dass du mit ihm Eis essen gehst und ihm lustige Geschichten erzählst.«

Ein verhaltenes Lächeln erschien auf seinen Lippen. »Dann werde ich das natürlich tun.«

In dem Moment begann der Ringsprecher, die Regeln zu verlesen, und die Menge wurde lauter, als sie sich auf den Kampf einstimmte.

***

Pierce

»DAS HAST DICH GROSSARTIG GESCHLAGEN.« Ich klopfte Hugo unterwegs zum Umkleideraum auf die Schulter. »Nächstes Mal machst du ihn fertig.«

Er stieß den Atem aus und wischte sich Schweiß aus dem Gesicht. »Dein Wort in Gottes Ohr.«

Ich fühlte mit dem jungen Burschen. Er hatte sein Bestes gegeben, aber er war von Anfang an der krasse Außenseiter gewesen. Apollo hatte zu viele Jahre und Siege auf dem Buckel, um die Fehler zu begehen, die Hugo unerwarteterweise unterlaufen waren. Aber er war jung, und ich wusste, mit intensivem Training würde er beim nächsten Kampf bereit sein.

»Mach dich frisch, danach stellen wir uns zusammen der Presse.«

»Und wie fühlt es sich an, gegen deine Frau zu verlieren?«, fragte Hugo und beobachtete mich aufmerksam. »Nicht so schlimm, wie ich dachte. Obwohl sie's mir sicher eine ganze Weile vorhalten wird.« Dass sie hemmungslos prahlen würde, störte mich nicht im Geringsten. Für mich zählte nur, dass sie mir gehörte.

Ich wollte ihr immer noch den Hintern versohlen, weil sie verschwunden war, bevor wir über die Zukunft oder darüber sprechen konnten, was sich ereignet hatte, während sie in Griechenland war. Und wir hatten beide noch nicht das Thema der Presse angeschnitten, die uns heimsuchte. Oder die ständigen Anfragen um einen Kommentar zu Christophers Vaterschaft. Wenn es nach mir ginge, würde ich es von den Dächern brüllen. Aber die Entscheidung lag bei Amelia.

Wir hätten frühstücken und reden sollen, als sie angekommen war. Stattdessen hatte ich sie geradezu besprungen. Andererseits hatte ich davor wochenlang fast jede Nacht in ihr verbracht. Tagelang ohne die Berührungen, den Geschmack oder den Duft ihres Körpers auskommen zu müssen, war eine Qual gewesen.

Gott, diese Frau brachte mich um den Verstand, so sehr wollte ich sie, so wahnsinnig liebte ich sie.

Hugo brauchte dreißig Minuten, um zu duschen und ein paar kurze Einzelinterviews zu geben, bevor wir es zur Hauptmedienbühne schafften.

Kaum war Hugo die Treppe hinaufgestiegen, kam Apollo auf ihn zu, schüttelte ihm die Hand und zog ihn in eine kräftige Umarmung. Da beide lächelten, schien trotz der Tracht Prügel, die der arme Hugo einstecken musste, kein böses Blut zwischen ihnen zu herrschen. Tatsächlich vermutete ich, dass Apollo den jüngeren Kämpfer unter seine Fittiche nehmen würde.

Ich hielt mich genau wie Amelia abseits der Bühne und überließ es den Kämpfern und Trainern, den Medienvertretern Rede und Antwort zu stehen.

Gegen Ende der Pressekonferenz erhob sich ein Reporter und sagte: »Apollo. Sie müssen für uns ein Gerücht aufklären. War das Ihr letzter Kampf? Treten Sie offiziell zurück?«

Er schwieg einige Augenblicke lang, bevor er antwortete. »Ja. Ab sofort bestreite ich keine Profikämpfe mehr. Ich empfinde es als Ehre, dass ich so lange Teil dieser angesehenen Gemeinschaft war. Aber es ist an der Zeit, dass ich mich anderen Unternehmungen widme. Außerdem hat mein Körper genug mitgemacht.« Er rieb sich einen blauen Fleck, der sich an seinem Kiefer bildete, und grinste in Hugos Richtung, was dem Publikum ein Lachen entlockte.

»Apollo, eine Frage noch. Da Sie Ihren Rücktritt angekündigt haben, wie sehen Ihre Pläne jetzt aus? Verlassen Sie die Welt des Sports völlig?«

Er schaute zu Amelia, und ich hatte das Gefühl, dass sich ein stummer Dialog zwischen ihnen abspielte.

Nachdem sie genickt hatte, antwortete er.

»Nein. Tatsächlich bleibe ich mittendrin, nur auf der anderen Seite des Rings. Sie sehen vor sich den Geschäftsführer der europäischen Niederlassung von Thanos Sports.«

Mein Körper versteifte sich, als Aufregung in die Reporter

kam und sie eine Unzahl von Fragen riefen. Ich konnte mich doch nur verhört haben, oder? Als ich mich umdrehte, stellte ich fest, dass Amelia mich beobachtete.

Bei der Intensität ihres Blicks schlug mein Herz schneller. Würde sie etwa bleiben? Würde sie mir schenken, was ich mir mehr als alles andere wünschte?

Als sich der Aufruhr etwas legte, fragte ein Reporter: »Hat das etwas mit den Berichten darüber zu tun, dass Amelia Thanos' Sohn in Wirklichkeit von Pierce Lykaios ist?«

Oh Mist. Das war weder der richtige Zeitpunkt noch der richtige Ort für dieses Thema.

»Wir sind hier, um über Sport zu reden, nicht über Gerüchte für Klatschzeitungen.« Apollo starrte den Mann, der die Frage gestellt hatte, finster an.

Ich wollte die Pressekonferenz gerade beenden, da stellte sich Amelia neben Apollo und legte ihm eine Hand auf den Rücken. Kurz unterhielten sie sich tuschelnd miteinander, dann seufzte Apollo.

»Ich beantworte die Frage«, verkündete Amelia. »Tatsächlich gebe ich eine Erklärung ab. Danach beantworte ich nie wieder Fragen zu dem Thema.« In ihrer Stimme lag eine Autorität, wie ich sie noch nie erlebt hatte, und mir wurde klar, wie sie ihre Firma zu einer derart erfolgreichen Agentur gepusht hatte.

»Als Teenager hatte ich eine Beziehung mit einem jungen Schwimmer, Pierce Lykaios. Wir haben uns ineinander verliebt und waren zwei Jahre lang zusammen. Durch Umstände, auf die ich nicht näher eingehe, haben wir uns getrennt. Ich habe ihm vorenthalten, dass ich von ihm schwanger war.« Sie richtete die Aufmerksamkeit auf mich, als ein weiteres Raunen durch die Anwesenden ging.

Amelia ließ die Welt die Wahrheit wissen. Sie liebte mich. Jeder, der sie ansah, konnte es ihr an den Augen ablesen. Ich schluckte die Emotionen hinunter, die einen Kloß in meinem Hals bildeten, und zwang mich, zu bleiben, wo ich war.

»Kurz nachdem ich Pierce verlassen hatte, habe ich einen wunderbaren Mann kennengelernt und ihn geheiratet. Er hat mein Kind geliebt, als wäre es sein eigenes. Allerdings ist er bei einem tragischen Unfall ums Leben gekommen. Vor einigen Monaten ist die Romanze zwischen Pierce und mir wiederaufgeflammt. Mittlerweile weiß er, dass er ein Kind mit mir gezeugt hat. Wir wollten es eigentlich geheim halten, bis die Zeit für unseren Sohn reif gewesen wäre, aber diese Entscheidung haben uns andere aus der Hand genommen.

Deswegen verschwenden wir heute hier Energie für persönliche Familienangelegenheiten, statt uns auf diese bemerkenswerten Sportler zu konzentrieren, die vor uns sitzen. Und fürs Protokoll: Pierce Lykaios ist meine Familie.«

Bei ihren Worten schoss mir alles Blut in den Kopf.

»Es werden keine weiteren Fragen beantwortet, die sich auf mein Privatleben beziehen«, fügte sie mit Endgültigkeit in der Stimme hinzu. »In der Welt des Sports ist kein Platz für Dramen der Boulevardpresse.«

Damit entfernte sie sich vom Mikrofon, verließ die Bühne und kam auf mich zu. Ein paar Schritte vor mir blieb sie mit geröteten Wangen stehen. »Wie hab ich mich gemacht?«

»Du bist ziemlich imposant, wenn du wütend bist«, brachte ich irgendwie heraus, als mein Kehlkopf mir endlich gehorchte.

»Dann hat wohl etwas von *Yia Yia* Syl auf mich abgefärbt.«

Das Blitzlichtgewitter der Kameras riss uns aus unserer privaten Blase. »Lass uns irgendwo hingehen, wo wir ungestört sind.«

Sie nickte, und ich führte sie in einen Flur, der zu den Büros der Arena führte. Nachdem ich den Code eingegeben hatte, betraten wir den hellen und ästhetisch ansprechenden Bereich.

Plötzlich ereilte mich eine Erkenntnis. Collin hatte den Code nie geändert. Sein Hochzeitsdatum.

Ich konnte mich noch gut daran erinnern, wie ich als Kind durch dieses Gebäude gerannt war. Damals hatten noch überall Sägespäne herumgelegen. Mama und Collin hatten miteinander gelacht und über Farben gesprochen, die für eine angenehme Arbeitsumgebung sorgen würden.

Ich verdrängte die Erinnerungen und konzentrierte mich auf die umwerfende Frau vor mir.

»Und wie geht's jetzt weiter?«, fragte ich, lehnte mich gegen die geschlossene Tür und verschränkte die Arme vor der Brust. Sie stützte sich mit einer Hand neben meinen Kopf ab, legte die andere auf meine Brust und bewegte sich vorwärts, bis nur noch eine Haaresbreite ihren Mund von meinem trennte. »Ich dachte, das wäre offensichtlich.«

Ich widerstand dem Drang, sie zu berühren. Ihr Duft berauschte mich. Ich bekam nicht genug davon.

»Erklär's mir trotzdem, damit keine Missverständnisse aufkommen.«

»Ich will dich.« Sie knabberte an meiner Unterlippe. »Geist, Körper und Seele.«

»Und?« Meine Stimme klang belegter, als mir lieb war.

Diese Frau brachte mich durcheinander, wie es noch keine andere je geschafft hatte.

Diesmal biss sie mir hart auf die Lippe, bevor sie über die Stelle leckte. Mein Schritt reagierte mit einem Zucken darauf. »Und ich werd dich behalten.«

»Erklär mir, was das bedeutet.« Unwillkürlich packte ich sie an der Taille.

»Es bedeutet, dass wir eine Familie werden sollen. So, wie du es dir vorgestellt hast. Du, Christopher, ich. Wir gehen nicht zurück nach Griechenland.«

Hoffnung erblühte in mir. Es geschah wirklich.

»Und deine Unternehmen?« Ich fädelte die Finger in ihr Haar, zog ihren Kopf zurück und sah ihr tief in die karamellfarbenen Augen.

Sie lächelte mich an. »Tja, weißt du, ich hab meinen Posten als Vorstandsvorsitzende von Thanos International an Lucas und Olivia Thanos übertragen. Sie wurden dafür geboren, das Firmenimperium zu leiten. Auf mich greifen sie nur zurück, wenn ich eine kritische Entscheidung treffen muss.«

»Und was ist mit deiner Promotionfirma? Sie ist dein Baby.«

»Ich weiß nicht, ob du's schon gehört hast, aber ich hab gerade einen bekannten Kampfsportler dafür engagiert, sich um meine Interessen in Europa zu kümmern. So kann ich mein Imperium in Nord- und Südamerika ausweiten. Ich finde, mein künftiger Ehemann braucht gesunde Konkurrenz. Wäre nicht fair, wenn er den Markt allein beherrscht.«

Ich schluckte. »Du willst heiraten?«

»Ja. Da ist dieser ehemalige Olympiateilnehmer, dem mein Herz gehört. Er hat gesagt, er würde mich besitzen, mein

Bedürfnis nach Unterwerfung stillen und es mir hart besorgen.«

»Und macht er das alles?«

»Auf jeden Fall. Und er macht noch etwas.«

»Und was?«

»Er liebt mich.«

Ich zog sie zu mir und bestätigte: »Ja, das tut er. Bis zu seinem letzten Atemzug.«

Lies das nächste Buch der Reihe Die Götter von Vegas - Mister der Rache

Lies auch das Buch, mit dem alles begonnen hat – Pennys und Hagens verbotene Liebesgeschichte: Meister der Sünde.

Mister Der Rache

Wir sind Rivalen. Erzfeinde. Und er ist der einzige Mann, der ein Feuer in meiner Seele entfacht.

ICH BEWEGE mich auf einem schmalen Grat zwischen Kontrolle und Chaos, definiert von meiner Vergangenheit, angespornt von meiner Zukunft. Nichts kann mich davon abhalten, diejenigen zu beschützen, die ich liebe.

Zack Lykaios ist gerissen und gefährlich. Bei seinem skrupellosen Marsch an die Spitze will er alles zerstören, was ich aufgebaut habe.
Alles, was ich bin oder je sein werde, rät mir dringend, ihn unbedingt zu meiden.
Trotzdem bin ich in Versuchung. Ein Kartenspiel. Eine Nacht

alles verzehrender Leidenschaft. Ein Verlangen, das ich nicht leugnen kann. Eine Begierde, die ich nie stillen kann. Ihn zu wollen, kann nur zur Katastrophe führen. Ihn zu lieben, wird meine Welt garantiert zerstören.

Ende

Mundpropaganda ist für jeden Autor ungemein wichtig.
Wenn dir dieses Buch gefallen hat, stell bitte eine Rezension
darüber online. Selbst wenn es nur ein, zwei Sätze sind,
würde es etwas bewirken, und ich wäre unheimlich dankbar.

Alles Liebe, Sienna

Lies auch das erste Buch der Reihe *Die Götter von Vegas*:

MEISTER DER SÜNDE

Es war immer er ...

Der Mann, den ich nicht wollen, nicht begehren sollte, weil er
mein so sorgsam aufgebautes Leben zerstören könnte.

Hagen Lykaios verkörperte den Inbegriff von Sünde,
Dekadenz und Gefahr – von allem, was ich meiden sollte.

Nur eine unerwartete Berührung war nötig, und schon
verzehrte er mich, erfüllte mich mit Sehnsucht und dem
unbändigen Verlangen nach mehr.

Er hat gesagt, wenn ich mich auf seine Welt einließe, würde er
mich verderben, mich besitzen und alles verändern, was ich je

gekannt hatte ... Und was soll ich sagen? *Ich habe mich trotzdem darauf eingelassen.*

https://geni.us/MeisterDerSunde

ÜBER SIENNA

Inspiriert durch ihre Jahre im amerikanischen Wirtschaftsleben erzählt Sienna mit Vorliebe Geschichten, die sich um selbstbewusste, erfolgreiche Frauen drehen, die wissen, was sie wollen und wie sie es bekommen – und nicht nur im Schlafzimmer.

Ihre Heldinnen sind modern, gebildet und finden Liebe und Romantik oft unter ungewöhnlichen Umständen. Sienna verwöhnt ihre Leserinnen und Leser mit verführerischer, heißer Romantik, gepaart mit Machtspielen und lustvoller Befriedigung.

Sienna reist sehr gern und ist abenteuerlustig. Sie hat vor, selbst die entferntesten Winkel der Welt zu besuchen, und freut sich darauf, unterwegs die Vielfalt der Kulturen zu erleben. Wenn sie nicht gerade schreibt oder reist, arbeitet Sienna mit ihrem Mann und ihren Kindern an ihrem persönlichen Happy End.

BÜCHER VON SIENNA SNOW

<u>Die Götter von Vegas</u>

Meister der Sünde

Meister der Spiele

Meister der Rache

Meister der Geheimnisse

Meister der Kontrolle

Meister der Schicksals

www.ingramcontent.com/pod-product-compliance
Lightning Source LLC
Chambersburg PA
CBHW031320210726
48287CB00005B/1622